에로 목사 송상호의 **부부 이야기**

당신의 결혼은 안녕하십니까?

송상호 지음

당신의 결혼은 안녕하십니까?

초판 1쇄 인쇄일 2015년 2월 23일
초판 1쇄 발행일 2015년 2월 27일

지은이 송상호
펴낸곳 도서출판 유심
펴낸이 구정남
마케팅 최진태
표지일러스트 정유리

주소 서울특별시 구로구 공원로 41, 805(구로동, 현대파크빌)
전화 02.832.9395
팩스 02.6007.1725
URL www.bookusim.co.kr
등록 제2014-000098호(2014.7.8)

ISBN 979-11-953260-4-4 03810
값 12,000원

에로목사 송상호의 **부부 이야기**

당신의 결혼은 안녕하십니까?

송상호 지음

도서출판 USim

prologue

"우리는 반드시 이혼하고 말 테다! 우리의 목표는 이혼이다!"

결혼식장에서 이렇게 외치는 신혼부부를 본 적이 있는가? 세상의 모든 부부는 꿀처럼 달콤하고 달빛처럼 낭만적인 결혼생활을 꿈꾼다. 두 사람은 손가락 꼭 걸고 다짐한다. "우리 자기, 죽을 때까지 행복하게 살다가 한날 한시에 죽는 거다, 약속!"

결혼하겠다고 결심한 건 '너 없인 못살 것 같아서'였다. 아니, 최소한 이 사람과 함께라면 인생이 행복할 것 같아서였다. 하지만 한 해 두 해 살다 보니 언젠가부터 나도 모르게 묻고 있다. 우리 부부, 도대체 왜 이런 거지? 언제부터 이렇게 꼬이기 시작한 거냐고!

신혼여행지의 황금빛 햇살 속에서 일렁이는 남국의 파도를 바라보며 그의 드넓은 가슴에 기대어 있을 땐 꿈에도 몰랐다. 결혼생활이 마냥 좋을 거라고 갓 스물을 넘긴 열혈 커플처럼 순진하게 믿지는 않았지만, 이 정도일 줄은 차마 몰랐다. 세월이 흐른 지금까지도 아내가 '나의 엔젤'로 보일 거라고 믿어 의심치 않은 바보가 아니다. 하지만 적어도 남편을 '좋은 친구'라고는 부르게 될 줄 알았다. '잉꼬부부' 소리는 못 들어도 '비둘기부부' 쯤은 될 수 있을 거라 믿었다.

인간의 사랑은 참으로 아이러니하다. 지금 당장 내 목숨쯤이야 선뜻 내줄 것같이 "사랑해!"를 연발하다가도 순식간에 돌변한다. 이젠 배우자의 말 한 마디에 심장이 너덜너덜해지고, 깨소금을 볶아대던 주방에선 곡소리가 흘러나온다. '너의 곡소리가 들려~.' 그 소리가 상대의 귀에라도 들리면 그나마 다행이다. 그조차 안 들리는 이들도 부부 명패를 달고 한집에 산다. 2년째 서로 한 마디도 하지 않은 채 애꿎은 아이들에게 통역을 시키는 독한 부부도 한집에 산다. "내가 저 인간하고는 같은 방에 앉아 그 입에서 나온 공기를 마시는 것조차 끔찍해!" 하면서도 저녁상은 차린다. 자동이다.

너덜너덜한 우리의 결혼, 무엇이 문제일까

그동안 우리에게 무슨 일이 일어난 걸까? 닭살행각을 벌이던 그들은 다 어디로 가고 싸움닭들만 남은 걸까? 어째서 동창회 모임에 열댓만 둘러앉으면 서넛은 '돌싱' 명함을 돌리는 걸까? 그나마 그들은 좀 낫다. 한구석에 처박혀 아직 초저녁인데 빨갛게 취해버린 저 녀석은 벌써 10년째 죽상이다. 차라리 3년 전 '돌싱'이 된 동창생의 화려한 밤이 부러워 미칠 지경이라며.

중년에 접어든 친구들에게 배우자를 사랑하느냐고 물으면 대부분 "부부가 어디 좋아서 사냐? 의리로 사는 거지."라고 한다. 스물대여섯 풋풋한 나이에 만나 서른 즈음 결혼을 하고, 이젠 아침마다 염색을 해야 하나 말아야 하나 고민하는 보통 부부들. 젊어서는 나라를 구하느라 허둥지둥 뛰어다녔고, 그 바람에 중소기업에도 겨우 턱걸이로 들어가, 지금은 아이 학원비로 월급의 절반을 뚝 떼서 바치면서도 야근이 너무 고마운 우리나라 중년들이다.

그들도 한때는 누구보다 뜨겁게 사랑했고, 순수한 설렘으로 서로의 눈을 바라보았다. 처음부터 배 나온 아저씨, 아줌마로 태어난 게 아니다. 그들도 한때는 세상의 눈부신 주인공이었다. 머리 씽씽 도는 '간지 작살' '김 대리'였고, 총무부의 퀸카로 불리던 '미스 송'이었다.

통계청에 따르면 우리나라의 부부는 2000년대 들어 해마다 세 쌍 중 한 쌍이 이혼한다. 2012년엔 드디어 OECD 회원국 중 이혼율 1위를 달성했다! 한국가정연구소의 2013년 자료에 따르면 중년 부부 중 '무늬만 부부'가 무려 30퍼센트라는 보고도 있다. '이혼, 별거, 무늬만 부부, 침묵 부부, 섹스리스 부부' 등이 현재 우리의 성적이다.

그렇다고 이혼이란 카드를 선뜻 꺼내들기에는 이 사회가 만만찮다. '돌싱'인 그녀와 그의 자녀에게는 보이지 않는 페널티가 작용한다. 30~40대 대부분이 싱글인 유럽도 아니고, 이혼도 모자라 삼혼을 해도 얘깃거리 축에 못끼는 미국이 아니기 때문이다.

친구 결혼식장에는 몰려가 축하 파티를 열지만, 이혼한 친구를 축하하러 찾아가는 일은 드물다. 결혼은 축하해야 할 무엇으로 여기지만, 아직 이혼을 축하할 무엇으로 여기지는 않는다. 그렇다면 다 죽어가는 '결혼'에 응급 수혈이라도 해주어야 하는 게 아닐까? 어디선가 '결혼의 신'이 '짠' 하고 나타나 "수고하고 무거운 짐 진 너희들, 어서 나를 따르라! 판타스틱한 결혼생활이 너의 것이니!"라고 말해주면 좋겠지만 그 신은 수천 년째 섹스 중인가 보다. 코빼기도 안 보인다.

그럼에도 희망은 있다

무엇이 문제일까? 어디서부터 꼬인 걸까? 어떻게 풀어야 할까? 이 고민으로부터 이 책은 출발한다. 이 고민으로부터 나는 나에게 오롯이 묻는다. 너는 왜 이 책을 세상에 내놓으려 하느냐고. 내가 대답한다. 이 세상에 행복한 부부가 좀 더 많아지기를 바라기 때문이라고. 내가 당신에게 묻는다. 이 책을 왜 읽으려 하느냐고. 대답은 당신의 몫이다. '행복한 부부의 열망'은 당신 속에서 간절하리라. 나와 당신이 함께 손잡고 이 책이 초대하는 세상으로 가야 할 이유다.

여행을 떠나기 전에 먼저 묻자. 당신은 왜 결혼했는가? 아니면 결혼하려고 하는가? 그렇다. 두말하면 잔소리다. 행복하려고 한다. 누가? 다른 누구도 아닌 바로 당신 자신이.

나는 이 책을 통해 왜 당신의 결혼생활이 행복하지 않은지, 왜 당신의 결혼생활이 삐걱삐걱하는지, 왜 당신의 결혼생활이 좌충우돌인지, 왜 당신의 결혼생활이 무료한지 알려주고자 한다.

해답은 의외로 간단하다. 행복한 결혼을 방해하는 요소들을 제거하면 된다. 그래 안다. 그게 말처럼 쉽냐고. 그래서 나는 이 책을 쓴다. 쉽지 않지만, 이 책을 통해 나와 함께 가보자는 거다.

당신은 그동안 문제가 생기면 어떻게 해왔는가? 특히 손댈 수도 없는 상처를 주고받았을 때, 어떻게 해왔는가? 친구와 함께 술자리에서 푸념하다 말았는가? 커피숍에서 동창생들과 수다로 풀어 왔는가? 친정어머니에게 속을 털어놓고 우는 걸로 만족했는가? 아니면 '카카오톡'을 통해 배우자를 씹는 걸로 대신했는가?

좀 더 발전한 사람들은 상담과 독서로 눈을 돌리기도 한다. 부부관계에 관해 코치해주는 서적은 차고 넘친다. 상담센터 또한 많다. 심지어 부부관계를 짚어주는 점집도 만원이다. 그런데도 왜 당신의 부부관계는 개선되기는커녕 악화되기만 할까?

그렇게 세월이 가다 보면 습관화되고 각질화되어 포기하고 산다. '저 인간은 원래 저래.'를 마음에 품고 산다. 그러다 '자식 사랑'으로 마음자리를 옮겨 간다. 요즘 사회가 아무리 여성상위시대라 해도 여전히 우리 주변에는 "자식 때문에 참고 산다."는 여성이 꽤나 많다. 그 정도까지는 아니더라도 대부분의 부부들이 배우자보다는 자녀에게 더 마음을 주고 산다.

이런 현상이 이해는 되지만, 결혼의 근본 목적에서 벗어나 있음에는 분명하다. 결혼이란 '남녀가 정식으로 부부관계를 맺음.'이라고 사전에서도 말해주고 있다. 배우자의 부모도, 배우자의 친척도, 심지어 자녀들도 결혼의 일차적인 요소가 아니다. 서구 유럽과 미국은 이런 사회적 관념을 진즉에 몸에 익혀왔다. 하지만, 우리 사회에선 아직 멀었다.

변화의 씨앗을 원한다면

어쨌거나 당신은 부부생활의 변화를 바라는가?

그렇다면 한 가지 분명한, 하지만 쉽지 않은 비결을 알려주겠다. 바로 '자기성찰'이다. 그것도 '정직한 자기성찰', 바로 그것이다. 삶의 변화는 정직한 자기성찰의 산물이다. 상담을 받고 독서를 하고 심신치료를 받아도 결국엔 자기성찰로 가지 않으면 안 된다. 물론 그 과정은 결코 유쾌하거나 즐겁지 않다. 정직하게 자기를 살핀다는 건 자신의 좋은 면보다 좋지 못한 면을 더 많이 만나게 하니까. 때론 상처와 콤플렉스를 만나게 하니까. 누군들 자신의 어두운 면을 보는 게 좋겠는가. 하지만, 다시 말하거니와 눈을 부릅뜨고 그것을 제대로 만나야 변화가 있다.

이 책을 읽으면서 다음과 같은 생각은 일찌감치 한강에 던져버려라.

'맞다 맞아. 이건 남편이 봐야 돼.' '구구절절 우리 마누라한테 하는 말이구먼.' '이 대목은 우리 시누이한테 보여줘야겠어.' 이런 마음을 품는 것이 바로 자신에게 정직하지 않은 자세다. 즉, 슬쩍 그 문제에서 빠져나가려는 잔머리다.

이 책은 먼저 당신 자신과 배우자를 정직하게, 객관적으로 바라보게 할 것이다. 그와 동시에 정직한 자기성찰을 하도록 도전의 씨앗을 던져줄 것이다.

정직한 자기성찰은 부부 문제의 핵심으로 당신을 인도한다. 만일 이 책을 읽다가 '정직한 자기성찰'이 무엇인지 감이 온다면 이 책을 덮어도 좋다. 그리고 정직하게 자기성찰이 된다면 이 책을 버려도 좋다. 나는 이 글을 읽는 당신이 그렇게 되기를 진심으로 바란다.

당신은 정말 부부관계가 개선되기를 바라는가? 정말 부부관계가 좋아지기를 바라는가? 혹여 물거품이 되어버린 지난 노력들을 아직도 붙잡고 있지 않은가? 해보니까 안 되더라는 공수표를 손에 꼭 쥐고 있지 않은가? 이제 이런 패배감은 내려놓으시라. 앞으로 소개될 '변화된 부부의 이야기'를 통해 당신의 패배감은 멀리 사라질 것이다. 환갑이 넘고 칠순이 넘어도 사랑의 열정이 살아있는 부부를 만나보면, '나에게도, 우리 부부에게도 가능성이 있다.'는 희망을 보게 될 것이다.

이 책에 나오는 수많은 부부의 이야기들, 나와 내 아내의 이야기들, 인류역사와 심리학을 담은 다양한 이야기들은 당신이 자기성찰을 하도록, 당신 부부가 변화된 모습을 꿈꾸도록 쉼 없이 지원할 것이다.

부부관계를 조율할 지혜와 에너지

이 책은 육감적이고 본능적인 부부관계(부부의 섹스)로부터 시작해서 주변 사람들과의 관계까지 다루게 될 것이다. 당신의 부부생활은 '벌거벗은 아담과 이브의 낙원 생활'이 아니다. KBS 〈사랑과 전쟁〉 최다 단골 소재가 '시댁 식구들과 처가 식구들로 인한 갈등'인 것을 굳이 예로 들 필요도 없이, 처가 식구나 시댁 식구 문제는 산을 이룬다. 부부관계는 또 다른 주변 사람들과도 이어져 있다. 다시 말해 당사자들만 좋다고 행복하게 살 수 없는 것이 바로 부부관계다.

이 책은 부부의 육체적·정신적 관계와 아울러 주변 사람들과의 관계 설정에 대한 지혜를 제공할 것이다. 나아가 자기 자신과의 관계 설정에 대한 지혜도 찾게 될 것이다.

관계 설정? 그렇다. 이 책을 관통하는 하나의 키워드가 있다면, 관계 설정이 바로 그것이다. 지혜롭고 성숙한 관계 설정은 바로 부부관계 회복으로 당신을 인도할 것이다. 당신과 나는 이제 지혜롭고 성숙한 관계 설정을 지나 관계 조율을 할 때가 되었다.

이 책은 수필적인 요소, 소설적인 요소, 시적인 요소, 고고학적인 요소, 인문학적인 요소, 역사적인 요소, 심리학적인 요소, 사회과학적인 요소, 인류 과학적인 요소 등을 담고 있다. 그렇다고 지레 겁먹거나 질리지는 마시라. 그 모든 요소가 말랑말랑하고 가볍게 다뤄져 있으니까.

이 책은 기존의 부부계발 서적처럼 '이렇게 하라, 저렇게 하라'고 점잖게 훈수를 두지 않는다. 그 대신 엄청나게 웃긴 유머와 야한 섹스 이야기와 아줌마들의 수다로 당신의 배꼽을 빼놓을 것이다. 때로는 가슴 아픈 사연과 아름다운 사연으로 눈물도 흘리게 되리라.

이 책을 집어든 당신은 미혼인가, 아니면 결혼한 배우자가 있는가? 그도 아니면 새로운 결혼을 꿈꾸는 '돌싱'인가? 아무래도 상관없다. 이 세상 어느 누구도 결혼에 관련되지 않은 사람은 없다. 당신이 이 세상에 존재하는 이유는 어떤 남녀의 결혼이 있었기 때문이다. 세상 모든 가정의 출발과 기초는 남녀의 결혼이다. 또한 한 사람의 결혼관은 곧 인생관과 세계관 등에 맞닿아 있다. 그런 의미에서 위기의 부부는 물론 시들시들한 부부, 새파랗게 젊은 부부, 더 나아가 아직 결혼하지 않은 사람들과 '돌싱'들에게도 이 책은 유익할 게 분명하다.

이 책을 덮을 때쯤, 얼굴에 미소를 짓는 당신의 모습을 나는 상상한다.

이 책을 읽는 내내 나는 끊임없이 물을 것이다.

"당신의 결혼은 안녕하십니까?"

2015년 2월

송 상 호

contents

prologue 004

epilogue 270

제 1 부

너희 부부는 1주일에 몇 번 해?

부부 사랑의 유효기간, 이거 어떡하지? 18

아내를 10억에 빌려줄 수 있을까? 30

백 살 남편, 섹스를 해내다 42 / 부부, 공인받은 섹스 파트너 48

아내와 나의 섹스 변천사 60 / "너희 부부는 1주일에 몇 번 해?" 72

애들은 자나? 우리 부부의 섹스 방식 86

 # 부부 섹스 체크리스트 98

제 2 부

아프니까 부부라고?

늑대와 여우, 한집에서 잘 산다 102

남녀가 다른 건 원시시대부터 그래왔어 109

부부 사이, 적당한 거리는? 118

때론 배우자를 위해 멀티플레이어가 되어라 127

 # 부부 애정 체크리스트 136

제3부
부부, 때론 웃자

지랄 맞은 배우자, 같이 살아? 말아? 140 / "와, 저 달이 니한테 뭐라 카더나 146
묻지도 따지지도 않는 내 편은 누구? 152 / 훔치는 남편, 망보는 아내 157
당신 지금 눈물 흘리는 겨? 162 / 아줌마들의 남편 사랑 확인 166
 # 부부 행복지수 체크리스트 170

제4부
사랑보다 먼, 우정보다는 가까운

부부, 그 사랑의 깊이는? 174 / 결혼은 인생 최고의 공부다 180
부부 일심동체는 아니지만 188 / 사랑하니까 보내준다? 194
세상에서 가장 친한 친구 202 / 유서 써놓고 세계 배낭여행 떠난 부부 210
이분들 잉꼬부부 맞죠? 219
 # 부부 권태기 체크리스트 223

제5부
결혼은 인형 뽑기가 아니다

결혼은 주변 사람들과 '사랑의 선긋기'다 226
결혼은 인형 뽑기가 아니다 231 / 당신 어머니지, 내 어머니는 아니잖아 237
요즘 결혼관에 태클을 걸다 244 / '자백'은 행복한 부부로 가는 지름길 250
웬만하면 시간이 해결해준다 255 / 우리 부부의 노후 대책은 우리다 261
 # 부부 정체성 체크리스트 268

제 1 부

너희 부부는 1주일에 몇 번 해?

부부 사랑의 유효기간, 이거 어떡하지?　아내를 10억에 빌려줄 수 있을까?
백 살 남편, 섹스를 해내다　부부, 공인받은 섹스 파트너
아내와 나의 섹스 변천사　"너희 부부는 1주일에 몇 번 해?"　애들은 자나? 우리 부부의 섹스 방식

부부 사랑의 유효기간, 이거 어떡하지?

섹스가 시들해졌다고, 뜸해졌다고 당신 부부는 이제
끝났다거나 문제가 많다고 생각하지 말라.
어느 부부라도 겪는 '부부 홍역'을 앓고 있을 뿐이니까.

당신과 내가 시작하기로 한 여행의 첫 코스에 들어섰다. 길다고 하면 길고 짧다면 짧은 우리의 대화를, 부부 사랑의 본질부터 되짚어보는 걸로 시작해보자.

'부부 사랑의 본질'이라니, 혹시 골치 아픈 이야기? 아니다. 부부 섹스 이야기다. 부부 사랑의 본질이 바로 부부 섹스다.

우리 사회는 부부생활에 있어서 섹스를 옵션 정도로 취급하는 경우가 많다. 또는 부부생활의 많은 요소 중 일부라고 생각하기도 한다. 하지만, '부부 섹스'를 주제로 한 이 책의 1부를 읽고 나면 당신의 생각은 많이 달라져 있을 것이다. 부부생활에서 섹스가 왜 중요한지, 어떻게 부부의 본질과 맞닿아 있는지, 그것을 위해 어떤 부부들은 얼마나 노력하고 살았는지 등을 살펴보고 나면 당신 속에 잠자고 있는 열정이 되살아나는 것을 발견하게 되리라.

아무 문제없어 보이는 부부, 뭐가 문제지?

나는 '오마이뉴스' 등 여러 매체에 10년 넘게 기사를 써온 기자다. 사람 사는 이야기를 취재하다 보니 별의별 사람, 별의별 부부를 다 만났다. 그중 DK는 '부부 클리닉'에서 만난 한 쌍의 부부다.

남편 D는 서른아홉 살의 중소기업 과장이고, 아내 K는 서른일곱 살의 맞벌이 주부다. 초등학교 1학년 딸과 여섯 살짜리 아들이 있다. 부부의 월급은 식구들 먹고살고, 저축하는 데 부족함이 없다. 아이들도 모범생에다 성적도 꽤나 좋다. 게다가 남편은 곧 부장으로 진급할 예정이다. 그의 능력과 성실성이라면 진급이 충분하다고 믿고 있다.

결혼 8년차인 이들 부부는 9년 전 같은 회사에서 만난 소위 CC(회사 커플)다. 첫눈에 반한 건 남편 D. 그는 K를 얻기 위해 적극적이었다. 다른 부서에 근무하는 K가 퇴근할 시간을 기다렸다가 같이 퇴근하는 건 일상이었다. 주말이면 먼저 데이트 신청을 했고, 데이트 비용도 거의 D가 다 냈다. 그런 적극적인 대시에 K는 조금씩 마음을 열었다. 이 남자의 열성이라면 평생 자신을 사랑해줄 거라는 믿음이 왔다. 두 사람은 그렇게 꿀 같은 연애 시절 1년을 보내고 결혼했다.

이런 부부가 왜 부부클리닉에 왔을까? 남편은 돈 잘 벌고, 아내는 살림도 잘한다. 아이들도 공부를 잘한다. 뭐가 문제일까? 이들 부부는 문제가 없다고 보는 게 문제였다. 다시 말해 다른 사람들이 '문제가 없다고 보는' 그것이 문제였다.

모든 것이 척척 잘 돌아가는 듯 보이지만, 속으로는 불만이 쌓이고 있었다. 서로에 대해 진정한 관심이 없기 때문이었다. 오로지 아이들에 대한 관심이 충만할 뿐. 딸아이가 우수상을 탔으니 가족 외식을 했고, 아들아이 유치원 학예발표회에도 같이 참석했다. 이런 것들이 부부의 관심사요 공동 행사다. 때로는 남편의 와이셔츠를 다려주고, 남편의 건강을 위해 칡즙을 다려 먹이는 정도의 관심도 발휘한다. 때로는 아내의 외출을 위해서 기꺼이 자신의 카드로 비싼 코트를 쾌척하는 서비스도 한다. 자녀를 위해서, 집안 경제를 위해서, 시댁과 친정의 명절 헌금을 위해서 의논도 한다. 다른 집이 하는 정도의 대화는 오간다. 하지만, 이게 다다.

그들은 밤이 두려웠다

남편 D는 회사에서 인기남이다. 매너 좋고, 성실하다. 무엇보다 잘생겼다. 회사의 모든 여성들이 그에게 관심을 보낸다. 하지만 그는 아내 외의 다른 여성에게 눈길을 주거나 바람을 피우지 않는다. 그렇기에 회사 여직원들이 더 탐(?)을 낸다고나 할까?

게다가 가정에 소홀한 남편도 아니다. 맞벌이를 하는 아내를 위해 남편은 소위 '가사 분담'이라는 원칙도 잘 지킨다. 아내보다 먼저 집에 돌아오면 빨래도 개고, 청소도 한다. 아내의 요리가 끝나면 설거지도 곧잘 한다. 도대체 뭐가 문제일까?

아내가 말한다.

"남편과 섹스를 해본 지가 언제인지 까마득해요."

남편이 말한다.

"나도 노력하지만, 안 되는 걸 어떡해요?"

그들은 밤이 두려운 사이였다. 그들은 같은 침대를 쓰지 않는다. 남편은 거실에서 잔다. 아내는 신혼시절 그와 함께 밀월을 보냈던 부부 침실을 혼자 지킨다. 독수공방은 이를 두고 하는 말이다. 언제부터였을까?

결혼 8개월이 넘어가면서 아내의 배가 불러왔다. 임신이다. 아내의 배가 불러오자 섹스의 횟수가 줄기 시작했다. 그 전까지만 해도 이들 부부는 1주일에 섹스를 거의 5회 이상 하는 '울트라 부부'였다. 만삭이 되자 섹스는 줄다 못해 뚝 끊어졌다. 아내가 첫딸을 낳고 산후조리를 하면서 '부부 섹스'란 어느새 옛날 옛적 일이 되어버렸다. 아내가 회사를 쉬면서 아기를 키우느라 사투를 벌일 때, 남편은 불만이 쌓여갔다. 아내의 입장에선 아이 둘을 키우는 심정이었다.

그렇게 첫 아이 해산 후 1년 동안 섹스의 전통이 끊겼다. 다행히 부부는 대화로 문제를 풀었다. 섹스가 다시 개통되었다. 실로 1년 2개월 만에 이룬 쾌거였다. 서로 노력해보자고 했으므로, 그들은 노력했다. 횟수와 열정은 전만 못했지만, 그럭저럭 괜찮았다.

그들의 평화가 또 다시 위기를 맞은 것은 바로 둘째의 임신 소식이었다. 전철을 밟지 않기 위해 부부는 조심스레 임신 기간을 맞았다. 하지만 노력은 노력일 뿐, 아내가 만삭이 되니 자연스레 섹스를 하기 힘들었다. 그리고 아들을 낳고 지난번과 똑같은 패턴의 일상이 이어졌다. 아내는 남편이 육아에 신경을 써주지 않아 불만이었고, 남편은 아내가 육아에만 신경 쓰는 게 불만이었다.

세월이 지나면서 섹스를 거부하는 것은 아내가 아니라 오히려 남편 쪽이었다. '육아전쟁'에서 비교적 자유로워진 아내가 섹스를 요구했을 때, 남편의 반응은 싸늘했다. 부부의 섹스 횟수는 급격히 줄었다. 1주일에 한 번 정도였던 것이 둘째가 태어나고 6개월이 지나면서 한 달에 한두 번이 고작이었다. 어떤 달에는 건너뛰기도 했다. 섹스 횟수가 준 만큼 열정도 줄었다. 그렇게 5년을 보냈다.

부부클리닉을 찾은 아내가 말한다.

"남편은 나를 여자로 보지 않는 것 같아요."

남편도 말한다.

"왠지 아내와 섹스를 하려면 가족과 하는 느낌이랄까, 흥분이 안 되니 난들 어떡해요?"

다시 아내가 말한다.

"섹스를 거부하는 남편을 보면서 마음의 상처가 깊어졌어요."

다시 남편이 말한다.

"결혼 전에 날씬하고 예뻤던 아내는 도대체 어느 나라로 갔을까요? 저도 알아요. 아이 낳고 키우다 보니 그렇게 되었다는 것을. 하지만, 아는 건 아는 거고, 몸이 안 따라주는 건 어쩔 수 없더라고요. 겉으로는 아닌 척하면서, 속으로는 이혼을 몇 번이나 생각했는지 몰라요."

아내는 이 때문에 심각한 우울증을 앓았다. 섹스의 불통은 대화의 불통으로 이어졌고, 관계의 소원함으로 이어졌다. 최소한의 예의만 서로 지킬 뿐이었다.

피해 갈 수 없는 운명, 사랑의 유효기간

그토록 뜨거웠던 사이가 왜 시들해졌을까? 신혼 초의 뜨거웠던 사랑은 어디로 간 걸까? 결혼 전에 그토록 적극적이었던 남편은 왜 그렇게 변했을까? 잡은 물고기에 먹이를 주지 않는다는 숫놈들의 못된(?) 습성 때문일까?

그래 안다. 아내의 임신 그리고 육아와 함께 나타난 자연스러운(?) 변화라고 말하겠지. 대한민국 부부 누구나 겪는 일상사라 말하고 싶겠지. 그렇다면 부부 사이에 작용하는 공통된 메커니즘이 있는 걸까? 말하자면 부부 사랑의 열정에 유효기간이 있느냐는 거다.

미국의 아서 애런(Arthur Aron) 교수(뉴욕주립대 스토니브룩 캠퍼스, 사회심리학자)는 이에 관해 재밌는 연구결과를 내놓았다.

"남녀의 열정과 사랑은 시간이 지나면 퇴화된다. 진화론적으로 보면 원시생활에서 결정지어진 것으로 보인다. 남녀가 아기를 낳고, 아기가 커서 혼자 걷고, 여자가 혼자 양육할 수 있다고 판단될 때, 남자는 여자 곁을 떠난다."

아서 애런 교수는 원시시대 인류의 생활습관을 토대로 우리에게 한 가지 중요한 진실을 알려주고 있다. 남녀의 사랑에는 유효기간이 있다는 것이다. 즉 사랑의 열정은 언젠가 꺼지기 마련인 모닥불과 같다는 얘기다. "사랑은 움직이는 거야!"라고 외쳤던 광고는 우리 인간 특히 부부의 사랑의 본질을 잘 말해주고 있다.

우리나라 부부들의 평균 이혼기간을 잠깐 살펴보자. 4년차 부부가 이혼하는 비율이 29퍼센트로 가장 많다. 이것은 무얼 말해주는 걸까?

전문가들에 의하면 부부 사랑의 유효기간은 4년 안쪽이다. 처음 만나 불타올랐던 사랑의 열정은 최대한 4년, 대부분 1~3년 안에 식는다. 여기서 중요한 것은 사랑과 열정의 유효기간이 4년 내외라는 '기간'이 아니라 '열정은 식는다.'는 사실이다. 섹스의 열정은 오래가지 못한다는 것에 집중하라. 사랑은 변한다. 식는다. 차가워진다. 이 현상은 자연스러운 것이며, 특별한 것이 아니다.

당신 부부는 결혼 몇 년차인가. 5년, 10년, 15년? 당신 부부가 지금 어디까지 와 있든 상관없다. 부부 섹스의 열정은 진화론적으로 봐도 식는 게 당연하다. 부부 사랑의 본질로 봐도 당연한 과정이다. 섹스가 시들해졌다고, 뜸해졌다고 당신 부부는 이제 끝났다고 생각하지 말라. 특별히 문제가 많은 부부로 생각하지 말라. 당신 부부는 지금 어느 부부라도 겪는 '부부 홍역'을 앓고 있을 뿐이다.

여기서 우리는 두 가지를 알 수 있다. 부부 섹스와 부부 사랑은 떼놓을 수 없다는 것. 그리고 부부 사랑에는 반드시 유효기간이 존재한다는 것.

부부가 섹스를 하는 근본적인 이유

DK 부부는 어떻게 됐을까? 전문가로부터 조언을 받은 부부는 그들의 문제를 인식하기 시작했다. 부부의 문제가 단순한 섹스 횟수의 문제가 아니란 걸 말이다. 섹스의 불통이 곧 대화의 불통이며, 일상의 불통이라는 문제를 인식했다. 뿐만 아니라 섹스 불통의 문제는 남편이 특별히 나쁘거나 아내가 특별히 모자라서 나타나는 문제가 아니라는 것도 알았다. 어느 부부나 겪을 수밖에 없는, '사랑의 유효기간'에 적신호가 왔다는 것을 알게 된 부부는 문제를 객관적으로 바라보게 되었다. 적어도 서로를 탓하는 것에서 벗어나게 되었다.

그렇다면 이 부부는 앞으로 어떻게 해야 할까? 쉽게 말해서 사랑의 유효기간은 극복될 수 있을까? 물론이다. 그렇기에 이 책이 나왔고, 세상의 성 전문가들이 밥 벌어먹고 살 수 있는 것이다.

이 문제를 해결하기 위해선 먼저 부부가 왜 섹스를 하는지, 그 목적이 무엇인지 알아야 한다.

우리나라 남녀 1,246명을 대상으로 설문조사를 했다. 어디서? '강동우성의학연구소'에서. 설문조사에 의하면 남성 중 49퍼센트가 성매매를 경험했다. 나도 남자지만, 세상에 믿을 게 못 되는 게 남자다.

기혼남 305명을 대상으로 다시 물었다. 성매매가 외도라고 생각하느냐? 외도가 아니라고 대답한 남성은 21.3퍼센트, 외도라고 생각하는 남성은 36퍼센트다. 이 두 부류의 남성들에게 다시 물었다. 섹스를 왜 하느냐고. 섹스의 목적이 무엇이냐고. 성매매가 외도가 아니라고 답한 남성은 친밀감 확인 45퍼센트, 쾌락 35.1퍼센트, 기타 등등으로 나왔다. 반면 성매매가 외도라고 답한 남성은 친밀감 확인 60.3퍼센트, 쾌락 18.6퍼센트, 기타 등등으로 나왔다.

눈치 챘는가? 성매매가 외도가 아니라고 답한 남성일수록 섹스의 목적이 '친밀감 확인'보다는 '쾌락'으로 생각하기 쉽다는 것을. 반대로 성매매가 외도라고 답한 남성일수록 섹스의 목적이 '쾌락'이 아닌 '친밀감 확인'이라는 것을.

여기서 우리는 두 가지를 발견할 수 있다. 첫 번째는 성매매를 경험하는 남성들조차도 섹스의 목적 가운데 '친밀감 확인'을 최상위에 꼽았다는 점이다. 아마도 여성에게 같은 질문을 하면 거의 80퍼센트 이상 나오지 않을까? 두 번째는 한 사람, 특히 한 남성의 섹스관이 얼마나 중요한지 알 수 있다. 섹스를 단순히 쾌락의 도구로만 생각하는 남성은 섹스를 통해 아내에게 친밀감을 선사하기 어렵다. 성매매를 통한 섹스를 하면서도 외도라고 생각하지 않을 뿐만 아니라 양심에 찔려하지도 않는다. 아내에게만 충실하겠다던 결혼 선서를 엿 바꿔먹기 십상이다.

이제 다시 물어보자. 부부 섹스의 목적이 뭐라고? 그렇다. '친밀감 확인'이다. 친밀감은 어느 날 갑자기 생기는 게 아니다. DK 부부는 바로 이런 부분을 놓쳤다. 친밀감은 평생 노력해야만 얻을 수 있는 선물이라는 것을 말이다.

DK 부부의 문제는 바로 섹스의 열정에만 머문 결과였다. 섹스의 열정의 장점은 크게 노력하지 않아도 잘 타오른다는 것이다. 반면 치명적인 단점은 유효기간이 있다는 것이다. 열정은 다 타고 나면 저절로 수그러든다. 힘껏 발기했다 사정하고 나면 저절로 수그러드는 페니스와 같다. 또 다른 문제는 그 열정이 식고 나면 다시 저절로 타오르지 않는다는 것이다. 섹스의 열정을 도와주는 뇌 호르몬과 친밀감을 형성하는 뇌 호르몬이 다르기 때문이다.

호르몬? 그렇다. 부부 섹스가 원활한 사람의 뇌는 도파민 보상체계가 활성화되어 있다. 도파민은 '행복하다.'고 느낄 때 발생되는 호르몬이자 연인들이 초창기에 가졌던 열정의 호르몬이다.

사랑의 유효기간을 극복하고 오랫동안 섹스를 원활하게 하면 그들의 뇌에선 또 다른 호르몬이 활성화된다. '옥시토신'이다. 옥시토신은 애착 호르몬이라고도 말한다. 처음 품었던 부부의 열정이 사랑의 유효기간에 걸려 표류하고 있을 때, 그 위기를 극복하고 흔들리는 사랑을 자리 잡게 해주는 호르몬인 셈이다. 나이가 들어도 여전히 섹스가 잘 되고 사이가 좋은 부부는 말하자면 도파민 보상체계와 옥시토신이 활성화된 뇌구조를 가진 사람들이다.

어떤 부부는 타고난 성격(자상함, 친절함, 친밀함 등)으로 자연스럽게 사랑의 유효기간을 극복하고 애착 호르몬으로 사랑을 채우지만, 대부분의 부부들은 그렇지 못하다.

'도파민 호르몬'에 머물지 않고 '옥시토신 호르몬'으로 가려면 어떻게 해야 할까? 성 전문가들은 말한다. "섹스의 길엔 왕도가 없다. 노력하는 수밖에."

뇌에서 옥시토신이 분비되는 것은 부부가 오랜 세월 서로에 대한 친밀감을 쌓으려고 노력한 열매다. 섹스를 통해 친밀감을 확인하고 섹스의 깊은 맛을 본 부부는 계속 섹스를 하게 된다. 반면에 섹스를 통해 친밀감을 확인하지 못한 부부는 사랑의 유효기간을 극복하지 못하고 이내 시들해지고 만다. 그리하여 어떤 부부는 섹스의 선순환을, 어떤 부부는 섹스의 악순환을 거듭하게 된다. 선순환을 거듭한 부부는 소위 잉꼬부부로 남지만, 악순환을 거듭한 부부는 파경으로 치닫게 된다.

단순히 노력만 해서는 안 되는 이유가 있었네

이쯤 되면 당신은 말하리라. DK 부부도 위기를 극복하려고 노력하지 않았느냐고. 맞다. 하지만 다른 점이 있다. 문제를 정확하게 인식하지 못한 채 하는 노력은 그 힘이 약하다. 동기부여도 부정확하고, 목적의식도 제대로 부여하지 못한다. 마치 허공을 치는 권투선수와 같다.

DK 부부는 부부클리닉의 도움을 받아 두 가지를 노력했다. '섹스 공간과 시간 확보하기'다. 먼저 침실을 잘 정리하는 것부터 시작했다. 한마디로 섹스하기 좋은 공간으로 꾸몄다. 벽면엔 연인 시절 행복했던 장면의 사진 몇 장을 확대해서 액자로 걸었다. 그리고 두 사람이 좋아하는 음악을 들을 수 있도록 했다. 좋은 섹스를 조언해주는 책을 같이 읽는 것도 빼놓지 않았다. 로맨틱한 영화를 같이 감상했고, 하루에 세 번 이상 배우자의 손을 잡아주는 스킨십도 했다. 뿐만 아니라 밤 9시가 넘어가면 될 수 있는 대로 침실을 지키는 걸 원칙으로 했다. 자녀들에게도 그 시간만큼은 부부가 함께하는 시간임을 알리고 함께 노력해달라고 주문했다.

쉽지는 않았지만, 부부는 포기하지 않고 노력했다. 아이들도 남편도 아내도 시간이 지나면서 변화가 찾아왔다. 그들은 점차 사랑의 유효기간을 극복해냈다.

남편은 말한다.

"섹스가 단순히 쾌락의 도구가 아니라 친밀감 확인이라는 것을 알게 되면서 우리 부부가 왜 실패했는지, 아니 제가 왜 실패했는지 깨닫게 되었습니다. 이제 그동안 못다 한 아내에 대한 사랑을 계속 확인시키려고 합니다."

아내도 말한다.

"요즘 주위에서 저보고 예뻐졌다고 해요. 무슨 좋은 일 있느냐고. 그냥 웃어요. 호호호호."

부부 사랑의 본질과 부부 섹스의 상관관계

이들 부부를 통해 우리는 사랑의 유효기간도 노력을 통해 극복될 수 있음을 보았다. 그 성공은 우선 문제를 정확히 인식하는 데서 출발했다. '시작이 반'이라는 말은 이때 적용된다. 문제에 대한 객관적이고 정확한 인식은 문제 해결의 길로 우리를 이끈다. 당신이 이 책을 읽는 이유다.

여기서 잠깐, 부부 사랑의 본질을 부부 섹스를 통해 정리해보자.

부부 사랑의 본질은 배우자 두 사람만의 것이며 배타적이고 독점적이다. 두 사람만의 밀어로 주고받는, 그래서 두 사람만의 친밀감을 쌓아가는 것이 부부 사랑이다. 또한 그 사랑은 노력하지 않으면 수많은 암초에 부딪쳐 좌초하는 배와 같다. 부모와 자식 사이의 사랑은 핏줄이라는 뗄 수 없는 끈이 있지만, 부부의 사랑은 언제든 돌아누우면 남이 될 수 있는 가변적인 사랑이다. 부부 사랑의 본질을 원초적이고 적나라하게 보여주는 것이 바로 부부 섹스다.

따라서 부부 섹스는 부부 사랑의 바로미터가 된다. 부부가 얼마나 사랑하고 있는지를 알려면 부부 섹스의 빈도와 열정을 조사해보면 된다.

당신 부부의 침실은 안녕하신가!

아내를 10억에 빌려줄 수 있을까?

당신의 배우자가 "당신, 바람피우면 나한테 죽어! 알지?"라고 하는 것과 "당신이 바람을 피우든가 말든가 난 상관없어."라고 하는 것 가운데 어느 것이 더 상처가 되는가?

아내와 둘이 영화나 드라마를 자주 보는 편이다. 그것을 보면서 아내보다 내가 더 수다가 심하다. 씹는 맛이 없으면 드라마든 영화든 무슨 재미로 보나 싶다. 어떤 때는 아내가 '저 사람이 불알 달린 사내가 맞나?' 그런 느낌으로 나를 본다. 어쩌랴. 그게 재미인 것을. 아내에게 돼도 않는 변명을 늘어놓는다. 나이가 드니 여성 호르몬이 많이 나와서 그렇다고.

지금 소개하고자 하는 영화도 그중 하나다. 《은밀한 유혹》(애드리안 라인 감독, 1993)이다. 영화의 큰 틀은 건드리지 않은 채, 내 방식으로 세밀한 애드리브를 더해 재구성해보았다. 영화 한 편 새롭게 본다고 생각하시라. 재미는 보장한다. 특별히 성적인 표현을 적나라하게 하는 것은 당신으로 하여금 섹스의 열정을 조금이라도 불러일으켜 보려는 나의 가상한 노력이다.

시련의 씨앗이 꿈틀거리고

다이애나(데미 무어 분)와 데이비드(우디 해럴슨 분)는 부부다. 그들은 고교 때 만나 결혼에까지 골인한 사이다. 부모의 반대가 심했지만 그들은 서로를 잘 알고, 서로를 잘 이해하고, 서로를 사랑한다.

건축회사에 다니는 데이비드는 자신들의 보금자리를 짓고자 한다. 부동산 중개사인 다이애나가 찾아낸 싼 땅을 은행 대출을 받아 구입했다. 집 지을 자금도 구했다. 이제 집만 지으면 이들 부부에겐 아무 문제가 없다.

항상 인생엔 문제가 없다고 여기는 게 문제다. 부동산 업계에 불황이 닥친다. 그들에게 다가온 첫 시련이다. 나쁜 일은 항상 함께 몰려온다. 데이비드가 직장을 잃는다. 당장 큰일이다. 대출금 상환 날짜가 다가온다. 이제 땅까지 뺏길 지경이다. 입이 바짝바짝 마르고, 속이 타들어 간다.

데이비드는 버틸 수 있는 데까지 버티다 그의 아버지에게 달려간다. 5,000달러(약 500만 원)를 빌린다. 돈을 빌리고 나서 부부는 더 고민에 빠진다. 그 돈으로 대출을 갚으면, 당장 생활비는 어떡하나? 그리고 다음 달엔? 고민하는 부부의 머릿속에 문득 한 가지 생각이 떠오른다. 그리고 서로를 바라보며 외친다.

"라스베이거스!"

뒤도 돌아볼 것 없다. 어차피 더 잃을 것도 없다. 지푸라기라도 잡는 심정으로 그들은 라스베이거스로 향한다. 라스베이거스! 과연 환상의 도시다. 영화에서만 보던 라스베이거스다. 촌에서만 살던 이들 부부에겐 입을 다물지 못하게 하는 도시다. 하지만 부부는 화려함을 만끽할 여유가 없다. 이내 마음을 다잡고 원래의 목적, 바로 '도박'을 떠올린다. 자신들에게도 인생 역전이 오지 말란 법 없다고 자위한다.

꿈(?)의 도시, 라스베이거스

카지노에 들어선다. 담배연기가 자욱하다. 연기 사이로 드러나는 카지노 풍경은 이들 부부를 설레게 한다. 아니 조금은 두렵다. 테이블은 손님들로 초만원이다. 딜러들이 바쁘다. 5,000달러가 칩으로 바뀐다. 칩을 보자 부부의 손은 더 떨린다. 둥그런 칩 속에 아버지의 얼굴이 잠시 겹친다. 하지만 부부는 결의를 다진다. 반드시 베팅에 성공하겠노라고.

생전 처음 해보는 베팅. 쉴 새 없이 움직이는 손들. 답답하다가 조급하다가 목마르다가 설렌다. 드디어 결과가 나온다. 이들 부부는 외친다. "브라보!" 자그마치 2만 5,000달러다. 돈 벌기 참 쉽다. 승리의 자축 세리머니, 그건 황홀한 부부의 키스다. 그렇게 황홀한 밤은 지나간다.

다음 날, 부부는 딴 돈 모두를 들고 카지노로 출근한다. 출근? 직업이란 생계유지를 위한 일이다. 이들 부부에게 베팅은 엄연한 직업이고, 카지노는 직장이다. 궁지에 몰리면 무엇인들 못하랴. 패배의식은 잊은 지 오래다. 그들 앞엔 장밋빛 미래가 펼쳐진다. 2차 베팅이다. 물론 '올인'이다. 무엇이 두려우랴. 그들에겐 '밑져야 본전'이라는 두둑한 자본이 있다. 한 번 찾아온 행운의 비둘기가 두 번인들 찾아오지 않으랴. 어차피 인생은 한 방이다.

패를 깐다. 두근두근. 패배다. 눈앞이 캄캄하다. '밑져야 본전'이란 생각은 칩을 따라 상대방에게 건너간 지 오래다. 한 번 올라갔던 마음이 추락하니

두 배로 아프다. 쓰리다. 허탈하다.

은밀한 거래가 시작되다

그들을 지켜보던 한 남자가 있다. 마치 어두침침한 숲속에서 먹이를 노리는 한 마리 늑대처럼.

그의 이름은 존 게이지(로버트 레드포트 분). 가진 게 돈밖에 없는 백만장자다. 이들 부부가 라스베이거스에 도착한 첫날부터 유심히 그들을 지켜보았다. 아니 다이애나를 지켜봤다고 하는 게 맞겠지. 다이애나, 참 매력적인 여성이다. 우수에 찬 눈빛, 오뚝한 코, 실낱같은 입술. 무엇보다 우수에 찬 눈빛은 게이지의 마음을 사로잡기에 충분하다.

첫날엔 멀찍이 곁눈질만 하던 게이지. 다음 날은 노골적으로 가까이에서 그들을 바라본다. '저런 여자가 왜 이제야 내 앞에 나타났지?' 하면서. 임자 있는 저 여자, 내게도 기회가 올까?

기회가 왔다. 그들의 베팅이 실패했다. 기회는 기다리는 자에게 반드시 온다. 이제 게이지의 머릿속이 바빠진다. 그들의 베팅 실패는 게이지의 베팅 기회로 다가온다. 실망한 그들 앞에 게이지가 나타난다. 그들을 최대한 위로한다. 실의에 빠진 사람을 위로해본 적이 있는가. 참 고맙다. 게이지는 그런 전략을 쓴다. 먹힌다. 이제 거래를 할 차례다.

"내가 한 가지 제안을 하겠는데, 들어보실래요?"

순간 데이비드의 눈빛이 잠시 흔들린다. 다이애나는 무덤덤하다.

"내가 당신 아내와 하룻밤을 자고 싶다. 그 대신 100만 달러(약 10억 원)

를 주겠다. 어떤가?"

데이비드의 눈빛이 더 흔들린다. 다이애나는 황당하다는 눈빛이다. 데이비드의 머리가 복잡하다. 짓다 만 집이 일어서고, 빼앗긴 땅이 돌아온다. 다이애나의 환한 웃음소리가 귓가에 맴돈다.

"우릴 뭘로 보고!"

그렇게 응수했지만, 개운치 않다. 부부는 볼일 보고 뒤 닦지 않은 심정이 되어 숙소로 돌아간다. 남편이 먼저 이야기를 꺼낸다.

"당신 생각은 어때?"

다이애나는 말한다.

"미쳤어?"

침묵이 흐른다. 이젠 다이애나의 머릿속이 바쁘다. 실의에 찬 남편 데이비드가 힘을 내는 모습, 다시 집을 지으며 활기차게 웃는 모습, 직접 보금자리를 짓고 뿌듯해 하는 모습이 스크린처럼 흘러간다.

10분 동안의 침묵을 깬 건 다이애나다. "우린 사실, 결혼 전에 다른 상대방과 섹스를 해봤잖아. 그건 당신도 알고 나도 알지. 그래도 우리 사이엔 아무 문제가 없었어. 이번 일도 마찬가지야. 그렇지?"

아내의 진심을 누구보다 잘 아는 데이비드. 아내를 안고 키스를 한다. 그리고 섹스를 한다. 데이비드는 말한다. "우리의 사랑은 무적이다!"

약속대로 다이애나는 게이지의 집에 간다. 다이애나는 속으로 다짐하고 또 다짐한다. 이건 그냥 흔하디흔한 섹스일 뿐이야. 사랑하는 남편 데이비드를 위해 해줄 수 있는 선물일 뿐이야.

아내를 빌려주다

과연 백만장자의 집답다. 드라마에서나 보던 실내 장식물들이 그녀의 눈을 어지럽힌다. 그가 서 있다. 마치 전설 속의 왕 앞에 잡혀온 이웃나라 공주가 된 기분이다. 그가 와인을 권한다. 와인 잔을 받아든 다이애나. 잔이 미세하게 떨린다. 잔과 잔끼리 부딪친다. 농익은 빨간색 와인이 입속으로 빨려 들어간다.

와인을 마시며 몇 마디를 나눈 그들은 이제 의식의 장소로 옮긴다. 그의 침대 위다. 그는 그윽한 눈빛으로 그녀를 바라본다. 하지만 그녀는 아직도 어색하다. 어떻게 하든 정을 주지 않으리라 다짐한다. 이건 어디까지나 비즈니스니까.

그가 그녀의 원피스를 벗긴다. 하얀 브래지어를 벗긴다. 브래지어보다 더 희고 풍만한 그녀의 유방이 드러난다. 그의 혀가 간다. 가벼운 애무다. 그래도 나를 지키리라. 어느새 게이지의 손은 그녀의 아랫도리를 쓰다듬고 있다. 다이애나의 아랫도리가 점차 촉촉해진다. 혀로는 그녀의 유두를, 손으로는 그녀의 아랫도리를 애무한다. 아아아아. 그녀의 신음소리가 점차 농염해지고 커진다.

이제 사전 작업은 끝났다. 게이지가 다이애나의 팬티를 벗겨낸다. 아주 포근한 숲속이다. 더 이상 참지 못하겠다는 듯 게이지는 성급하게 자신의 팬티도 내린다. 그녀가 잠시 멈칫한다. 그는 속으로 말한다. 이건 당신 말대로 어디까지나 계약적인 섹스일 뿐이야. 너무 놀라지는 말라고.

그가 그녀의 몸으로 들어간다. 살짝 미끄러지듯이. 다이애나가 외마디 신음을 한다. 아. 다이애나의 신음을 확인한 게이지는 조금씩 살살 페니스를 움직인다. 무리한 움직임은 여자에게 불쾌감을 줄 뿐이다. 그녀를 감칠맛 나게 하고, 그가 페니스를 뺀다. 다시 들어간다. 다이애나의 손이 게이지의 몸을 더 꽉 쥔다. 다이애나의 신음소리가 이젠 노골적이다. 그녀의 신음소리엔 "좀 더 좀 더!"란 의미가 실린다. 좌우가 심하게 흔들린다. 그녀가 그의 엉덩이를 꽉 쥐고 잡아당긴다. 아~ 아. 다이애나는 남편에게서 느껴보지 못했던 강렬함에 온몸이 녹초가 된다.

은밀한 거래가 끝나는 듯했으나……

대사를 끝내고 다이애나는 남편 곁으로 돌아간다. 힘이 하나도 없다. 도대체 무슨 짓을 한 걸까? 데이비드가 안절부절못하는 모습이 보인다.

데이비드는 아내를 보자 말없이 껴안아준다. 수능을 치고 온 딸을 아빠가 껴안아주듯. 다이애나의 눈에 눈물이 흐른다. 그제야 끝냈다는 안도감이 밀려온다. 그들이 설계한 장밋빛 미래가 한층 그들 곁으로 다가옴을 느낀다. 그들의 머리에 그려진 청사진 덕분에 그들은 웃는다. 이제 끝이다. 아니 이제 새로운 시작이다.

그날 밤, 그들은 잠자리에 든다. 큰일을 치르고 온 아내가 사랑스럽다. 큰일을 치르고 온 자신을 말없이 안아준 남편이 고맙다. 이제 섹스를 할 차례다. 마치 돌려받은 물건을 깨끗이 닦듯이.

늘 하던 대로 데이비드는 그녀의 가슴을 애무한다. 그녀가 눈을 감는다. 분위기는 한껏 고조된다. 그가 그녀에게 들어갈 차례만 남았다. 그런데 이상하다. 데이비드의 머리에 그 녀석이 떠오른다. 아니 그 녀석과 뒹구는 그녀가 떠오른다. 지우려고 애를 쓸수록 더 선명해진다.

'이 여자가 나 말고 다른 놈과 놀아났단 말이야!'

데이비드가 다이애나의 배 위에서 내려온다. 그가 말한다.

"좋았어?"

황당한 듯 다이애나가 말한다.

"뭐가?"

"그놈하고 좋았어?"

그제야 다이애나는 그의 의도를 알아차린다. 그가 더 비아냥댄다.

"원래 그놈이랑 하고 싶었던 거 아냐? 돈은 핑계였지. 그렇지?"

다이애나는 대꾸할 가치를 못 느낀다. 무시한다. 그나저나 섹스를 할 기분은 이미 안드로메다로 건너갔다. 다이애나가 옷을 주섬주섬 챙겨 입는다. 데이비드가 말한다.

"그것 봐. 맞잖아. 그놈이 더 좋은 거지? 나란 놈은 이제 안중에도 없는 거지?"

다이애나의 눈에 눈물이 그렁그렁한다. 자신의 진심을 짓밟는 남편이 한없이 야속해서 눈물이 흐르고 또 흐른다.

데이비드의 마음도 물론 편하지 않다. 아내의 진심을 알면서도 자신의 머리에 떠오르는 그 장면 때문에 미친다. 그러고 있는 자신이 한심해서 더욱 미친다. 직접 본 장면보다 상상한 장면이 더 선명할 수도 있다는 걸 데이비드는 그때 알게 된다.

그들은 고향으로 돌아간다. 갈 때는 손을 맞잡고 갔지만, 올 때는 따로따로다. 고향 집 거실에 들어선 그들은 이내 마음을 바꾼다. 어쨌든 집과 땅을 건진 것으로 마음을 위로한다.

그들은 땅을 인수하러 부동산 사무소에 들른다. 아직은 어색한 둘이지만, 공통된 꿈이 있으니 그것으로 만족하자고 다짐한다. 하지만, 이게 웬일인가. 그 땅은 이미 팔려버렸다. 누굴까? 게이지, 바로 그놈이다. 순간 다이애나는 생각한다. 이게 게이지의 덫이었다는 걸. 순간 데이비드는 생각한다. 다이애나의 본심이 원래 이랬다는 걸. 말다툼이 거침없이 쏟아진다. 평행선을 달리던 그들의 싸움이 종지부를 찍는다. 서로 헤어지는 걸로.

다이애나는 게이지에게 달려가 따진다. 다이애나와 달리 게이지는 여유가 있다. 사실 "내 이럴 줄 알았다."는 데이비드가 아니라 게이지가 할 말이다.

한참 분풀이를 한 다이애나에게 게이지는 다시 와인을 건넨다. 다이애나는 머뭇거리다가 받아 마신다. 그의 호의를 수락한다는 뜻이 아니라 속이 탔기 때문이다. 그렇게 다이애나는 제2의 독배를 받아 마시고, 화가 누그러진다. 그녀의 인생 계산이 머릿속을 바쁘게 한다.

'이제 남편에게는 돌아갈 수 없다. 본심을 알았으므로. 그렇다고 이 남자에게 남을 수도 없다. 우리를 헤어지게 한 장본인이므로. 그럼 난 어떻게 하나?'

'어떻게 하긴 어떻게 해? 나에게 와야지.' 게이지의 마음이다. 자포자기한 다이애나는 그의 품에 안긴다. 무엇이 잘못된 것일까? '우리의 사랑은 무적!'이라고 했던 진심은 모두 어디로 갔나?

게이지가 들려준다. 자신도 한때 사랑하는 여인이 있었다고. 그녀와 결혼할 뻔했다고. 프러포즈를 하려던 날, 일이 생겼다고. 중요한 업무 계약을 하는 시간과 그 시간이 겹쳤다고. 그래서 그는 업무 계약을 선택했다고. 그래서 그녀가 떠나갔다고. 다시는 그런 실수를 반복하지 않겠다고.

이야기를 듣는 다이애나의 마음은 한층 더 게이지에게로 기운다. 가만히 보니 돈만 많은 게 아니다. 여자에 대한 매너도 있다. 진심도 있다. 매력 있는 남자다.

은밀한 거래를 뛰어넘어서

우리의 주인공 데이비드는 어떻게 됐을까? 데이비드는 몇날 며칠을 술로 버틴다. 데이비드도 생각한다. 무엇이 잘못된 걸까? 아직은 뭐가 뭔지 분명치는 않지만 어쨌든 다이애나보다 자신이 잘못했다는 느낌이 강하다.

힘을 낸다. 그냥 자신을 내버려둘 수는 없다. 다이애나를 다시 찾아오기 위해서라도. 이제 받아주는 직장도 없다. 그는 대학 강단에 선다. 원래의 전공을 살려 건축학을 가르치며 하루하루를 바쁘게 보낸다. 미친 듯이 일에 열중한다. 학생들 사이에 평도 좋다.

문제는 퇴근하고 홀로 집에 들어설 때다. 불 꺼진 방처럼 그의 마음의 방에도 항상 불이 꺼져 있다. 불을 켜면 아내와 보냈던 추억이 새록새록 떠오른다. 부엌에 들어서면 자신의 와이셔츠를 위에 걸치고 팬티 바람으로 커피를 타다 주는 아내가 반긴다. 욕실에 들어서면 비누거품을 한껏 낸 욕조에 몸을 담근 채 비눗방울을 자신의 얼굴을 향해 후 불며 아내가 웃는다. 침실에 들어서면 자신이 사다 준 검정색 코르셋을 입고 한껏 섹시함을 뽐내며 자신을 유혹하는 아내가 있다.

데이비드는 시동을 켠다. 어디로? 물론 라스베이거스다. 이젠 '돈을 찾아서'가 아니라 '아내를 찾아서' 미친 듯이 달린다. 그녀가 사는 집에 다다른다. '그녀가 사는 집'이라니? 그에겐 상상도 못할 단어였다. 벨을 누른다. 그녀의 목소리다. 그녀가 나온다. 수척한 그녀의 모습을 본 순간 그는 그녀의 진심을 읽는다. 그가 말한다.

"이제야 알겠어. 사랑하는 사람이 서로 함께 사는 건 과거의 잘못을 잊어서가 아니라 용서해주기 때문이라는 걸."

다이애나의 눈빛이 흔들린다. 조금 전까지는 '이 남자가 왜 찾아왔을까?'라는 생각에 마음이 복잡했다. 이젠 그녀에게도 생각할 시간이 필요하다. 자신이 지금 어디에 서 있는지 확인해야 한다. 과연 이쯤에서 다시 제자리로 돌아갈 수 있을지도 가늠해봐야 한다. 데이비드의 말이 어디까지 진심인지 살펴봐야 한다. 아니 그 말을 자신이 얼마나 신뢰하는지 물어봐야 한다.

"기다릴게. 내가 처음 프러포즈했던 그곳에서."

데이비드는 고향마을 부둣가 벤치로 한걸음에 차를 몰아간다. 그녀는 올까? 어차피 인생이 도박이 아니던가. 이젠 돈을 걸고 베팅하는 게 아니라 아내의 마음을 걸고 베팅에 나선 게다.

저 멀리서 하얀색 승용차가 보인다. 점점 다가온다. '설마' 하는 마음에 조마조마하다. 운전석이 열린다. 그녀다. 프러포즈를 하던 그날의 베이지색 원피스를 입고 있다. 그녀가 달려온다. 5미터, 4미터, 3미터, 2미터, 1미터. 모든 장면이 슬로모션처럼 돌아간다. 그녀는 나를 아직 잊지 않았다. 아니 한 번도 나를 버린 적이 없었다. 그녀를 품에 안는다. 그리고는 '프렌치 키스'를 한다.

영화니까 그랬다. 현실은?

이 영화는 공유하지 말았어야 할, 공유해서는 안 되는 것을 돈 때문에 공유한 부부의 위험한 이야기다. 물론 이 영화는 해피엔딩이었지만, 실제 부부는 그런 일이 생기면 십중팔구 깨어지기 마련이다.

이 영화가 우리에게 주는 메시지는 부부 사이에 다른 것이 끼어들면 결국 파경에 이른다는 교훈이다. 왜 그럴까? 앞에서 밝힌 대로 부부 사랑(섹스)은 본질적으로 배타적이고 독점적이다. 두 사람만의 은밀한 관계다. 이 은밀한 관계 사이에 누군가 끼어들면 비틀어진다. 세상 어떤 관계든 장담할 수 없는 일이지만, 특히 부부 사이는 더욱 그렇다.

당신에게 물어보자. 당신의 배우자가 "당신, 바람피우면 나에게 죽어. 알지?"라고 하는 것과 "당신이 바람을 피우든가 말든가 난 상관없어."라고 하는 것 중 어느 것이 더 상처가 되는가?

백 살 남편, 섹스를 해내다

평균 예순다섯 살까지 성생활이 필요하며, 남편이 있는 경우
여든 살까지도 성생활이 지속될 수 있다.

아내가 몇 년 전, 재가방문간호 일을 본 적이 있다. 아내는 동료와 함께 주로 부부노인 가정, 홀몸노인 가정, 장애노인 가정 등을 방문했다. 아내가 그들을 만나고 난 후 내게 리포트한 것들이 꽤나 된다.

백 살 노인이 섹스를?

아내의 리포트 가운데 HA 부부의 이야기는 백미 중 백미다.

내가 이야기를 들었던 그 당시, 남편 H는 백 살이었다. 아내 A는 일흔셋. A는 첫 번째 아내를 사별하고 만난 두 번째 아내다. 금슬이 좋았다. 세상 사람들의 편견(?)이 이들 부부 사이에 끼어들 자리가 없었다.

어느 날, 내 아내가 처소에 이르렀을 때다. A가 활짝 웃으며 말을 건넨다.

"우리 어젯밤에 해부렀어!"

했다니 무엇을? 섹스를. 헉! 그 나이에. 문지방 넘을 힘만 있으면 섹스를 한다는 게 진정 과학적인 말이었구나! 아내가 그 집을 방문하고 나올 때까지 A는 연신 '싱글벙글'이었다고 했다.

이 일화는 곧 아내의 입을 타고 재가간병인들 사이에 화재가 되었다. 이 이야기를 듣던 여성들이(재가간병인은 100퍼센트가 여성이다) 섹스에 대한 의지를 불태웠대나 뭐래나. 그 일은 지금도 그때 근무하던 재가간병인들 사이에 흐뭇한 전설로 남아있다.

모닝 섹스가 이렇게 좋을 줄이야

백 살 부부 이야기를 듣고 재가간병인들이 흐뭇하게 웃었던 그 다음 날 아침, 재가간병인 B씨도 대첩(?)을 이루어냈다. 섹스에 대한 의지가 이루어낸 쾌거라 하겠다. 간병인들이 모여서 한바탕 웃었다며 아내가 전해준 이야기다.

B씨와 남편 Y는 50대 부부다. 그들은 안성 시내에 살고 있다. 그날 아침이었다.

"따르릉 따르릉."

남편 Y의 휴대폰 벨이 울렸다. 아직 날이 새지 않은 새벽이다. 아내 B가 짜증이 난 듯 시계를 본다. 5시 30분이다. 겨울인지라 캄캄한 새벽이다. 아내는 "어느 놈이 새벽 댓바람에 전화를 한 겨!"라며 투덜거린다. 남편이 말한다.

"모르는 전화번호인데?"

순간 아내 B는 '어느 놈이 아니라 어느 년인가?' 하며 남편의 눈치를 살핀다. 남편도 약간 짜증이 나 있다. 연기가 아니라면 말이다. 이때 남편의 머리에 한 생각이 스쳐 지나간다.

'아 맞다. 그거!'

남편이 잠옷에다 점퍼를 걸치고 서둘러 대문을 나선다. 주차 문제였다. 안성 시내에 사는 터라 골목 주차를 하다 보니 생긴 해프닝이었다. 아내는 그제야 의문도 풀리고 화도 풀렸다. 문제를 해결하고 돌아오는 남편을 보고 아내는 불현듯 욕망이 솟구쳤다. 그건 어디까지나 우연이었다. 남편에게 말했다.

"우리 지금 할래?"

어리둥절한 남편. 하지만 평소 아내의 말이라면 깜박 넘어가는 남편 Y는 수청을 들라는 아내 B의 요구에 순종한다. 둘은 했다. 처음이었다. 아침에 부부 섹스를 한 것은. 의외로 좋았다. 그녀는 아침 섹스가 이렇게 좋을 줄 예전에 미처 몰랐다. 그녀는 전화한 그놈이 고마웠다. 그 후 그녀는 두 가지에 몰두했다. 첫째는 물론 '모닝 섹스'이고, 둘째는 '모닝 섹스가 좋다는 자랑'이었다.

하룻밤에 열 번을 한 노부부

이번에는 간병을 받는 남편 K와 그의 아내 S의 이야기다. 남편 K와 아내 S는 모두 60대다. S가 K보다 두 살 더 많다. 소위 연상의 여인이다. 남편 K는 몇 년 전 중풍으로 쓰러져서 온종일 집에서 생활한다. 아내 S는 남편 간호가 생활이다. 하지만, 외출도 자주 한다. K가 혼자 못 움직이는 건 아니므로.

어느 날이다. K가 밤에 텔레비전을 틀었다. 뭔가 볼 게 없을까 리모컨 운전을 해댔다. 텔레비전 채널 숫자가 높은 데로 돌아가자 야한 장면이 나왔다. 여배우가 옷을 벗는다. 치마도 벗고 블라우스도 벗고 브래지어도 벗는다. 풍만한 가슴이 철렁 드러난다. 순간 K는 침이 꼴깍 넘어간다. 사타구니에서 뭔가가 꿈틀댄다. 페니스가 일어나고 있다. 먼저 K 자신이 놀랐다. 아직도 살아있음을 확인하는 기쁨이랄까. 평소 없었던 일이다. 심야에 케이블 방송을 틀면 야한 장면은 얼마든지 나오겠지만, 자신의 처지를 생각해서 애써 외면했다. 하지만, 오늘은 달랐다. 귀신에 홀리듯 텔레비전을 틀었고, 하필이면 섹스 장면이 나오는 채널에 손이 갔다.

아내 S가 자다 말고 깼다.

"무슨 짓이야? 다 늙어 노망이야? 이런 노망엔 약도 없다 없어."

S가 투덜댔지만, K의 시청욕은 잠재울 수 없었다. 아니 성욕이라고 해야겠지. 그동안 잠자고 있던 사자가 깨어난 게다. 욕을 하던 아내도 남편의 그런 모습을 보니 측은했다. 남편이 말했다.

"여보, 나 좀 어떻게 해줘봐."

아내 입장에선 난감한 일이다. 남편의 중풍으로 섹스를 접은 지가 10년이 넘어간다. 그 전엔 그래도 1주일에 한 번 정도는 하고 살았다. 사람들은 그럴 만한 나이도 되었다고 위로해주지만, 아내로선 성에 차지 않았다. 아내도 섹스에 대한 욕구를 속으로만 삼켜야 했다. 그런 자신의 모습을 남편을 통해 보는 듯했다.

"그럼 당신 옷 벗어봐."

남편이 아랫도리를 드러냈다. 아내는 그 옆에 누워 남편의 페니스를 손으로 꽉 잡았다. 얼마 만에 잡아보는 페니스인가. 물론 발기하지 않은 페니스야 자주 만졌다. 씻어주고 닦아주고 했으니. 살살 어루만졌다. 남편은 지그시 눈을 감는다. 조금씩 남편의 몸이 달궈진다. 서서히 느낌이 온다. 그 순간 어디선가 무슨 소리가 들린다. 헉, 아내가 잠이 들었다. 아내의 손이 스르르 바닥으로 떨어진다.

실망이 물밀 듯 밀려왔다. 자신의 손으로 끝내볼까 하는 생각이 들었지만 '아냐, 아내의 손으로 끝내야지.' 하며 자고 있는 아내의 손을 자신의 페니스에 갖다 댔다. 아내는 잠결에도 손을 흔들어주었다. 그러다 남편도 잠이 들고, 아내도 잠이 들었다. 잠이 들면 피스톤질은 멈췄다. 아내가 잠이 깼는지, 남편이 잠이 깼는지 알 수가 없다. 다만, 아내의 피스톤질이 잠시 이어졌다가 끊어지곤 했다. 밤새 그러면서 그들은 잠을 잤다.

웃긴 건 남편의 꿈속이었다. 꿈속에서 아내와 섹스하는 꿈이 이어졌다 끊어졌다 반복했다. 깼다가 잤다가를 반복하는 횟수만큼이었을까? 하여튼 꿈속에서 섹스를 해본 사람은 안다. 그 쾌감이 이루 말할 수 없다는 걸. 꿈속에서의 섹스는 오르가슴에 이를 때의 그 감정만을 과장해서 나타내기 때문이다. 그렇게 그 밤에 이들 부부는 열 번을 넘어 했을 것 같다고 했다. 이날 이후 이들 부부는 어떤 식으로든 풀고 산다고 했다.

어쨌거나 여자들끼리는, 특히 중년 아줌마들끼리는 이런 이야기들을 스스럼없이, 아니 박장대소하면서 할 수 있다니 부럽다 부러워.

침대에 올라갈 힘만 있다면 하라

옛말에 "남자는 문지방 넘을 힘만 있으면 그걸 한다."고 했다. 호랑이 담배 피던 시절, 케케묵은 옛말이 아니다. 우리 조상들의 삶의 지혜가 길러낸 명언이다. 2015년을 살아가는 요즘 우리 부부에게 꼭 필요한, 뼈가 되고 살이 되는 말이다.

나는 "부부는 문지방 넘는 힘만 있어도 그걸 하라."고 말하고 싶다. 요즘 말로 바꿔 하자면 "부부는 침대에 올라갈 힘만 있어도 그걸 하라."다. 하하하하.

성 전문가 한 사람을 소개한다. 조병구 원장(산부인과 전문의. 노원 에비뉴여성의원)의 말을 되새겨보고, 당신 부부를 다시 돌아보라.

"평균 수명이 길어지면서 자녀 양육 후 부부만 남게 되는 시기도 길어지므로, 친밀감을 키워주는 중년 이후의 부부간 성생활도 이전보다 더 중요해졌다. 평균 예순다섯 살까지 필요하며, 남편이 있는 경우 여든 살까지도 성생활은 지속될 수 있다."(출처 : 〈건강뉴스 하이닥〉 '조병구 칼럼' 2014년 3월 25일)

부부, 공인받은 섹스 파트너

"당신들은 공식적인 섹스 파트너임을 사회가 인정한다. 당신 부부는 법의 제약 없이 섹스를 맘껏 누려라. 당신들의 섹스 관계에 끼어드는 것은 법적으로 보호를 해주겠다. 하지만, 동시에 당신 부부의 섹스가 사회를 아름답게 만드는 데 일조하라."

어느 날이었다. 부부 섹스에 대해 이야기를 나누다 아내에게 말했다.

"여보 ! 난 결혼이란 공인된 섹스 파트너를 결정하는 일이라고 생각해."

나의 폭투에 아내의 반응이 바로 나타난다.

"어이구. 누가 수컷 아니라고 할까 봐!"

아내가 단단히 삐졌다. 애당초 수컷들이 짐승인 줄은 알았지만, 내 남편만은 아니라고 믿었던 걸까? 여왕으로 존중해주지는 못할 망정 매춘부처럼 취급하는 것 같아서 그랬을까? 고작 섹스 파트너나 하려고 20년 동안 그 고생을 시킨 거냐고 생각한 걸까? 아무리 사실이라도 할 말 못할 말을 분간하지 못하는 남편의 바보스러움 때문이었을까?

아내에게 내 의도는 그게 아니었다고 바로 말하지 못했다. 아내에게 바로 말하지 못한 그것을 지금부터 풀어가 보겠다.

인간의 진화는 섹스의 진화를 부른다

대부분의 부부 섹스는 왜 은밀하게 이루어질까? 물론 부부가 아닌 다른 이들의 섹스가 은밀하지 않다는 건 아니다. 오히려 요즘은 부부 스와핑이니 집단 섹스니 하는 것들이 심심찮게 이루어지는 세상이다. 하지만 대부분의 부부 섹스는 은밀하게 이뤄진다.

개도 고양이도 개미도 금붕어도 숨어서 섹스를 하지 않는다. 이 세상 동물은 대부분 그렇다. 사람과 많이 닮은 침팬지나 고릴라도 은밀하게 하지 않는다. 그런데 왜 사람만 유독 그럴까?

인류 또한 공개적인 섹스를 부끄러워하지 않은 시대가 있었다. 인류가 숲속 생활을 하던 아주 오래전 원시 시절이다. 지금의 모습이 아니라 유인원에 가까웠던 그들은 숲속에서 각종 과일과 열매를 따먹고 살았다. 이때는 공개적으로 섹스를 했고, 침팬지처럼 배우자를 바꾸어 섹스를 하는 것도 다반사였다.

그러다 인류의 도약이 일어난 시기에 섹스에도 변화가 일어났다. 숲속 생활을 하던 인류는 어느 날부터 들로 나갔다. 숲속에서 구할 수 있는 음식의 양이 한계가 왔음을 직감한 그들의 선택이었다. 들로 나간 그들은 채집 대신 수렵과 사냥에 나서야 했다. 자녀를 생산하고 양육해야 하는 여성에 비해 비교적 자유로웠던 남성이 사냥과 수렵을 도맡았다. 남성이 사냥을 하지 못하면 여성과 자녀는 당장 굶어야 했다. 여성과 자녀들이 남성의 사냥

성과에 목을 매야 하는 시대가 도래한 것이다. 환경이 달라짐에 따라 섹스도 맞춤으로 진화시켰다. 지구상의 생물 중 '사람'의 섹스 생활이 제일 독특한 건 바로 이 때문이다.

사람만의 섹스 특징 일곱 가지

사람의 섹스가 독특하다는 걸 잘 알려준 친절한 두 남자가 있다. 《털 없는 원숭이》(영언출판사)의 저자 데즈먼드 모리스와 《제3의 침팬지》(문학사상사)의 저자 제레드 다이아몬드다. 두 사람이 주장하는 바는 매우 많지만, 대략 일곱 가지로 정리해보았다. 누구 맘대로? 물론 내 맘대로다.

1. 인간 여성만이 오르가슴이 있다. 인간과 닮은 동물(침팬지, 고릴라 등)조차 암컷에겐 오르가슴이 없다. 오르가슴은 사냥감을 가져오는 남성에게 섹스에 대한 보람과 만족감을 주려는 여성의 전략에서 나온 것이다. 남성은 예부터 정복함으로써 자존심을 키워온 동물이다. 남성은 섹스를 통해 여성을 만족시킴으로써 '내 여자'라는 자부심을 갖게 됐다.

2. 인간 여성의 유방은 유난히 섹시하다(물론 사람의 입장에서). 침팬지나 고릴라도 암컷은 유방이 있긴 하지만, 크기도 작을 뿐만 아니라 눈에 잘 띄지도 않는다. 몸에 털이 나 있기 때문이다. 또한 유인원들의 섹스 생활에서 유방의 역할은 거의 없다. 하지만, 인간은 다르다. 많은 남성들이 여성의 질보다는 유방을 볼 때 성적 흥분을 더욱 느낀다. 유방의 발달은 '사냥감'이

라는 권력을 가진 남성을 자신의 남자로 만들려는 여성의 계략이다. 어떤 생물학자는 여성의 발달된 유방은 엉덩이의 모방이라고 주장하기도 한다.

인간도 원래는 다른 유인원처럼 '후배위'(여성의 엉덩이 뒤에서 섹스를 하는 체위. 지금도 유인원들은 이 체위만을 한다) 동물이었다. 하지만 사냥 생활이 시작되면서 인간은 점차 정상 체위(남녀가 바라보고 섹스하는 체위)로 바뀌었다. 후배위의 경우 성적 자극은 당연히 봉긋 솟은 엉덩이였다. 반면에 정상 체위에서는 여성의 가슴이 엉덩이를 대체했다. 말하자면 여성은 엉덩이를 가슴에 달고 다니는 꼴이 된 것이다. 잘 발달된 여성의 유방은 도톰한 엉덩이와 많이 닮았다.

3. 인간 여성만이 은밀한 배란기를 가지고 있다. 인간 여성 역시 생리를 할 때 몸의 변화가 있기는 하다. 기분이 우울하거나 짜증을 낸다. 괜히 성기가 욱신거린다. 가슴이 조금 땡긴다. 그마저도 사람마다 천차만별이라 공통적이지 않다. 어떤 여성은 대충 지나가고, 어떤 여성은 예민하게 지나간다. 하지만, 여성 본인이 티를 내지 않으면 남성은 전혀 모른다. 이 역시 '내 남자'를 확실히 붙잡으려는 여자들의 전략이다. 배란기가 언제인지 모르게 함으로써 남자가 의도하건 의도하지 않건 자녀 생산을 위한 섹스를 계속하도록 만드는 것이다.

하지만 동물들은 다르다. 자신이 현재 배란기임을 동네방네 알린다. 유인원들의 암컷은 배란기가 되면 성기 주위가 빨강 분홍 등의 야한 색깔로 부풀어 오른다. 엉덩이나 가슴도 부풀어 오른다. 이유는 단 하나다. "나 지금 새끼 낳을 준비가 되었으니 어느 놈이라도 덤비슈!" 하고 알리는 것이다.

4. 독보적인 크기의 페니스도 특징 중 하나다. 영장류 중 수컷 동물들의 발기한 페니스 크기는 고릴라 3.2센티미터, 오랑우탄 3.8센티미터, 침팬지 7.6센티미터 등이다. 반면 사람 남성은 평균 12.7센티미터다. 더군다나 수컷 고릴라의 몸집이 사람 남성보다 1.5배는 크다는 걸 감안하면 정말 대단한 크기다. 고릴라의 입장에서 보면 사람 남성은 대물 중의 대물인 셈이다.

이 대단한 성기는 도대체 어디에 쓰는 물건일까? 큰 성기는 여성의 질 내부 이곳저곳을 건드려주고, 자극해주는 훌륭한 섹스 도구가 된다. 페니스의 크기는 여성을 장악하려는 남성의 진화라고 볼 수 있다.

5. 섹스 시간도 비교적 다른 영장류보다 길다. '섹스 시간'이란 수컷이 암컷의 질에 삽입하고 사정하기까지의 평균 시간을 말한다. 침팬지는 7초, 피그미 침팬지는 15초, 고릴라는 1분이다. 반면 사람은 평균 4~5분이다. 길게는 10분에서 20분도 가능하다. 의학이나 도구의 힘을 빌리면 더 연장도 가능하다. 사람들의 입장에서 침팬지 수컷은 조루증 환자로 보일 테고, 침팬지의 입장에선 사람 남성이 변강쇠로 보일 거다. 긴 섹스 시간 역시 남녀 서로에 대한 보상 심리의 일종이다.

6. 사람만큼 다양한 체위로 섹스를 하는 동물은 없다. 섹스 체위의 경전이라 할 수 있는 《소녀경》에는 스물네 가지의 섹스 체위가 소개되어 있다.

인도의 《카마수트라》, 이슬람 사회의 《알쿠타프》, 유럽 사회의 《아루스아마트리아》 등이 《소녀경》과 맥을 같이 한다.

이 책들에 소개된 여러 가지 체위는 남성 상위, 여성 상위, 측와위(側臥位), 후배위(後背位), 입위(立位), 좌위(坐位) 등 6가지로 축약될 수 있다. 다른 체위들은 이 여섯 가지의 응용이다. 이처럼 다양한 체위가 발달한 건 오로지 인간의 의지와 욕구가 만들어낸 습관의 변화다. 이건 곧 호르몬, 뇌, 유전자의 변화로 진화되었다.

부부의 은밀한 섹스, 이런 이유였네

7. 사람의 섹스는 대부분 은밀한 장소에서 이루어진다. 이 부분이 바로 내가 주목하고 싶은 부분이다. 왜 그럴까? 한마디로 쪽팔려서 그렇다. 어떤 고상한 이유를 갖다 붙여도 '쪽팔린다.'는 말만큼 선명한 표현은 없다. 하지만, 왜 쪽팔릴까?

사람의 '은밀한 섹스'의 기원에 대해서는 학자들 사이에도 이견이 많다. 그 중에서 설득력 있는 네 가지 이유는 다음과 같다.

첫째, 원시인들의 섹스는 남성이 포획한 사냥감에 대한 여성의 '보상'이었다. 이 때문에 섹스는 한 남성과 한 여성의 암묵적인 보상관계를 바탕으로 하는 은밀한 행위로 발전되었다.

둘째, '체력'과 '협동정신'의 유지를 위해서다. 공개적인 섹스는 난잡한 섹스로 이어지기 마련이다(침팬지들처럼). 그리고 난잡한 섹스는 남성들의 여성 쟁탈전으로 이어질 수 있고, 남성들이 섹스 때문에 지나친 에너지를 쏟으면 사냥하기가 힘들어진다. 또한 섹스 문제로 사이가 벌어지면 목숨을 걸고 사냥하는 현장에서 서로 협동하기가 힘들다. 사람은 타고난 무기가 없으므로 '협동'은 사냥의 핵심이다.

셋째, 남자와 여자의 숨은 의도가 맞아떨어진 결과다. 배란기를 모르는 남성은 자신의 자손을 번식시키기 위해 주로 한 여성과 섹스를 했다. 한 여성과의 섹스 횟수가 많으면 많을수록 수정의 가능성이 높아지기 때문이다. 반면 여성의 입장에서는 배란기를 숨기는 것이 남성이 다른 여성에게 눈을 돌리지 않도록 하는 하나의 전략이었다.

넷째, 해산의 고통과 양육의 수고를 잘 아는 여성은 자신의 배란 기간을 피해 남성과의 섹스를 유도했다. 이건 동상이몽이다. 자손 번식이 목표인 남성과 수정을 피하는 여성의 섹스다. 이런 엇갈린 동기가 둘만의 은밀한 섹스를 강화시켰다.

'친절한 두 남자' 데즈먼드 모리스와 제레드 다이아몬드가 공통적으로 밝힌 메커니즘은 '인간은 섹스를 통해 상대방에게 보상을 해줌으로써 서로의 관계를 강화시켰다.'는 것이다. 이 메커니즘은 고스란히 부부 침대로 옮겨졌다.

사랑을 하면 예뻐지는 이유

원시시대에는 부부 섹스가 먹잇감을 확보하고 자손을 번식하기 위한 상호 보상체계로 작용했다. 그렇다면 요즘 부부들은 섹스를 함으로써 어떤 보상을 해주고 있을까?

'사랑을 하면은 예뻐져요'란 유행가 가사가 있다. 정말 그럴까? 결론부터 말하면 그렇다. '사랑하면 예뻐지는' 이유 역시 섹스와 밀접한 연관이 있다.

여성은 사랑하는 사람과 섹스를 하면 피부부터 달라진다. 남성과 달리 여성은 '아무 남성'이 아니라 자신이 '사랑하는 사람'과 섹스를 할 때 쾌감이 증폭된다. 상대의 자극을 받아들여 자신의 뇌에 이미지를 만들면서 쾌감을 느끼는 것이다. 이때 뇌에서는 도파민과 엔도르핀이라는 호르몬을 생산해낸다. 아울러 자율신경이 활성화되어 호르몬 분비와 혈액순환 그리고 내장활동 등이 활성화된다. 이것이 피부에 영향을 주고 혈색이 좋아진다.

섹스는 또한 다이어트 효과도 있다. 섹스를 하면 칼로리가 연소되기 때문이다. 보통 운동의 효과와 같다. 한 번의 섹스로 소모되는 열량은 100~200칼로리다. 특히 열정적인 30분간의 섹스는 800칼로리의 열량을 소모한다. 뿐만 아니라 여성이 섹스를 통해 쾌감을 느끼게 되면 뇌의 시상하부 만복중추에서 포만감을 느껴 식욕을 억제하는 효과도 있다.

이와 반대로 사랑하는 이와 섹스를 하고 싶은데도 하지 못하는 여성은 우울증과 좌절감에 빠진다. 앞에서 만난 DK 부부의 아내 K씨의 경우가 그랬다. 여성은 사랑받지 못한다는 허탈감을 다른 것으로 메우려고 한다. 욕구불만은 식욕으로 대체되기도 한다. 그로 인해 늘어나는 체중은 점점 더 남편과의 섹스를 멀어지게 한다.

미국의 건강 전문 웹진 〈리얼 에이지〉가 제시한 섹스와 수명과의 관계 조사에 따르면 1주일에 3~4회 섹스로 최고 8년의 수명을 늘릴 수 있다고 한다. 섹스를 할 때 분비되는 성장호르몬과 옥시토신, 엔도르핀이 더 젊고, 건강하고, 행복하게 만들기 때문이다.

스코틀랜드의 로열에든버러병원 연구팀이 3,500명을 대상으로 연구 조사한 결과, 주당 3회 이상 섹스를 하는 사람은 평균 10년 젊어 보이는 걸로 나타났다. 섹스를 할 때 분비되는 성장호르몬이 체지방을 줄이고 근육을 늘려주기 때문이다. 또 노화방지 호르몬인 DHEA의 혈중 농도는 오르가슴과 사정 직전에 평소의 다섯 배에 이른다.

그래서 서양인들은 섹스를 일종의 스포츠라고 생각한다. 즉 자신의 건강을 증진하는 일로 생각하는 것이다. 섹스를 에너지를 소비하는 일로 생각하는 우리나라 부부들과는 생각하는 차원이 다르다.

건강한 섹스는 건강한 사회를 만든다

섹스는 남성의 양의 기운과 여성의 음의 기운이 만나 스파크를 일으킴으로써 남녀의 에너지를 순환시키고 재생산해낸다. 부부의 건강한 섹스는 건강한 에너지를 만들어 건강한 육체와 건강한 정신을 생산하고, 건강한 관계를 생산한다. 또한 자녀들에게도 좋은 에너지를 공급해주고, 나아가 우리 사회를 건강하게 하는 핵심적인 원동력이 된다. 이것이 부부 섹스의 위대한 힘이다. 이런 부부 섹스를 게을리 해서야 되겠는가.

'하겠다'는 의지를 가지고 노력하면 안 될 게 어디 있으랴. 당신 부부에게 파이팅을 보낸다. 할 수 있을 때, 많이 하라. 문지방 넘을 힘만 있다면.

섹스는 부부관계를 아름답게 만들고, 가정을 아름답게 만들고, 세상을 아름답게 만든다. 이것이 바로 세상이 당신 부부를 '공인된 섹스 파트너'로 인정해준 뒤에 요구하는 엄정한 대가다. '공인된 섹스 파트너'에는 권리도 따르지만, 일종의 사회적 책임도 따른다. 결혼식은 말하자면 이런 계약이다.

"당신들이 공식적인 섹스 파트너임을 사회가 인정한다. 법의 제약 없이 섹스를 맘껏 누려라. 당신들의 섹스 관계에 끼어드는 것은 무엇이든 법적으로 보호를 해주겠다. 하지만, 동시에 당신 부부의 섹스가 사회를 아름답게 만드는 데 일조하라."

비밀 공유는 강력한 '자타불이'의 관계

사람끼리 친해지면 정신을 공유할 수 있지만, 아무리 친해도 서로 몸(섹스)을 공유하기란 어렵다. 하지만 부부는 정신도 몸(몸과 섹스의 비밀)도 서로 공유할 수 있는 공인된 관계다.

둘만의 은밀한 비밀이 있다는 건 둘만의 은밀한 관계가 계약되었다는 이야기다. 은밀한 비밀은 은밀한 관계를 만든다. '은밀하다'는 건 '세상 누구보다 친하다.'는 말과 같다. 시어머니도 며느리도 이웃집 김씨도 회사의 미스 강도 모르는 그들만의 비밀이 쌓이면 그들은 자꾸 가까워진다. 서로를 오르가슴에 이르게 하는 비법이라면 더욱 그렇다. 비밀을 공유하는 순간 그들은 '자타불이'의 오르가슴을 경험하곤 한다. 그런 황홀한 비밀을 20년 정도 공유하면 대체 얼마나 좋을까?

본질적으로 부부의 사랑은 배타적이다. 두 사람 사이에는 누구도 끼어들 수 없는 무엇이 있다. 부부 외엔 대치할 수 없는 사랑의 방정식이 존재한다. 이 방식에서 벗어나는 건 부부 사랑의 본질에서 벗어나는 거다.

결혼을 한자로 쓰면 '結婚'이다. 이 단어의 핵심 한자는 바로 婚(혼)이다. 婚은 女(계집, 여)와 昏(저물, 혼)이 결합된 단어다. 즉 결혼이란 신랑과 신부가 만나 저녁(밤)을 같이 보내는 행위다. 그래서 사전에서도 결혼을 '남녀가 정식으로 부부관계를 맺음'이라고 풀이하고 있다. 정식으로 섹스하는 사이, 즉 합법적으로 섹스하는 사이란 말이다.

의무적인 섹스여, 이젠 안녕!

'공인된 섹스 파트너'라고 하니 왠지 관청 냄새가 난다. 권리와 의무를 따지는 법원 냄새도 난다. 자칫 잘못하면 자동차세를 낼 때마다 왠지 아깝다는 생각이 드는 운전자와 같이 된다. 이런 의무적인 섹스가 아닌 친밀한 섹스는 어떻게 가능할까?

먼저 섹스에 대한 시각을 바꿔야 한다. 부부 섹스에 문제가 있다고 해서 '섹스의 기술'을 연구하는 건 배우자를 몰라도 한참 모르는 거다. 즐거운 섹스를 하려면 그녀의 감정을 풀어줘야 한다. 그녀의 가슴을 애무할 게 아니라 응어리진 감정을 애무해줘야 한다. 이런 절차가 선행되지 않으면 원만한 섹스는 기대할 수 없다. 섹스는 육체적인 쾌락이 아니라 전인적인 교류이며, 서로의 친밀감이 핵심이기 때문이다.

앞장에서 말한 '섹스를 기피하는 원인' 중 대부분은 '배우자에 대한 친밀감 결여' 때문이다. 아무리 바쁘고 힘들어도 서로 친밀하다면 언제고 섹스를 할 수 있다.

사랑이 곧 섹스가 될 수 없고, 섹스가 곧 사랑이 될 수는 없다. 이 세상의 수많은 동물들이 사랑 없이 섹스를 한다. 이 세상의 수많은 사람들, 즉 뉴욕의 뒷골목에서, 일본의 신주쿠에서, 한국의 모텔 곳곳에서 사랑 없는 섹스를 즐긴다. 그런 섹스를 즐기는 사람들에게 돌을 던질 수 없다. 그럼에도 호모사피엔스가 발전시켜 온 섹스의 본질, 즉 부부 사랑의 본질에서 어긋나 있는 것만은 확실해 보인다. 그런(친밀감이 결여된) 섹스는 결코 에너지의 재생산과 선순환을 만들어낼 수 없으며, 가정과 세상을 건강하게 만들 에너지를 세상에 줄 수 없다. 친밀감이라고 하는 핵심이 빠졌기 때문이다. 뇌(호르몬)가 참여하는 행복한 섹스가 빠졌기 때문이다.

앞으로 펼쳐질 많은 이야기들이 당신 부부의 관계를 설정하고, 조율하는 혜안을 줄 것이다. 그것은 곧 당신 부부가 의무적인 섹스가 아니라 행복한 섹스를 할 수 있도록 돕기 위해서다. 당신 부부의 행복한 섹스를 위하여, 파이팅!

아내와 나의 섹스 변천사

아내와 나의 '섹스 변천사'는 다른 말로 '섹스의 진화'이자
'삶의 진화'라 할 수 있다.

'우심깜뽀.'

아내와 내가 연애할 무렵 유행했던 말이다. '우리 심심한데 깜깜한 데 가서 뽀뽀나 할까?'의 줄임말이다. 아내와 내가 처녀 총각으로 만난 시절, 4개월이 넘어가니 자꾸 심심해지더라. 첨엔 심심해서 뽀뽀를 했다. 뽀뽀를 하다 보니 또 심심해져서 뽀뽀를 했다. 뽀뽀를 하다 보니 자꾸만 심심해지고 나중엔 데이트하는 목적이 대화가 아니라 뽀뽀를 하기 위해서였다. 설마, 뽀뽀라고 표현하니 순진하게 그냥 뽀뽀라고 생각하지는 않으시겠지. 그렇다. 키스다. 혀를 넣고 살살 굴리는 재미에 맛이 들여진 거다. 누가 먼저랄 것도 없이 우리는 그렇게 했다. 심심하다는 건 아마도 '여자 마음(심), 남자 마음(심)이 하고 싶어한다'는 뜻이 아닐까?

운명의 첫 키스는 그렇게 달콤했다

아내와 나의 날카로운 운명의 첫 키스는 그날 밤이었다.

부산 대청동 공원이었다. 아내와 나는 신학생이었고, 학교 근처 공원에서 주로 데이트를 했다.

이런저런 이야기를 나눴다. 둘만의 대화라 달콤했다. 날이 어둑해졌다. 대청동 공원에 밤이 내렸다. 밤과 함께 낮에는 없던 신비한 아름다움이 아내 K에게 내려앉았다. 전 같으면 "어두워졌으니 집에 가셔야죠. 데려다 드릴게요."라며 잘난 척을 했을 텐데, 차마 내 입은 그 말을 내놓지 못했다. 아니 안 했다. 나는 오늘의 데이트 목적을 상기했다. 오늘 만남의 초심을 잃지 않으려 애썼다.

일부러 데이트 산책 코스를 공원 뒤편 한적한 곳으로 잡았다. K도 순순히 따랐다. 그때 아내의 태도는 이랬다. '여호와는 나의 목자시니 내가 부족함이 없으리로다. 그가 나를 푸른 초장에 누이시며 쉴 만한 물가로 인도하시는도다.' 그런 K가 사랑스럽고 사랑스럽더라. 한적한 공원 벤치에 앉았다.

이때다. 굶주린 사자가 먹이를 낚아채듯 K의 입술을 훔쳤다. 입술이 맞닿았다. 기분이 좋았다. 내 혀가 그녀의 입술을 노크했다. 살짝 머뭇거리는 듯하다가 이내 수문을 열었다. 이 얼마나 기다렸던 순간인가.

그 이후로 내가 제일 좋아하는 술은 '아내의 입술'이 되었다. 지금도 아내는 가끔 나에게 "여보 술 줄까? 세 잔." 그러면서 세 번 뽀뽀를 하곤 한다. 어쨌거나 내겐 그것이 생애 첫 키스였다. 하늘에 맹세코. 아내에게 "당신도 그때가 처음 맞지?"라고 물으면 빙그레 웃는다. 나 참 미치고 환장할 노릇이다.

하여튼 K와 나는 한 몸, 아니 한 입술이 되었다. 설왕설래, 즉 혀가 갔다 왔다 하기를 10여 분. 후끈 달아오른 내 손이 참지 못한다. 그녀를 벤치에 눕혔다. 나의 손이 자석에 끌리듯 그녀의 가슴으로 간다. 평소 조신한 K, 명색이 신학생인 우리들이 그럴 수 있을까? 물론 그랬다. 그러고도 남았다. 너무도 자연스럽게 '가슴 애무'가 이뤄지니 나도 적잖이 놀랐다. 그녀도 많이 원했었구나.

'부스럭.'

뜨거움이 한창일 때, 누군가 그 한적한 길을 지나가는 듯했다. 그 밤에 그 길로 사람이 지나갈 일은 없다고 판단했는데 말이다.

'이런 써글 놈. 눈치 정말 없네.'

그렇게 속으로 욕을 했지만, 그 밤에 지나간 사람이 '놈'인지 '년'인지는 아직도 미스터리다. 그녀도 나도 순간 움찔. 그곳이 더 이상 안전지대가 아님을 우리는 직감했다. 약속도 하지 않았고, 말도 하지 않았지만, 우린 자연스레 다음 '우심깜뽀'를 위해 그곳을 떠났다. 더 안전한 장소로. 낮에 자주 다녔기에 우리는 그 장소를 꿰고 있었다. 따라서 '우심깜뽀 안전지대'를 찾는 것은 그리 오래 걸리지 않았다.

우리는 약속이나 한 듯, 아니 무엇엔가 홀린 듯 공원에 있는 커다란 바위(선 바위) 뒤를 골랐다. 바위 뒤는 야트막한 잔디 벽이었고, 사람이 겨우 들어가 앉을 만한 좁은 공간이 있었다. 그보다 더 밀애를 나누기에 좋은 곳은 없었다. 말하자면, 누군가 일부러 작정하지 않고는 오거나 지나가는 곳이 아니었다. 눈이 뒤집히면 보이는 게 없다 했지만, 우리는 사랑의 눈이 뒤집혔고, 너무나 잘 보였다. 밀애의 장소 말이다.

'설왕설래'를 50분쯤 했을까? 한 시간쯤 했을까? 물론 나의 손은 가슴 애무를 이어갔다. 달콤했다. 찐했다. 좋았다. 황홀했다. 날아갔다. 밤이 가지 않았으면 했다. 그 밤에 하늘에 별이 떴는지, 달이 떴는지는 몰라도 우리의 마음속 해는 떴다. 찬란한 태양이. 우리는 선바위가 그렇게 고마울 수가 없었다. 예나 지금이나 선 것들은 사람을 황홀하게 만드는 재주가 있는가 보다.

우리의 첫 키스는 그렇게 끝났다.

처녀 총각 딱지를 뗀 후, 하루에 네 번 하다

참, 섹스 장면까지 기대한 독자들에겐 미안하다. 나와 그녀는 386세대였고, 고리타분(?)한 신학생이었다. 지금이야 '속도위반'을 자랑스럽게까지 생각하는 시대가 되었고, 혼전 자녀 하나쯤은 '혼수품'이라고 하는 시대가 되었지만, 그녀와 내가 데이트하던 1993년에는 '속도위반'은 해서는 안 되는 짓이었다. 특히 남자보다는 여자에게. 정말 여자를 사랑하는 남자라면, 그녀의 소중한 것을 끝까지 건드리지 않아야 했다.

나도 멋있는 남자였다. 그녀의 가슴까지만 손대고 은밀한 곳은 손대지 않은 그런 멋있는 남자. 하하하하하.

그렇게 키스하는 순간이 많아지니, 나의 아랫도리가 주체를 못하게 되더라. 요즘 같으면 '까짓 속도위반쯤이야. 어차피 끝까지 책임질 건데 뭐가 문제야?' 했겠지만, 그땐 스물다섯 순수 청년이었다. 단언컨대 난 착한 남자였고, 멋있는 남자였다.

그녀와 결혼을 했다. 만난 지 6개월 만에. 우여곡절을 겪고 결혼했고, 신혼여행을 떠났다. 제주도로 떠나기 전날이 일요일(교회 말로 주님의 날)이었다. 순수 신도인 우리는 본인들이 다니던 교회의 예배에 참석하고 해운대 송정 바닷가의 어느 모텔로 향했다.

'아기다리 고기다리 던' 첫날밤이다. 나름 분위기를 잡았다. 이미 나의 고지는 정해졌다. 어떤 말도 어떤 행동도 거기에 맞춰졌다. 그렇다. 고지를 점령하는 것. 그 시간이 다가온다. 운명의 순간이. 수많은 시간을 포르노와 음란물을 통해 키워왔던 동경심. 수많은 자위행위를 통해 미리 맛보았던 그것. 사춘기 수컷 친구부터 20대 수컷 친구까지 들려주었던 그 맛. 이제 그 맛을 볼 차례가 된 게다.

'두근두근.'

내가 먼저 샤워를 끝냈다. 다음에 그녀가 샤워를 끝냈다. 그녀가 말한다.

"자기야. 눈 감고 있어. 창피하단 말이야."

난 눈을 감았다. 무슨 말인들 못 들어줄 소냐. 고지가 눈앞인데. 실눈을 뜰까도 생각했지만, 어설픈 '커닝'은 인생을 망친다. 그녀가 내 품으로 들어온다. 이불 속이다. 뭐부터 해야지? 어디부터 애무해야 하지? 바로 삽입해야 하나? 그 많은 세월 야동을 통해, 친구의 입을 통해, 〈선데이 서울〉을 통해 코치받았던 섹스 스킬이 하나도 생각이 나질 않는다. 머릿속이 하얗다. 페니스가 자꾸 재촉을 한다. 고지를 점령하라고. 언제 실습을 해봤어야지. 에라 모르겠다. 몸이 가는 대로 맡겨보자. 어떻게 하다 보니 나의 페니스는 그녀의 깊은 곳에 다다랐다. 피스톤 운동을 몇 번 하다 보니 사정을 하고 말았다. 에그머니! 이렇게나 빨리. 3분 컵라면도 아니고, 3분 만에 끝났을까. 순간 내 머리에 한 생각이 떠올랐다.

'이게 아닌데. 정말 이것뿐이었나.'

나의 생애 첫 섹스는 뭔가 묘했다. 기쁨과 쾌락은 30퍼센트, 실망감이 60퍼센트, 알 수 없는 감정이 10퍼센트였다. 그 이후로 나는 미성년자, 특히 학생들이 섹스의 느낌을 물어오면 스스럼없이 이야기한다.

"포르노보다는 덜 좋고, 자위행위보다는 더 좋다."

내가 생각해도 명언이다. 포르노에서 보여주는 여성들의 과장된 신음소리가 연기란 걸 알고 나면 더 실망할 학생들도 있긴 하겠지만 말이다.

나와 그녀는 이렇게 각각 총각과 처녀 딱지를 뗐다. 단언컨대 그녀도 숫처녀였다. 그녀의 부끄러워하는 행동이 그랬고, 말이 그랬고, 느낌이 그랬다. 물론 '첫 키스' 상대가 나인지는 자신을 하지 못하겠다. 아무리 물어도 정확하게 답하지 않고 웃기만 했으니 말이다. 그냥 그녀의 답을 듣지 않는 걸로 프라이버시를 지켜줄 밖에.

무엇이든 처음이 어려운 법. 우린 제주도로 신혼여행을 가서 하루에 네 번까지도 섹스를 했다. 아침에 눈을 뜨면서 식전 모닝 섹스 1회, 패키지 여행 중간에 호텔에 식사하러 왔다가 식후 1회, 패키지 여행 마치고 와서 저녁 먹고 식후 1회, 둘 다 좋아하는 볼링 치고 와서 잠자리 들기 전에 1회. 아마도 패키지 여행이 아니었다면 우리는 적어도 하루에 5~6회 정도는 하지 않았을까 싶다. 그렇게 우리는 말로만이 아니라 실제로 꿀맛 같은 '밀월 여행'을 보냈다.

혹독한 현실 속에 피어나는 섹스 해프닝

신혼여행을 마치고 집에 돌아오니 혹독한 현실이 우리를 기다리고 있었다. 사실, 나는 알고 있었지만 아내는 몰랐던 현실이었다. 연인으로서 보아왔던 '강 건너 불'이 아니라 아내로서, 며느리로서, 형수로서 맞이하는 진짜 현실이었다.

1991년 태풍으로 인해 우리 가족이 살던 집에 깔려 돌아가신 어머니를 빼고, 아버지와 나를 포함한 3형제가 그녀가 맞이할 시집 식구들이었다. 10평 남짓한 영세민 아파트의 작은 방이 시아버지의 방이었고, 부엌 겸 좁은 거실을 지나면 있는 미닫이 방이 우리의 신혼 방이었다. 설상가상 그녀의 막내 시동생(내 동생)이 얼마 있지 않아 제대를 하고 우리 신혼 방에 같이 살았다. 1년을 아내와 나 그리고 동생, 셋이서 한 방을 사용했다. 연인 시절의 선바위 뒤는 보장되지 않았고, '눈치 없는 그놈'이 지나가던 공원 벤치만이 허락되었다.

사실, 그래서 해프닝도 많았다. 우리 부부가 섹스하는 시간은 주로 낮이었다. 아버지가 마실을 나가고, 동생이 직장에 갔을 때다. 나는 야간 신학생이었고, 낮엔 트럭으로 화장지와 달걀을 파는 주경야독의 가장이었다.

섹스를 하고 싶은 날은 일부러 집 근처에서 장사를 하다가 눈치를 봐서 집으로 들어갔다. 휴대폰이 있었던 것도 아니다. 소통의 도구는 이제 전설이 된 '삐삐'였다. 아버지가 나가고 안 계시면 아내가 '8282'(빨리빨리)란 문자를 보내고, 아버지가 집에 계시면 '2828'(이만이만)이라고 보내기로 했다. 어느 날 낮에 아내로부터 '8282'라는 문자가 왔다. 이때다 싶어 집으로 향했다. 아파트 현관문을 열었다.

"자기야, 나 왔쪄."

평소 하지 않던 코맹맹이 소리를 냈다. 아내의 다소곳한, 그러면서 조금은 상기된 얼굴을 기대하면서. 하지만, 웬걸. 아내의 얼굴이 그리 밝지 않다. 아니 속상한 얼굴이다. 왜일까?

"자기 왜 그래? 아버님 방에 계시는데."

앗. 이게 무슨 시추에이션. 삐삐를 꺼내 확인했다. 눈을 씻고 봐도 '8282'였다. 방에선 아버지의 헛기침 소리가 들렸다. 아버지가 작은 방문을 열고 외출을 하시려나 보다. 아버지가 지금이 무슨 시추에이션인지 눈치를 챘다. 어련하실까. 어머니와 20년 넘게 섹스를 하신 분이다.

시동생 덕분에 생긴 섹스 해프닝

아버지가 외출한 후, 할까 말까 망설이다가 바로 결정했다. 얼마나 기다려왔던 기회인가. 우리 부부는 아버지의 배려(?)로 그날은 맘껏 했다. 알고 보니 아내가 실수로 '2828'이 아닌 '8282'를 누른 것이다. 실수 덕분에 오래간만에 섹스를 맘껏 했지만, 며느리로선 시아버지 보기가 미안한 게다. 그 시행착오는 우리에게 완벽한 숫자를 선사했다. '8282'는 그대로 두고, '2828'대신 '772'로 바뀐 것이다. 뭐냐고? 바로 '천천히'(772)다. 열악한 환경에 처하면 돌아가는 게 잔머리라더니, 우리는 스스로 우리의 잔머리에 감탄을 했다. 그 후론 삐삐로 실수하는 일은 없었다.

문제는 오토바이를 타고 출퇴근하는 시동생이었다. 어떤 때는 낮에도 집에 오곤 했다. 직장을 빨리 마치거나, 집에 일이 있을 때다. 사람 많이 사는 아파트라 부르릉 오토바이 소리가 수도 없이 울렸다. 그래도 아내는 그 수많은 오토바이 소리 중에서 시동생 오토바이 소리를 구분하더라. 나는 아무래도 모르겠던데.

저녁이 되면 아내는 전화로 시동생의 안부를 묻곤 했다. 동생은 몰랐을 거다. 아내와 내가 동생이 좋아서 그토록 챙긴 게 아니란 걸. '이노무 새끼야. 제발 외박 좀 하고 살아라. 우리도 좀 살자.'라는 메시지였다는 걸.

"삼촌 언제 와요?"

눈치 없는 동생은 말한다.

"형수님, 오늘 일찍 들어가요."

'이노무 시키. 저놈은 친구도 없나?' 아내와 나의 이구동성이다. 물론 속으로.

동생이 회식을 하고 늦게 온다는 걸 확인한 날은 환희의 날이다. 게다가 동생이 친구 집에서 자고 온다는 날은 그야말로 '계 탄 날'이다. 나도 그날 학교 마지막 수업은 땡땡이다. 거룩한 사제 수업은 집에서 하는 날이렸다. 한 자매님의 행복을 위해 예비 성직자가 마땅히 해야 할 일이다.

몰래 먹는 사과가 맛있었다

그렇게 아내는 임신을 했다. 하지 말라고 하면, 못하게 될 형편이면 더 하고 싶은 게 사람 심리던가. 아내가 거의 만삭일 때에도 우리는 어떤 식으로든 기회를 만들어 섹스를 했다. 열악한 환경에서 하는 섹스는 마치 몰래 훔쳐 먹는 사과의 맛이라고나 할까. 스릴과 쾌락이 공존하는 맛이라니.

우리의 섹스 결과는 '딸'이 되었다. 6년이 지나서 둘째인 아들을 낳았다. 우리 부부가 열악한 환경에서 섹스를 못해 안달이었던 때 임신해서 낳은 딸은 매사에 적극적이다 못해 안달을 하는 스타일이다. 적어도 섹스 환경만은 여유로웠던 시기에 임신한 아들은 성격이 느긋하다 못해 느려 터졌다. 동물로 비유하자면 딸은 토끼, 아들은 거북이다. 가만히 보면 그 동물들의 섹스 행위의 속도가 우리 부부의 당시 상황과 맞아 떨어진다.

지나고 보니 그렇게 10년 넘게 아내와 섹스를 했어도 아내가 매번 오르가슴에 이르는지를 체크하진 못했다. 그런 건 이야기할 게 못 된다는 교회 분위기도 한몫을 했거니와 나 자신이 어렸다. 내가 사정을 하면 아내도 사정을 하는 줄 알았다. 적어도 그 비슷한 지경에 아내도 이를 줄 알았다.

하지만 어떤 잡지의 연구 결과를 보고 나는 알았다. 아내들 가운데 80퍼센트 이상이 성적 만족을 못한다는 걸. 아내들이 남편의 기를 세워주기 위해 거짓 오르가슴을 연기한다는 걸. 그래서 이 남자와 살아야 하나 말아야 하나를 생각한다는 걸. 정신이 번쩍 들었다. 내 아내도 설마? 아내가 대답해줬다.

"그 잡지 쓸 만하네."

뒤를 돌아봤다. 그 많은 세월, 섹스 자체에만 급급했던 나는, 더 정확하게 표현하면 내 만족만을 생각했던 나는, 철없었던 나는 내가 좋으면 너도 좋을 거라고 생각했다는 것을.

섹스가 좋아지니 관계도 좋아지더라

그렇게 마음을 바꾸고 나니 섹스 테크닉이 달라지는 듯했다. 그렇게 해서 탄생한 나의 걸작이 바로 '밖에서 사정하기'다. 아내가 오르가슴에 이른 것을 확인한 뒤 아내 밖에서 사정을 하는 방식이다. 어느 누구에게 혹은 어떤 책에서 배운 게 아니라 나 홀로 터득한 방식이다. 밖에서 사정하니 안에서 사정하는 것보다 그렇게 좋더라. 쾌감이 3~4배쯤? 한 번 경험하고 나니 계속 '바깥에 사정하기'를 하게 되고, 사정 타임을 저절로 조절하게 되더라. 빨리 사정하는 그런 짓은, 거짓말 조금 보태서 안드로메다로 보내버리게 되더라. 동시에 아내도 황홀경의 나라로 보내버리더라.

"여보 좋아! 여보 좋아!"

5년 전부터 섹스 말미에 저절로 터져나오는 아내의 말이다. 오르가슴 직전에 나오는 일종의 감탄사다. 아내도 말한다. 요즘의 섹스가 더 좋다고. 나의 정력이 세어진 것 같다고. 그럴 리가 있나. 장어를 먹는 것도 아니고, 비아그라를 먹는 것도 아닌데. 다만, 그동안의 철없던 행동을 참회하고, 섭섭했던 한 자매님을 구원하는 성직자의 마음을 먹었을 뿐이다. 섹스도 역시 배려가 기본이라는 섹스 스승들의 말을 실천했을 뿐.

왜냐하면 나는 성직자니까. 종교적인 '聖직자'가 아니라, '性직자'라고 농담을 하고 다니는 사람이니까. '性', 즉 섹스로 많은 여성을 구원하진 못하지만, 아내만큼은 구원하는 사람이니까. 그런 좋은 걸 방방곡곡 전도하고 다니는 사람이니까. 요즘은 아내가 자발적으로 오럴섹스를 해주기도 하니, 성으로 구원받은 게 확실하지 않을까?

신기한 건 무수한 고통과 눈물의 시간이 지나고, 아내와 나의 '조율의 시간'이 지나고, 환경과의 '조율의 시간'이 지나고, 서로가 진짜 좋은 부부라고 느낄 무렵, 섹스도 좋아졌다는 거다. 아내와 내 경험으로 보면 그 시기가 비슷하게 오더라. 아내와 나의 '섹스 변천사'는 다른 말로 '섹스의 진화'라고도 할 수 있고, '삶의 진화'라고도 할 수 있다.

우리 부부의 속궁합이 원래 잘 맞는지는 모를 일이지만, 아내는 요즘 입에 달고 산다.

"그 전엔 몰랐는데, 당신이 정말 멋있더라."

어허. 이 사람이. 오늘 저녁에도 죽여주지. 하하하하하.

당신 부부도 오늘 밤 서로를 죽여주자고 결심하고 행하라. 몸이 가면 마음도 가고 관계도 바뀐다.

"너희 부부는 1주일에 몇 번 해?"

부부의 건강한 섹스는 건강한 에너지를 만들어 건강한 육체와 건강한 정신을 생산하고, 건강한 관계를 생산한다. 이것이 부부 섹스의 위대한 힘이다.

"여보, 내 친구한테 그 말은 차마 못하고 헤어졌네."

최근 아내가 외출 갔다 와서 한 말이다. 아내가 말해준 사연은 이랬다.

40대 아줌마 두 명이서 나름 진지하게 부부의 섹스에 대해 이야기를 나눈 모양이다. 친구가 말했다. "이제 나이가 나이인 만큼 자주 못하겠더라. 아니 자주 안 되더라. 우리 부부는 한 달에 두 번은 하나 몰라." 그리고 물었다.

"너희 부부는 1주일에 몇 번 해?"

섹스리스, 남의 일 아니다

한국성과학연구소와 리서치 전문회사 마크로밀엠브레인은 한국인의 섹스리스 실태를 파악하기 위해 전국의 20~50대 성인 남녀 1,000명(남성 509명·

여성 491명, 미혼 남녀는 이성교제 중인 사람)을 대상으로 '최근 2개월간 배우자 또는 연인과의 성관계 횟수'를 물었다.

남성은 주 1~2회 33.6퍼센트, 주 3~4회 6.5퍼센트, 2주에 1회 26.7퍼센트, 월 1회 14.9퍼센트, 월 1회 미만 8.1퍼센트, 전혀 하지 않는다 10.2퍼센트 등으로 나왔다. 반면 여성의 경우엔 주 1~2회 32.0퍼센트, 주 3~4회 3.5퍼센트, 2주에 1회 21.8퍼센트, 월 1회 17.3퍼센트, 월 1회 미만 10.0퍼센트, 전혀 하지 않는다 15.5퍼센트 등으로 나왔다.

이외에도 수많은 여론조사 기관에서 섹스리스 부부 현황을 내어놓았다. 일반적으로 월 1회 이하 섹스를 하는 부부를 섹스리스 부부라고 한다. 그 비율은 다양하지만, 대체로 우리나라의 경우 섹스리스 부부가 30~40퍼센트라는 게 일반적인 정설이다. 10쌍의 부부 중 3~4쌍은 섹스리스 부부라는 이야기다.

중요한 건 '그들'의 이야기가 아니라 '당신 부부'의 이야기다. 당신 부부의 요즘 섹스는 어떠한가? '한국성과학연구소'의 설문으로 당신 부부의 섹스 상태를 점검해보자.

1. 특별한 이유 없이 3개월 가까이 부부관계를 갖지 않았다.
2. 부부관계를 하고 싶은 생각이 별로 들지 않는다.
3. 부부관계 빈도수가 줄었는데도 기분이 나쁘지 않고 별 느낌이 없다.
4. 성관계는 번거롭다는 생각이 든다.
5. 이성을 만나는 데 시간을 많이 들일 필요는 없다.

6. 사랑에 꼭 성관계가 필요하다고 생각하지 않는다.
7. 가끔은 자위행위로 성욕을 해소하는 게 더 편하다는 생각을 한다.
8. 이성에 대해 두렵거나 혐오스럽거나 또는 이해할 수 없다고 생각한 적이 있다.
9. 어렸을 때 성폭력 또는 성추행을 당한 적이 있다.
10. 결혼한 것을 후회하며 독신 친구가 부럽다.
11. 배우자 이외의 성관계 파트너를 갖고 싶다고 생각한 적이 있다.
12. 배우자의 성적 매력이 감소했다.
13. 출산 후 부부관계의 패턴 및 빈도수가 변했다.

위의 항목 중 여덟 개 이상이 해당되면 당신 부부는 확실한 섹스리스 부부다. 여섯 개 이상이면 섹스리스 부부 언저리에 놓여있고, 네 개 이상이면 부부에게 뭔가 미진한 게 있는지 찾아봐야 한다.

섹스의 주기와 횟수보다 더 중요한 것은 당신이 요즘 부부 섹스에 대해 만족하느냐 하는 것이다. '예와 아니오'로 대답을 해보라. 한 치의 망설임도 없이 '예!'라고 자신 있게 대답하지 못한다면, 당신에게는 여전히 이 책이 필요하다.

간혹 섹스를 잘 하지는 않지만 문제없이 잘산다고 말하는 부부가 있다. '정신적으로 교감을 나눈다.'는 식으로 대답하는 부부에 대해 많은 성 전문가들은 "그런 사람들은 보이지 않는 '불씨'를 안고 사는 경우가 많다."고 지적한다.

섹스를 하지 않는 부부도 행복할까?

이윤수 한국성과학연구소 소장은 “성관계가 없어도 아무 문제가 없다고 공언하는 부부 가운데 나중에 이혼을 하는 경우가 적지 않다.”며 “최근 이혼율 상승과 섹스리스 부부의 증가세는 적잖은 상관관계가 있을 것.”이라고 말한다. 부부간의 섹스는 욕구 충족에만 그치는 것이 아니기 때문이다 섹스는 ‘나는 아직 당신을 이성으로서 매력적으로 여긴다.’는 메시지를 전달하는 소통의 수단이다.

섹스는 부부간 육체의 대화요 소통이다. 우리가 동전의 앞면과 뒷면을 따로 떼어 생각할 수 없듯이 육체적 대화와 정신적 대화를 따로 떼어 생각할 수 없다. 부부 섹스를 포기하고 산다는 건 육체적 대화를 포기한다는 것이고, 그것은 곧 균형 잡히지 않은 부부로 자리 잡아가는 길이다. 그렇게 균형을 잃은 부부는 위기가 닥쳤을 때 좌초할 가능성이 크다.

프랑스에서는 섹스리스가 중대한 이혼 사유가 된다. 하지만 우리나라 법정에서는 아직도 섹스리스를 이혼 사유로 인정해주지 않는다. 프랑스 부부는 섹스리스를 이유로 이혼을 실천하지만 우리나라 부부들은 대부분 참고 산다는 이야기다. 또는 섹스리스 문제가 아닌 다른 문제라고 넘겨짚는다.

물론 섹스리스 부부니까 무조건 이혼을 하라는 게 아니라 문제의 심각성을 인식하라는 이야기다. 성 전문가들은 부부 애정 회복의 첫 출발점은 섹스리스 상태가 건강한 부부 사이가 아니라는 점을 우선 인식하는 데 있다고 충고한다.

당신은 이렇게 말할 수 있다. “누군들 섹스를 피하고 싶어 그러냐? 안 되니까 그렇지." 그래 안다. 공감이 간다. 아래에 있는 '남편들과 아내들의 항변'은 성 전문가들이 들려준 이야기를 재구성한 것이다.

섹스를 피하는 남편들의 항변

1. 아내와의 섹스가 지겹다.

마흔두 살 남편 K가 말한다.

"아무리 맛있는 음식도 이틀만 계속 먹어봐라. 질린다. 매번 똑같은 패턴이 나는 지겹다. 전희해주고 삽입하고 속옷 입고 샤워하고. 안 봐도 비디오다. 설상가상 마누라는 너무 성스럽다. 자신이 성모마리아인가?

나는 새로운 방식을 원한다. 후배위도 하고 싶고, 오럴섹스도 받고 싶다. 이래서 내가 마누라 아닌 다른 사람과 섹스를 하고 싶다는 걸 마누라는 알랑가?"

2. 마누라가 너무 뚱뚱해서 별로다.

서른아홉 살 남편 B가 말한다.

"결혼 전에는 배우 뺨치는 몸매는 아니어도 같이 다닐 만했는데, 요즘은 길거리에서 마누라가 옆에 붙을까 봐 겁난다. 마누라의 축 처진 배를 보면 섹스할 맛이 싹 달아난다.

물론 안다. 아이 둘을 낳는 바람에 그렇게 됐다는 것을. 나도 미안하다. 하지만, 그건 그거고 보기 싫은 건 보기 싫은 거다. 마누라는 다이어트 할 생각은 꿈에도 없어 보이니 속이 타들어간다."

3. 고개 숙인 남자의 아픔을 아는가.

서른일곱 살 남편 M이 말한다.

"나도 아내와 잘 지내고 싶다. 나도 아내를 '뿅'가게 해주고 싶다. 먼저 사정을 안 하려고 '동해물과 백두산이~'부터 '뽀뽀뽀 친구'까지 온갖 노래를 속으로 불러보지만, 나의 물대포는 들어간 지 2분도 되지 않아 쏘아버리니 난들 어쩌겠는가. 아내는 괜찮다고 하지만, 아내의 얼굴이 말해준다. '그것도 못하는 당신, 나가 뒈지라'고."

4. 입장 바꿔 생각해봐라. 피곤하면 모든 게 싫다.

마흔한 살 남편 C가 말한다.

"입사한 지 16년 만에 이제 겨우 대리 달았다. 부하 직원들은 치고 올라오고, 나보다 먼저 대리 단 후배가 계장이다. 스트레스가 장난이 아니다. 죽을 둥 살 둥해도 힘들다. 집에 오면 녹초다. 마누라가 코맹맹이 소리로 애교라도 떨면, 야근하러 다시 회사로 가고 싶다."

5. 차라리 포르노를 보거나 자위행위가 편하다.

마흔 살 남편 N이 말한다.

"아내와 섹스하는 건 왠지 가족과 하는 느낌이다. 동방예의지국에서 어찌 가족과 그 짓을 하겠는가. 괜히 범죄를 저지른다는 느낌이랄까? 요즘은 클릭 하나면 신세계가 열린다. 야동 보면서 자위행위하는 게 훨씬 마음 편하다."

6. 독사 같은 아내에게 물릴까 봐 못한다.

서른여섯 살 남편 Y가 말한다.

"사람이 변한다고 하지만, 내 마누라는 변해도 너무 변했다. 신혼 초에는 그리도 다정다감하던 아내가 이젠 지독한 독사 같다. 내가 잘해주지 못하는 걸 나도 안다. 월급 몇 번 펑크 내고, 밤마다 회식하고 늦게 오고. 하지만, 그게 나 혼자 잘 먹고 잘살려고 한 건가? 내 속도 몰라주는 마누라가 미워 죽겠는데, 섹스를 하잔다. '저 여자가 골이 비었나?' 싶다."

7. 나이 드니까 괜히 하고 싶지 않다.

쉰한 살 남편 W가 말한다.

"나는 마누라를 사랑한다. 나이 드니까 조강지처가 좋다는 말도 안다. 하지만, 그냥 섹스를 하고 싶지 않다. 특별한 이유? 나도 모르겠다. 굳이 말하자면 '나이 탓'이라고 해두자."

8. 나는 하고 싶은데 마누라가 안 한단다.

마흔네 살 남편 H가 말한다.

"나는 건강한 대한민국 남자다. 아무리 일이 힘들고 지쳐도 D컵 '베이글녀'를 보면 그녀의 가슴으로 향하는 내 눈의 속도는 빛의 속도다. 아침이면 아직도 내 것은 불뚝불뚝 선다. 마치 절벽 위의 외로운 수컷 호랑이처럼. 하지만, 마누라는 그냥 하기 싫단다. 내가 그 속을 어떻게 알랴."

섹스를 피하는 아내들의 항변

1. 일방적으로 들이대는 남편, 누가 좀 말려줘요.

서른아홉 살 아내 O가 말한다.

"나도 쾌감 있는 섹스를 하고 싶다. 하지만 그 인간은 무조건 들이댄다. 내 기분은 전혀 생각지도 않는다. 15분의 전희? 바라지도 않는다. 들이대는 남편을 보면 사흘 굶은 늑대가 토끼 잡아먹는 것 같아서 싫다. 거기가 아프기만 하다. 누가 저 무식한 늑대 좀 말려줘요."

2. 섹스하고 나면 골치가 아파요.

서른네 살 여성 Y가 말한다.

"섹스를 하고 나면 그 다음 날 머리가 지끈거리고 몸이 천근만근이라 일어나기도 힘들 정도다. 이런 내 몸 상태도 모르고 남편이란 사람은 아침밥 제대로 안 차려준다고 욕이나 하고 출근한다. 그래놓고도 며칠 뒤엔 언제 그랬냐는 듯 또 섹스를 요구한다. 짐승이 따로 없다."

3. 남편의 의무감, 이제는 놓아주고 싶다.

서른여덟 살 여성 D가 말한다.

"내가 싫대도 남편은 하잔다. 그게 남편의 의무라나 뭐라나. 하려면 제대로 하던지. 잘 씻지도 않는다. 담배 피던 입냄새는 어쩌라고. 정말 하고 싶다면 예의라도 갖추던지. 꼴에 남자라고 민족적 사명을 다하려는 용기는 가상하다만, 이젠 그 무거운 의무감을 놓아주고 싶다."

4. 아무데나 좀 쑤셔대지 마라.

마흔두 살 여성 A가 말한다.

"10년이 넘었으면 달인은 아니어도 최소한 기술자는 되어 있어야 하잖나. 아직도 그 인간은 내가 어디에 성감대가 있는지, 어떻게 하면 좋아하는지 모른다. 몰라도 너무 모른다. 모르면 물어나 보던지. 알려고도 안 한다. 그렇다고 그걸 일일이 말할 수도 없고. 앓느니 참는다."

5. 섹스에 유식한 줄 아는, 무식한 남편이 밉다.

스물아홉 살 여성 R이 말한다.

"그 인간, 제 딴에는 섹스에 대해 많이 알고 있는 것 같지만 기가 막힌다. 고작해야 포르노에서 신음하는 여자들 보고 섹스를 배웠겠지. 삽입만 하면 '아, 아' 하는 그 여자들이랑 나랑 같냐고! 어디서 본 건 있어 가지고 '뒤로 돌아봐라, 옆으로 누워라, 입으로 해달라' 등등 해대는데, 그렇게 잘 알면 그 여자랑 포르노를 찍지 나랑 뭐 하자는 거냐고!"

6. 피곤하고 지친다.

서른여섯 살 아내 K가 말한다.

"학교에서 아이들 가르치느라 얼마나 힘든 줄 알기는 아나? 툭하면 야간 자율학습에다 잡무, 교장 잔소리까지. 집에 오면 아이들은 집을 엉망으로 해 놓고 있다. 남편이란 사람은 좀 거들어나 주지, 소파에서 잠이나 퍼질러 자고. 나는 원더우먼이 아니다. 밤에라도 좀 쉬자 제발."

7. 사람이 미운데, 섹스가 좋을까?

마흔네 살 아내 S가 말한다.

"결혼한 지 12년 지났다. 남편도 이제 섹스 안 하는 걸 당연한 걸로 안다. 남편은 '내 마누라는 원래 저렇지'라고 생각하겠지. 하지만, 모른다. 몰라도 너무 모른다. 결혼 1년차까지는 나도 섹스가 좋았는데. 살면 살수록 남편에게 실망이다. 하는 짓마다 미워 보이는데, 섹스를 하고 싶겠나? 아마 대부분의 여자들이 남편이 미워서 안 할 걸? 철없는 남편들이 알기나 하겠나?"

8. 아기 낳고 키우느라 섹스를 잊은 지 오래다.

서른두 살 아내 P가 말한다.

"첫 아기 키우는 게 힘들었다. 낮과 밤이 바뀐 아기는 빽빽 울고, 남편은 세상 모르고 코 골며 자고. '이렇게 힘든 줄 알았으면 낳지 말 걸 그랬다.' 싶을 정도였다. 그렇게 몇 년 지나면서 알게 되었다. 우리 부부가 그동안 섹스를 거의 안 하고 살았구나 하는 걸."

당신의 섹스를 방해하는 요소 – 피로, 두려움, 분노

지금 이 글을 읽는 당신은 여성인가 남성인가? 어쨌든 부부가 섹스를 하지 않는 이유는 그리 단순하지 않다.

이쯤에서 책을 한 권 소개하겠다. 《세상에서 가장 에로틱한 주말을 보내는 법》(라나 홀스타인 지음, 한언)이다. 부부 섹스를 돕는 지침서로서 가장 건실하고 확실한 책이다.

저자인 라나 홀스타인은 결혼 28년차(저작 당시)인 여성이다. 남편과 함께 캐년 랜치에서 섹스 워크숍을 개설한 이래 25년에 걸쳐 수많은 남녀를 만나 상담을 하고, 그에 걸맞은 섹스 프로그램을 개발해왔다. 앞에서 소개한 책 제목은 그녀가 25년에 걸쳐 발견한 섹스 노하우를 바탕으로 만든 프로그램의 이름이기도 하다.

이 책에서 그녀는 섹스를 방해하는 요인으로 세 가지를 꼽았다. 그녀가 만난 수많은 남녀들에게서 가장 많이 듣는 말이 바로 그것이었다.

"피곤해요. 힘들어요. 해야 할 일이 너무 많아요. 섹스는 꿈조차 꾸기 힘들어요."

"내가 섹스를 원하는지 확실히 잘 모르겠어요. 관계를 맺는 것이 두려워요. 적어도 지금은 그래요. 그래서 억제하게 돼요."

"너무 화가 나요. 화가 나고 당혹스러워요. 행복하지 않아요. 불행한 기분으로는 섹스를 하지 않을래요."

간결하게 정리하자면, 차례대로 '피로, 두려움, 분노'다.

현대 사회에서의 '피로'는 섹스를 기피하게 만드는 주범 중 하나다. 한국성과학연구소에서 전국의 20~50대 성인 남녀 1,000명을 상대로 설문조사한 결과를 보자.

'과거에 비해 최근 배우자나 연인과의 성관계 빈도수가 낮아졌다면 그 이유는?'이라는 질문에 대해 남성들은 '스트레스 등 업무적 요인 30.3퍼센트, 육아 등 자녀 출산 이후 달라진 상황 22.8퍼센트, 이유를 모르겠음 23.4퍼센트, 성적 만족도가 떨어져서 14.5퍼센트, 애정이 식어서 9.0퍼센트'라고 대답했다. 반면에 여성들은 '스트레스 등 업무적 요인 33.8퍼센트, 육아 등 자녀 출산 이후 달라진 상황 23.6퍼센트, 이유를 모르겠음 18.1퍼센트, 성적 만족도가 떨어져서 10.8퍼센트, 애정이 식어서 13.6퍼센트' 등으로 대답했다.

남녀 모두 '스트레스 등 업무적 요인'을 최고의 원인으로 꼽았다. 우리 현대인들은 "피곤해요. 힘들어요. 해야 할 일이 너무 많아요. 섹스는 꿈조차 꾸기 힘들어요."라며 섹스를 멀리한다. 이들의 한결같은 이야기는 섹스가 싫지는 않지만 섹스할 힘이 없다는 것이다. 그럴 만도 하다. 한 번의 섹스로 100~200칼로리의 열량이 소모된다. 특히 열정적인 30분간의 섹스는 800칼로리의 열량을 소모한다. 그만큼 힘, 즉 에너지가 많이 소비된다.

하지만 앞에서 잠깐 살펴본 대로 섹스가 에너지의 소비를 넘어 에너지를 재생산하고 순환시킨다는 경험을 하게 되면 이를 극복할 수 있지 않을까? 머리로 아는 게 아니라 직접 경험해보라. 22년차 우리 부부가 에너지 재생산 섹스를 해본 경험을 당신 부부에게 강력히 추천한다. 오늘 밤 당장 해보라. '백문이 불여일견!' 아니지 참, '백문이 불여일뽕'이다.

'두려움'의 문제는 대부분 섹스 콤플렉스와 맞물려 있다. 당신이 어렸을 적, 처음 겪은 성경험이 큰 비중을 차지한다.

한 여성이 있다. 그녀는 섹스를 하려고 하면 불안해지고 두렵다. 섹스를 특별히 싫어하는 것은 아니지만, 섹스를 하려고 하면 가슴이 답답해진다. 그녀가 어느 상담소를 찾았다. 최면술을 이용해 어린 시절을 돌아보게 했더니 놀랍게도 그녀는 세 살 무렵, 부모가 섹스하는 걸 목격했다. 열린 문틈 사이로 목격한 광경은 세 살배기 어린아이로선 충격이었다. 아빠가 엄마 위에 올라타서 엄마를 괴롭히고 있다. 엄마는 그 밑에서 괴로워하고 있다. 그 경험이 그녀의 무의식 속에 섹스에 대한 두려움으로 자리를 잡고 어른이 된 후에도 섹스를 두려워하는 원인이 된 것이다.

또 어렸을 적 성추행이나 성폭행을 당했다면 당연히 섹스에 대한 두려움을 가지게 된다. 자라면서 듣게 되는 성에 대한 잘못된 상식이 두려움으로 자리 잡기도 한다. 우연히 포르노를 처음 접한 소년이 '온갖 추잡한 형태의 섹스'를 보고 나서 충격에 휩싸여도 그렇게 된다.

책을 잠시 덮고 '섹스'라는 단어를 떠올려보라. 어떤 이미지가 떠오르는가? 만일 배우자의 웃는 얼굴이 떠오른다면, 최고의 경우다.

뇌가 참여하는 친밀한 섹스를 위하여

'분노'의 문제는 주로 배우자에 대한 것이다. 배우자에 대해 좋지 못한 감정이 있을 때는 섹스가 잘 이루어지지 않는다. 특히 여성들이 민감하다.

미국 럿커스 대학의 배리코미시럭 교수(행동신경과학자)는 '오르가슴은 뇌에서 발생하는 현상'이라고 말한다. 그에 의하면 섹스 과정은 이렇다. 스킨십을 하고, 생식기가 삽입된 뒤 뇌에서 도파민이 분비가 되고, 전신이 흥분을 하고, 사정을 하면서, 동시에 옥시토신이 분비된다는 거다.

여성의 경우에는 배우자에 대한 친밀감을 이미지로 생성해 도파민과 옥시토신을 분비한다. 따라서 여성에 있어 친밀감은 오르가슴을 느끼게 하는 매우 핵심적인 요소다. 말하자면 뇌에서 느끼는 감정에 따라 행복과 사랑의 호르몬(도파민과 옥시토신)이 분비될지 말지를 결정한다. 여성의 대부분은 단순한 성적 흥분이 아니라 파트너에 대한 친밀감으로 오르가슴에 이른다.

배리코미시럭 교수는 뇌야말로 가장 큰 성감대라고 말한다. 뇌에서 느끼는 감정과 인지기능이 오르가슴을 극대화하기 때문이다. 여성에게 있어서 전희가 중요한 이유도 뇌를 자극하기 위한 준비 작업이기 때문이다.

여성은 섹스를 해도 좋겠다는 행복감과 안전감을 느껴야 뇌에서 행복 호르몬이 나온다. 뇌는 안심, 신뢰, 자유를 느낄 때 사랑의 호르몬인 옥시토신을 분비한다. 이런 절차를 다 무시하고 섹스만을 강요한다면 여성의 질과 마음은 고통을 호소할 수밖에 없다.

무엇보다 중요한 것은 배우자에 대한 평소 감정이다. 배우자에 대해 분노하고 미워하는 감정이 뇌에 자리 잡고 있다면 부부 섹스는 십중팔구 필패다.

이로써 우리는 다음과 같은 결론을 내릴 수 있다. 섹스가 좋으면 관계도 좋고, 관계가 좋으면 섹스도 좋다. 섹스는 이렇듯 부부의 평소 삶이 그대로 반영되는 거다.

이쯤에서 결혼 20년차 아내가 친구에게 차마 하지 못했던 말을 밝히겠다.

"우리는 최근에 하루 두 번도 했는데……."

아내의 친구가 이 책을 사보면 그날의 아내의 속내를 알게 되려나?

애들은 자나?
우리 부부의 섹스 방식

"부부 사이가 좋으면 아이들은 거꾸로
매달아놓아도 잘 큰다."

동물이나 인간이나 자녀 번식과 번창에 대한 바람은 비슷하다. 아니 우리가 동물에게 배워야 할 게 더 많은 듯싶다. 아무리 세월이 흘러도 아이들은 부모들의 눈물샘의 원천이다. 새끼들 문제 앞에서는 대기업 사장도 대통령도 작아진다. 아무리 당당하게 돌아온 싱글(돌싱)이라고 소리쳐도 새끼들만 보면 '엄마'는 눈물짓는다. 왜 이런 이야기를 할까? 부부 섹스와 자녀교육이 무슨 관계가 있는지를 살펴보기 위함이다.

잠금장치 허술한 집, 섹스를 위한 묘안이 필요했다

우리 부부에겐 2014년 현재 대학교 2학년인 딸과 중학교 2학년인 아들이 있다. 우리 부부는 좀 유별나다면 유별난 방법으로 아이들을 키워냈다.

2013년에 펴낸 《자녀 독립만세》(삼인출판사)는 우리 부부의 자녀교육 보고서다. 그 책에 소개된 우리 부부의 일화를 소개하겠다. 아이들과 연관된 부부 섹스 해프닝이다.

> 나는 궁금하다. 집집마다 부부의 성생활을 어떻게 하는지. 자녀들에게 부부 성생활을 어떻게 알려주고 대화하는지. 자녀들의 시간과 성생활 시간을 어떻게 조절하는지. 무엇보다 성생활을 하다가 자녀에게 들키면(?) 어떻게 처리하는지 궁금하다.
>
> 우리 집 방식은 아마도 전 세계에 유례가 없지 않을까 싶다. 혹시 있더라도 우리 가족이 먼저 특허를 내려고 한다.
>
> 2009년 현재 우리 시골집은 잠금장치가 약하다. 창호지 문과 문지방이 있는 옛집에서 잠금장치는 꿈도 못 꿀 일이다. 게다가 3년 전까지만 해도 큰방에서 네 식구가 같이 잤다. 딸아이가 무서움을 많이 타서다. 잠을 잘 때 특히 더 그렇다. 그럴 땐 낮에 섹스를 하거나, 아이들이 모두 외출을 했을 때 하거나 했다. 아니면 아이들이 잠드는 걸 보고 작은방으로 가서 하곤 했다. 딸아이나 아들아이가 고맙게도 한 번 잠들면 누가 업고 가도 모를 정도로 깊이 자는 스타일이라 다행이었다.
>
> 3년 전부터 딸아이와 아들아이가 작은방에서 잔다. 이제 자유롭게 섹스를 하나 싶었다. 그런데 문제가 생겼다. 딸아이가 고등학생이 되더니 점점 늦게 잔다. 책도 보고, 컴퓨터도 하다가 대부분 새벽 1~2시에 잔다. 그 시간까지 기다리다 보면 우리 부부도 어느 새 잠이 든다. 그

렇다고 우리 부부의 섹스를 위해 딸아이더러 일찍 자라고 할 수도 없다. 다 큰 소녀에게 아무런 이유도 설명해주지 않고 일찍 자라고 할 수는 없는 일 아닌가. 몸은 후끈 달아오르는데 딸은 늦잠을 자니 무슨 방도가 필요했다.

정면승부를 했다. 딸아이와 아들아이가 모두 잠들지 않은 밤, 우리는 가서 말했다. "아빠랑 엄마가 지금부터 섹스를 할 거니까 조심해줘."라고. 하하하하하. 설마 그랬을까. 돌려 말했다. "아빠랑 엄마, 지금부터 중요한 대화를 할 테니까 오가지 말아줘."라고. 말이야 바른 말이지, 부부에게 그만큼 중요한 대화가 있을까. 바로 몸의 대화가 아닌가. 눈치 빠른 딸아이는 알아차렸다. 아들아이는 누나가 그러니까 따라서 조심했다.

잠금장치가 허술하니 방음장치는 오죽할까. 그런데 이 집에서 소리를 완화시킬 방법은 의외로 간단했다. 작은방과 큰방 사이엔 부엌 겸 거실이 있고, 부엌 조리대 위엔 냄새 배출기가 있다. 배출기를 돌리면 '쏴~' 하고 큰 소리가 계속 난다. 바로 그것이다. 배출기가 소리의 완충 작용을 한다.

우리 부부가 아이들이 집에 있을 때 섹스를 하는 절차는 이렇다. 먼저 큰방에서 섹스 준비를 하고 작은방에 있는 아이들에게 가서 "아빠와 엄마는 중요한 대화를 할 거야."라고 말한다. 부엌에 가서 냄새 배출기를 돌린다. 아내와 거사를 치르고 나면 배출기를 끄고 작은방으로 가서 중요한 대화가 끝났다고 말해준다.

이런 방식을 몇 년째 하고 있다. 지금은 작은방에 가서 "엄마랑 아빠……"라고 말을 꺼내기만 해도 딸아이가 "예, 알아요."라고 말한다. 배출기 소리가 끝나면, 거사도 끝난 줄 안다. 어쨌거나 아내도 나도 딸아이도 아들아이도 만족하는 방식을 발견했고, 타협했고, 실천하고 있다.

언젠가 초등학교 6학년이었던 아들아이에게 물었다.

"'엄마와 아빠의 중요한 대화'가 무슨 뜻인지 알고 있냐?"

"몰라요."

"정말?"

"정말 몰라요."

조금 놀란 내가 다시 물었다.

"아하, 그럼 진짜로 아빠와 엄마가 중요한 대화를 하니까, 왔다 갔다 하지 않고 조심한 거였구나. 그런 거니?"

"예. 맞아요."

평소 아들아이의 성품으로 보아 오롯이 진실이다. 딱 2MB다. 느려도 어찌 저리 느릴까. 요즘 초등학교 6학년 사내아이라면 각종 야동을 섭렵하고, 심하게는 섹스도 한다는데, 아들아이는 무슨 산골 벽촌에 사는가 싶다. 딸아이는 알아서 눈치껏 배려한 것 같은데, 아들아이는 정말 몰라서 배려 아닌 배려를 한 꼴이다.

우리 부부만의 섹스 비밀

이쯤 하고 우리 부부만의 섹스 비밀(비법이라 해도 좋다)을 공개하겠다. 결혼하고 22년 동안 아내와 잠자리를 한 내가 터득한 방식이다. 숱한 밤을 보내며 시행착오를 겪은 결과라고나 할까?

우리는 누구든 한 가지 일에 10년 이상 정진한다면 그를 달인이라 부른다. 그러니 20년간 한 가지 일에 정진한 나를 스스로 '달인'이라 부르는 걸 용서하시라. 5년 전부터는 나름의 네 가지 섹스 비결을 실행에 옮기고 있다. 내가 제시하는 네 가지 비법이 여러분의 부부생활에 도움이 되기를 바란다.

1. 상하 운동보다 좌우 운동이 훨씬 효과적이다.

우리는 흔히 포르노 동영상에 대한 환상이 있다. 씩씩한 '피스톤질'이 여성에게 쾌감을 줄 거라고. 천만의 말씀이다. 포르노처럼 그렇게 하면 여성은 느끼지도 못할 뿐만 아니라 어떤 여성은 고통스럽기까지 하다. 상하 운동보다 좌우 운동을 하면 아내가 오르가슴에 이르기가 더 쉽다. 좌우 운동은 아내의 질 내부에서 다양한 부위를 건드려주기 때문이다. 또한 좌우 운동은 아내의 질 상층부를 압박(남편과 아내의 몸은 바짝 붙어 있다)해 주기에 아내의 쾌감이 더 크다. 혹시 상하 운동을 한다면 속도는 천천히, 무식한(?) '피스톤질'은 삼가야 한다.

2. 아내의 사정이 확인될 때까지 먼저 사정하지 않는다.

부부 섹스 승패의 핵심은 남편의 사정 시간과 관계가 있다. 남편이 사정을 하고 나면 페니스는 급속도로 줄어든다. 당연히 아내의 만족도는 급감한다. 이때, 대부분의 아내는 남편에게 빼라고 요구한다. 이렇게 하나둘 여성의 불만이 쌓이면 자연스레 섹스리스 부부로 가기 마련이다. 아무리 힘들어도 즐거우면 섹스를 하겠지만, 아무리 가뿐해도 즐겁지 않으면 섹스를 하지 않는다.

이렇게 하려면 자기 조절 능력 훈련이 필요하다. 마인드 컨트롤도 필수다. 어떤 수를 쓰더라도 아내보다 먼저 사정해선 안 된다. 나의 경우에는 눈을 지그시 감는다. 그래야 과도한 집중을 피할 수 있다. 남자는 시각적 효과에 약하므로 눈을 뜨고 있으면 쉽게 사정을 해버릴 수 있다.

나는 눈을 감고 무상무념의 경지를 걷는다. 다만 무상무념의 경지가 너무 심하면 그놈이 고개를 숙일 수도 있으니 조심해야 한다. 속으로 애국가를 부르는 것도 한 방법이다. 좌우 운동도 사정을 조금 늦추는 효과가 있다. 물론 조절하기가 쉽지 않다. 너무 거룩하면 페니스가 줄어들고, 너무 흥분하면 사정을 해버린다. 이걸 조절하는 것이 바로 노하우요 실력이다.

아내보다 늦게 사정하겠다는 의지를 가지고 노력하면 된다. 섹스의 목적을 아내와 나의 상호 만족에 두니 가능했다.

3. 나는 항상 바깥에서 사정하려고 한다.

세 가지 이유가 있다. 우선 아내의 질이 조금 더 청결해진다. 남편의 정액이 질 내에서 분사되면 아내는 그걸 모두 씻어내야 한다. 둘째, 임신의 위험으로부터 지켜준다. 체외 사정을 하면 피임약이나 콘돔을 쓰지 않고 임신의 위험 없이 자유로운 섹스를 즐길 수 있다. 마지막으로 나의 체외 사정은 무엇보다 나를 위한 행위다. 질 내에서 사정하는 것보다 쾌감이 훨씬 크다.

단, 마지막 순간 몇 초는 나의 손으로 끝을 내야 최고 절정에 이른다. 믿고 한번 해보시라. 한 번만 제대로 경험하고 나면 그 맛을 잊지 못하게 된다. 사람은 유전자 자체가 이기적이다. 배우자를 배려하라고 말하는 그 순간조차도 말이다. 그 쾌감을 알고 나면 어떡하든 체외 사정을 하려고 본인이 애를 쓰기 마련이다.

4. 한 번 섹스를 시작했으면 반드시 아내도 끝내도록 해준다.

신이 아닌 이상 항상 스트라이크(볼링 용어)만 칠 수는 없다. 때론 스페어가 남는다. 그때, 시간이 걸려도 스페어를 처리해주는 게 좋다. 아내가 끝나지 않았다면 손으로라도 끝나게 해준다. 말하자면, 남편이 해주는 아내의 마스터베이션이라고나 할까. 이때도 입은 아내의 가슴을 애무해주는 것이 좋다. 손이 아니면 입으로라도 끝내줬다.

아내 또한 나에게 마찬가지다. 섹스는 나만 좋자고 하는 게 아니다. 상대방에 대한 배려가 섹스의 맛이다. 섹스 중의 최고 배려는 상대방을 오르가슴에 이르게 해주는 것이다.

우리 부부는 신혼 때보다, 아니 그 어느 때보다 요즘 섹스 관계가 좋다. 신혼 때에도, 그 후에도 사실 멋모르고 섹스만 했다. 20년쯤 하고 나니 조금 알 것 같다. 서로가 언제 더 느끼는지, 어떻게 해야 오르가슴에 이르는지를.

부부 섹스와 자녀교육의 상관관계는?

부부 섹스와 자녀교육이 상관관계가 있을까? 물론 있다. 아니 크다. 평택의 어느 부부상담소를 찾은 두 엄마의 이야기를 들어보자.

"12개월 된 아이가 얼마 전부터 자학행동을 합니다. 자기 손을 깨물고 벽에 머리를 박곤 합니다."

"6개월 된 아이가 소리에 민감합니다. 조금만 큰 소리가 나도 깜짝깜짝 놀라며 울곤 합니다."

두 여성의 공통점은 부부싸움이 잦다는 것이다. 상담 전문가들은 "아이들은 부부싸움을 단순한 부부 갈등이 아니라 자신의 생존에 대한 위협으로 본다."고 일러준다. 당사자들은 "어느 부부가 싸우지 않고 살겠느냐."며 자위하지만, 그걸 지켜보는 아이들은 "부모님이 이혼하면 우리는 어떡하지? 고아원에 가야 하나?" 하며 현실적인 고민에 빠진다는 것이다.

이런 아이들은 작은 스트레스에도 극도로 과민하게 반응하는 코르티솔 과민증 상태가 된다. 즉 아이의 뇌에 스트레스 호르몬이 활성화된다. 스트레스가 누적된 아이들은 집중력 손상, 자신감 결여, 얼빠짐 등의 심리적 증세가 나타난다. 또한 숨 가쁨, 천식, 근육의 긴장 같은 신체적 반응도 나타난다. 학습능력 감퇴, 흡연이나 음주, 폭식, 수면 증가 또는 감소와 같은 행동 반응을 보이거나 불안 장애, 성격 장애, 성적 일탈 및 장애 등의 이상 증상이 나타날 수 있다.

2013년 통계청에서 내놓은 청소년 통계자료에 따르면 한 번 이상 가출 경험이 있는 중·고등학생은 무려 12.2퍼센트였다. 가출 원인으로는 '부모님 등

가족과의 갈등'이 61.3퍼센트로 1위를 차지했다. 또한 2012년에 한 번이라도 자살하고 싶은 생각을 해봤다는 청소년이 꼽은 자살 이유 가운데 '성적 및 진학 문제(39.2퍼센트)'와 더불어 '가정불화(16.9퍼센트)'가 각각 1~2위를 차지했다. 이들 가정의 공통점은 청소년들의 부모, 즉 부부의 관계가 친밀하지 못하다는 것이다.

2014년 한국청소년학회에 발표된 한 논문은 부산과 경남에 소재한 네 곳의 대학과 네 곳의 전문대학에 재학 중인 학생 1,114명을 대상으로 '부모의 부부 갈등이 자녀의 수치심에 미치는 영향'을 설문조사한 결과를 담고 있다. 연구 결과에 따르면 부부 갈등은 자녀의 수치심에 직접적인 영향을 미쳤으며 부부 갈등이 심한 가정의 대학생은 어른이 되어서도 부모에 대한 수치심, 나아가 자신에 대한 수치심이 심했다.

앞장에서 부부 섹스의 본질은 '친밀감의 교류와 확인'이라고 했다. 부부 섹스가 좋다는 것은 부부가 서로 친밀하다는 거다. 익숙하고 편하다는 거다. 안정된 관계이며, 불안한 관계가 아니라는 이야기다. 부부 섹스에서 오랜 세월 친밀감을 쌓으면 뇌에서 옥시토신이 활성화된다. 그게 바로 애착 호르몬이다. 친밀하다는 건 서로 애착관계에 있다는 거다. 그것은 곧 자녀와의 관계에도 이어진다. 안정된 부부는 아이를 세상에 안정되게 정착시켜준다. 뿐만 아니라 아이 자신과의 관계에서도 애착을 하게 만든다. 따라서 아이의 자존감을 한껏 올려주게 된다. 이것이 바로 부부의 성적 에너지가 세상을 아름답게 만들어가는 에너지로 순환되는 현상이다. 그런 아이가 커서 결혼할 경우 친밀한 부부관계를 형성하는 것은 불문가지다.

딸의 자신감, 알고 보니 부부 침실에서부터

우리 가정의 경우를 보자.

2014년에 대학 2학년이 된 딸아이에게 물었다.

"허술한 잠금장치 때문에 엄마, 아빠가 말한 거 기억나지?"

딸아이는 눈으로 '아빠가 또 무슨 말을 하려고 저러시나?'를 보내왔다.

"그때 네가 느낀 기분은 어땠니?"

딸이 말한다.

"어땠긴요. 아무 생각 없었어요."

설마 아무 생각 없었을까. 내가 재차 묻자 아내가 중재에 나선다.

"아무 생각 없다는 건 당연하다고 받아들인다는 이야기지. 딸, 맞지?"

딸이 웃으며 말한다.

"역시 울 엄마!"

아내가 여세를 몰아 다시 연타를 날린다. 남편이 이런 이야기를 꺼낸 의도를 누구보다 잘 알기 때문이다.

"딸, 네가 전에 그랬잖아. 다른 집은 몰라도 우리 부모님은 이혼 같은 건 절대 안 하실 분들이라고. 맞지?"

아내도 딸도 나도 웃었다. 우리끼리 평소에 공감하는 그 무엇이 그때 작용했다. '다른 집은 몰라도'라고 말한 아내의 말 속에는 딸의 친구들과 주변 사람들의 이야기가 내재해 있다. 딸은 중학생이 되고 고등학생이 되면서 우리 집이 행복한 집인 줄 알았다고 했다. 그 전엔 다른 집들도 모두 우리 부부처럼 사는 줄 알았다는 거다. 그런데 친구들을 많이 사귀어보니 이혼한 가정,

불화한 가정 등의 이야기를 많이 듣게 되었다. 그런 이야기를 들으면서 딸아이는 자신의 가정이 어떤지를 객관적으로 보게 된 거다.

부부 불화가 심한 가정의 친구는 '장차 커서 결혼을 안 할 것이다.'라고 말하는 경우가 많았다. 반면 딸은 한 번도 시집가지 않겠다는 말을 한 적이 없다. 딸아이가 직접 경험한 부부 사이는 자신의 아빠 엄마가 전부다. 자신도 좋은 남편 만나 결혼할 거라고 딸아이는 믿고 있다.

또한 딸아이는 자신의 부모를 자랑스럽게 생각하며, 자신에 대해서도 자랑스럽게 생각한다. 딸아이의 친구들이 가끔 딸아이에게 말한다. "너 '근자감' 대단해."라고. '근자감'은 '근거 없는 자신감'의 줄임말로, 요즘 아이들이 쓰는 용어다. 남들이 보면 '근자감'이겠지만, 사실은 근거 있는 자신감이다.

딸아이는 고등학교에 갈 때도 스스로 인문고가 아닌 실업고를 갔다. 순전히 자신이 하고 싶은 공부(디자인과)를 하기 위해서였다. 대학교도 자신이 가고 싶은 곳(디자인과)으로 갔다. 딸은 '국립대학일 것, 디자인과가 있을 것, 집과 가까울 것' 등의 세 가지 조건에 맞는 대학을 스스로 선택해서 갔다. 등록금이 싼 국립대학을 찾은 것은 스무 살이 넘으면 경제적으로 독립한다고 부모와 약속했기 때문이다. 집과 가까운 곳을 선택한 건 자신이 아직은 완전하게 경제적 독립을 해서 나가기엔 역부족이란 걸 스스로 알기 때문이다. 어느 정도 생활비는 자신이 벌어서 충당하고, 등록금은 장학금으로 충당한다지만, 식비와 숙박비를 전적으로 해결하는 건 어렵다는 판단에서이리라. 그런 딸아이가 요즘 주말엔 편의점 야간 아르바이트를 해서 자신의 생활을 꾸리고 있다. 부모에겐 전혀 손을 내밀지 않은 채로 말이다.

이런 '근자감'(근거 있는 자신감)의 출처가 바로 우리 부부의 섹스와 그로부터 만들어진 친밀감에서 출발했다면 과장된 것일까? 결코 과장이 아니라 엄연한 현실임을 이 책을 쓰면서 새삼 더 느끼게 된다.

얼마 전 MBC 쇼 프로그램 〈세바퀴〉에서 자녀들이 언제 제일 안정감을 느끼는지 설문조사 결과를 발표했다. '용돈 줬을 때' '자신을 인정했을 때' 등등이 나왔지만 그중 단연 1위는 '부부가 서로 애정표현을 할 때'였다. 부부가 사랑하고 신뢰감이 있을 때 자녀들이 제일 안정감을 느낀다는 이야기다. 부모의 애정 표현은 자녀들의 자신감과 자존감으로 이어진다. '우리가 어떤 형국에 처해도 우리 부모는 사랑이란 에너지로 지켜주실 거야.'란 신뢰가 싹튼다.

시중에 자녀교육에 대한 이야기를 담은 책이 많다. 이렇게 키워라, 저렇게 키워라 훈수도 많다. 하지만 사실 자녀교육에는 답이 없다. 그래도 이것만은 확실하다.

"부부 사이가 좋으면 아이들은 거꾸로 매달아놓아도 잘 큰다."

부부 섹스 체크리스트

질문	1점	2점	3점	4점	5점	6점
1. 인생에 있어 성생활이 얼마나 중요하다고 생각하는가?	매우 중요	중요	보통	중요하지 않음	전혀 중요하지 않음	
2. 부부간의 성생활에 어느 정도 만족하는가?	매우 만족	만족	보통	불만족	매우 불만족	
3. 지난 한 달 동안 성생활을 했는가?	예				아니오	
4. 한 달간 얼마나 자주 성생활에 대한 욕구를 느꼈는가?	매일 1회 이상	매일 1회	주 2~3회	주 1회	월 1회	전혀 느끼지 않음
5. 현재 배우자와 성생활을 하는가?	예				아니오	
6. 한 달간 성경험을 얼마나 자주 했는가?	매일 1회 이상	주 4~5회	주 2~3회	주 1회	월 1회	전혀 없음
7. 한 달간 성적 욕구에 대해 배우자와 얼마나 자주 얘기했는가?	항상 얘기함	75퍼센트	50퍼센트	25퍼센트	얘기 못함	
8. 성생활을 할 때 누가 먼저 성행위를 시도했는가?	배우자	배우자와 자신이 동시에	자신	배우자와 성적 접촉 없었음		
9. 배우자가 성행위를 요구할 때 어떻게 반응했는가?	항상 만족	보통 만족	항상 만족을 느끼지 않음	내키지 않지만 거부하지 않음	가끔 거부	대부분 거부

10. 한 달간 이전에 비해 성관계에 어느 정도 변화가 있었는가?	매우 높아짐	높아짐	변화 없음	낮아짐	매우 낮아짐	
11. 배우자와의 성생활에 어느 정도 만족했는가?	항상	75퍼센트	50퍼센트	25퍼센트	만족감 못 느낌	성적 접촉 없었음
12. 부부의 건강이나 갈등이 성생활에 어느 정도 영향을 주었는가?	전혀 없음	5퍼센트	25퍼센트	50퍼센트	항상 영향	
13. 한 달간 성행위 시 얼마나 자주 불만 또는 거부감을 느꼈는가?	전혀 느끼지 못함	25퍼센트	50퍼센트	75퍼센트	거의 항상	
14. 한 달간 성경험 시 얼마나 자주 자극이 됐는가?	거의 항상 자극	75퍼센트 자극	50퍼센트 자극	25퍼센트 자극	전혀 자극 안됨	성적 경험 전혀 없음
15. 한 달간 얼마나 자주 오르가슴을 느꼈는가?	항상	75퍼센트	50퍼센트	25퍼센트	만족감 못 느낌	성적 접촉 없었음
16. 한 달간 성 트러블을 얼마나 자주 경험했는가?	전혀 없음	25퍼센트	50퍼센트	75퍼센트	항상 경험	
17. 자신의 외모에 대해 어느 정도 만족하는가?	매우 만족	만족	보통	불만족	매우 불만족	

미국 뉴저지주립 럿커스대 로센 박사의 체크리스트를 참고해서 만들었습니다.

* 150점 이상 : 성생활에 문제가 있을 수 있으므로 전문가와 상담하기를 권유한다.
* 101~149 : 평범한 성생활을 하고 있다. 좀 더 노력해서 100점 아래로 진입하도록 노력하기를 권유한다.
* 50~100 : 무척 만족스러운 성생활이라 볼 수 있지만, 함께 노력해야 계속 유지할 수 있다.

제 2 부

아프니까 부부라고?

늑대와 여우, 한집에서 잘 산다　남녀가 다른 건 원시시대부터 그래왔어
부부 사이, 적당한 거리는?　때론 배우자를 위해 멀티플레이어가 되어라

늑대와 여우, 한집에서 잘 산다

달라도 너~ 무 다른 남녀가 부부가 되어 한집에 산다는 것.
참으로 기적이 아닐까? 하지만 늑대는 늑대대로 멋있게 살고,
여우는 여우대로 멋있게 산다.

사람들은 흔히 남자를 늑대, 여자를 여우라고 한다. 남자를 늑대라고 부르는 건 '음흉하다, 섹스만 밝히는 짐승'이란 뜻이다. 여자를 여우라고 하는 건 '교활하다, 남자를 애교로 녹여서 자신의 뜻대로 갖고 논다.'는 의미다. 하지만 정작 '늑대와 여우' 본인들에게 물으면 '천만의 말씀 만만의 콩떡'이라고 손사래를 친다.

제대로 알고 나면 좋은 뜻

늑대의 습성을 제대로 알고 나서도 이런 말을 할 수 있을까?

개과의 늑대는 개와 비슷하게 생긴 야생 육식동물이다. 머리가 넓적하고 다리는 건장하고 길며, 우람하면서도 좁은 어깨를 하고 있다. 코요테와의 차

이는 귀가 작고 코의 육질부가 넓으며, 달릴 때 꼬리를 높이 쳐든다는 점이다. 사육용 개 몇 품종을 제외하고는 개과에서 가장 큰 동물이다.

늑대는 아메리카 인디언에게는 숭배의 대상이었다. 영리하고 사회적인 동물로 몇 마리에서부터 20여 마리까지 무리지어 살면서 대형 초식동물의 숫자를 조절하고 생존에 적합하지 못한 개체들을 제거하는 기능을 한다.

우리가 잘 알지 못하는 늑대의 습성은 평생 한 마리의 암컷과만 사랑을 나눈다는 점이다. 자신의 암컷과 새끼를 위해 목숨까지 바쳐 싸우는, 거의 유일한 포유류다. 또한 사냥을 하면 암컷과 새끼에게 먼저 음식을 양보한다. 암컷이 죽으면 그 옆을 지키다가 따라 죽는다.

이런 멋있는 늑대를 왜 그런 식으로 비유를 했을까? 그건 한 번 문 먹이는 절대 놓지 않고, 끝까지 따라가 잔인하게 죽이는 습성 때문일 것이다. 하지만 이것도 모두 가족을 위한 본능이다. 때로는 여러 가지 소리로 사람의 흉내를 내는 늑대도 있다. 아기 우는 소리, 아기 웃는 소리, 병들어 신음하는 소리 등으로 사람을 혼란하게 만든다. 이런 면에서 보면 오히려 늑대가 여우 짓(?)을 하는 게 아닐까?

여우도 개과에 속한다. 털이 많은 꼬리를 가진 작거나 중간 크기의 개와 유사하다. 털은 길고 귀는 뾰족하다. 또 다리가 비교적 짧고 주둥이가 좁다.

여우는 다양한 사냥전술을 가지고 있다. 토끼를 잡을 때는 참을성 있게 다가가서 신속하게 덮친다. 어떤 때는 죽은 척 누워서 적을 유인하기도 한다. 머리에 수초를 얹어 위장을 한 모습으로 오리를 잡기도 한다. 여우 짓의 본질은 바로 이런 모습들이다.

여우는 무리를 짓지 않고 홀로 아니면 가족 단위로 생활한다. 여우가 그토록 머리를 써서 적을 교란시키는 것 역시 처절한 생존본능이다. 늑대처럼 덩치가 크거나 힘이 세지도 않고, 강력한 무기도 없다. 먹이를 함께 사냥할 무리도 없다. 작은 몸집을 가지고 험한 초원에서 육식으로 살아가자면 머리를 쓸 수밖에 없다. 이렇게 멋있는 늑대와 여우의 이미지가 오늘날처럼 전해진 것은 순전히 이솝우화와 같은 전래동화들 탓이다.

늑대는 혼자서 운다

어쨌거나 이런 늑대와 여우가 한집에 사니 탈도 많고 일도 많은 건 당연하다.

어느 날인가, SBS 토크 프로그램을 봤다. 〈화신 - 마음을 지배하는 자〉란 제목의 토크쇼에서 시민들을 상대로 설문조사한 내용을 가지고 게스트들이 설전을 펼친다.

그날 설문 내용이 이목을 끌었다. 여성의 최대 거짓말과 남성의 최대 거짓말이다. 먼저 남성이 하는 최대 거짓말 1위를 맞추는 시간이다. 예능 프로그램이라 우스갯소리가 난무한다. "자기가 김태희보다 100만 배 예뻐."란 뻔한 거짓말부터, "자기가 나의 첫 여자야."라는 닭살 멘트까지.

하지만 정작 1위는 의외였다. 힘든 상황인데 약해 보이고 싶지 않아 "괜찮아. 다 잘 될 거야."라고 말하는 것이 1위였던 것이다. 조금 전까지 희희낙락 웃던 게스트와 MC들도 순간 얼음이 되었다. 남성들은 '공감'을 하기에 얼음이 되었고, 여성들은 당황해서 얼음이 되었다. 그 내용을 알아맞힌 남자

게스트가 혼자 남몰래 눈물을 흘렸던 자신의 경험을 들려주자 스튜디오는 숙연해진다. 무슨 거룩한 종교의식을 치르듯. 남자 게스트도 여자 게스트도 눈물을 훔친다.

남자란 그렇다. 혼자 운다. 남몰래 무너진다. 그건 가족들 앞에서 내가 무너지면 끝난다는 강박관념일 수도 있다. 집안에 좋지 못한 일이 생기면 모든 것이 자신의 책임인 것 같다. 아이들이 학교에서 힘든 일을 당하고 와도, 아내가 사는 게 힘들다고 말해도, 가장의 대답은 한결 같다. "못난 아빠, 못난 남편 만나서……."로 시작하는 고해성사 같은 말들을 쏟아낸다. 남자는 속으로 한없이 무너지지만, 겉으로는 '나 괜찮아'를 보여주려고 애쓴다.

그런 남자를 여자는 좀처럼 이해하지 못한다.

'힘들면 이야기하지. 혼자 끙끙 앓고만 있으면 옆에 있는 나는 도대체 뭐냐? 허수아비냐? 도대체 나를 아내라고 생각하기는 하는 거냐?'

이렇게 따지는 여우도, 혼자 우는 늑대도, 모두 여자라서 그렇고, 남자라서 그렇다.

늑대와 여우, 이렇게 차이 난다

이런 남녀의 차이를 잘 말해준 책이 있다. 《화성에서 온 남자, 금성에서 온 여자》(존 그레이 지음, 동녘라이프)다. 이 책에서 존 그레이가 이야기한 것들을 내 나름의 방식으로 풀어보았다. 아마도 이 세상 모든 늑대들과 여우들의 차이가 아닐까 싶다.

남편은 문제가 생기면 혼자 해결해야 기분이 좋아진다.
아내는 문제가 생기면 터놓고 이야기해야 기분이 좋아진다.

남편은 문제가 생기면 오로지 그 문제 해결에만 몰두한다.
아내는 문제가 생기면 주변 문제와 상황까지 고려하며 마음이 복잡해진다.

남편은 항상 결론만 말하라 하고,
아내는 과정이 더 중요하다고 말한다.

남편은 자신이 필요한 존재라고 느낄 때 가장 큰 에너지가 발생하고,
아내는 자신이 사랑받는 존재라고 느낄 때 가장 큰 에너지가 발생한다.

남편의 사랑은 배우자에게 성공이란 선물을 안겨주는 것이라고 생각하고,
아내의 사랑은 배우자에게 배려란 선물을 안겨주는 것이라고 생각한다.

남편의 최고의 두려움은 무능하게 보이는 것이고,
아내의 최고의 두려움은 사랑받지 못하는 것이다.

남편이 좌절하면 아내는 자신이 내조를 잘하지 못해서 그렇다고 생각하고,
아내가 좌절하면 남편은 자신이 무능해서 그렇다고 생각한다.

남편은 문제에 부딪히면 혼자 기어들어가고
아내는 문제에 부딪히면 남편을 찾는다.

남편은 자신의 문제에 더 이상 아내가 간섭하지 않기를 바라고,
아내는 자신의 문제에 더 이상 남편이 무관심하지 않기를 바란다.

남편은 아내에게서 인정받기를 바라고
아내는 남편에게서 이해받기를 바란다.

남편은 아내가 자신을 믿어주기를 바라고,
아내는 남편이 자신을 관심 있게 바라봐주기를 바란다.

남편은 아내가 자신이 뭘 하든 찬성해주면 좋아하고,
아내는 남편이 자신이 뭘 하든 공감해주면 좋아한다.

남편은 미안하다고 말하면 무력함을 인정한다고 생각하고,
아내는 미안하다고 말하면 관계를 회복할 수 있을 거라 믿는다.

남편은 자신이 성공해야 사랑받을 자격이 있다고 생각하고,
아내는 자신이 사랑스러워야 사랑받을 자격이 있다고 생각한다.

남편의 사랑은 배우자에게 요구하는 것이라고 생각하고,
아내의 사랑은 배우자를 배려하는 것이라고 생각한다.

남편은 아내가 요구하지 않으면 아무 문제가 없다고 생각하고,
아내는 남편이 요구하지 않으면 자신이 문제가 있다고 생각한다.

남편은 과업 지향적이고
아내는 관계 지향적이다.

늑대와 여우가 한집에 살 수 있는 건……

달라도 너~ 무 다른 남녀가 부부가 되어 한집에 산다는 것. 참으로 기적이 아닐까? 하지만 늑대와 여우도, 잘 보면 공통점이 있다. 늑대는 늑대대로 멋있게 살고, 여우는 여우대로 멋있게 산다. 항상 가족을 먼저 생각하고, 가족을 책임지려 하고, 아내를 위해 함께 죽는 그런 늑대 남편이라면 좋다. 항상 가족을 위해 지혜를 짜내고, 남들이 헤픈 웃음이라고 비웃어도 가족의 생존을 위해 기꺼이 웃음을 지을 수 있는, 그런 여우 아내라면 좋다.

알고 있는가. 여우와 늑대는 모두 개과라는 것을. 그들은 일찌감치 통하는 데가 있었다. 사람들이 욕을 할 때, '개새끼'라고 하는 건 일면 일리가 있는 얘기다. 오늘도 수많은 늑대와 여우가 한집에서 아이들 낳고 지지고 볶으면서 잘 산다.

남녀가 다른 건
원시시대부터 그래왔어

사냥 본능과 채집 본능은 인간의 진화 과정에서 생긴
자연스러운 역할분담이다. 사냥 본능과 채집 본능의 공통점은
'생존 본능'이며 '상생 본능'이다.

남녀가 다르다는 건 굳이 늑대와 여우를 들먹이지 않더라도 너무나 분명하다. 그렇다면 이런 남녀의 차이는 언제부터 있었을까? 혹은 그 차이는 어떻게 생긴 것일까. 인류 과학적 배경과 근거가 있을까? 결론부터 말하면 '예스'다.

《제3의 침팬지》의 저자 제레드 다이아몬드는 인간의 유전형질은 침팬지의 유전형질과 98.4퍼센트가 같다고 했다. 다시 말해 인간과 침팬지를 구분해 주는 유전형질은 1.6퍼센트에 지나지 않는다는 얘기다. 내가 주목하고 싶은 건 1.6퍼센트가 아니라 98.4퍼센트다. 98.4퍼센트의 유전형질은 스마트폰 하나로 세계를 돌아다니는 현대인들에게도 여전히 유효하다.

《털 없는 원숭이》의 데즈먼드 모리스에 따르면 현대 인류는 원시 인류의 연장선에 있다. 예컨대 어느 도시에 한 사람이 있다고 치자. 그가 친밀하게

알고 지내는(그냥 알기만 하는 사람을 제외하고) 지인의 수는 원시시대 사람들이 친밀하게 지내던, 즉 부족의 구성원 수와 흡사하다는 거다. 현대인들의 성생활, 생활패턴, 뇌구조 등은 원시 인류와 표현방법이 좀 다를 뿐이다.

쇼핑, 남녀가 사는 법

여기 SK 부부가 있다. 남편 S는 바지를 사고 싶다. 아내 K는 핸드백을 사고 싶다. 둘은 백화점에 간다.

S는 생각했다. '왜 백화점의 구조는 어디나 비슷하지?' 어느 잡지에서 읽은 게 생각이 난다. 백화점 1층엔 세 가지가 없다고. 창문, 화장실 그리고 벽시계. 창문이 없는 것은 바깥 쳐다보지 말고 쇼핑에만 열중하라는 것이고, 화장실이 없는 것은 2층 화장실로 가는 동안 물건을 더 많이 살펴보라는 것이고, 벽시계가 없는 것은 시간 신경 쓰지 말고 쇼핑을 하라는 것이라 했다.

백화점은 4층짜리다. 남편은 뒤도 돌아보지 않고 3층으로 향한다. "제기랄! 왜 남성복 코너는 항상 위층에 있는 거야!"라고 투덜거리면서. 종업원에게 바지를 몇 가지 보여달라고 한다. 그중 어떤 것이 좋으냐고 종업원에게 묻는다. 자신이 입을 바지인데도 남에게 묻는다. 가격표를 보고, 이만하면 자신의 수준에 맞다고 판단한다. 종종 그에겐 디자인보다는 가격표가 선택의 기준이 되곤 한다. 자신의 바지를 사는 데는 5분이면 족하다. 일을 끝냈다. 마음은 벌써 집에 가 있지만, 아내와 20분 후 핸드백 코너에서 만나기로 했다. S의 입장에선 그것도 많이 양보한 거다. 1층으로 갔다. 아내가 없다. 당장 휴대폰에 손이 간다.

"지금 어디야?"

"어디긴 어디야. 백화점이지."

"그러니까 백화점 어디냐고?"

"여성 정장 코너."

S는 어이가 없다. 아내는 왜 거기에 있을까? 핸드백 말고 정장을 사려고 마음을 바꾸었나? 핸드백 코너는 1층, 여성 정장 코너는 2층이다. S는 황급히 2층으로 간다. 백화점이 콧구멍만 한 구멍가게가 아닌 다음에야 아내가 한눈에 들어올 리가 없다. 두리번두리번. 겨우 아내를 찾았다. 아내는 정장을 열심히 입어보고 있다. 그러면서 값이 얼마냐, 요즘 트렌드는 무엇이냐, 신상품은 언제 나오느냐 등등 시시콜콜 묻는다. 그러고는 아무 일 없다는 듯 그냥 나온다. S는 그저 신기하다.

"당신, 여성 정장 사려고 마음 바꾼 거 아냐?"

"내가 언제?"

헉. 황당하다. 하기야 아내가 그런 말을 한 적은 없다. 하지만 사람이란 게 이유 없이 행동을 하지 않는 동물일진대 어찌 저런 행동을 하지?

"그런데, 당신 지금은 어디로 가?"

"그릇 코너."

아니 왜! 핸드백 사러 왔으면 핸드백만 살 것이지 그릇은 뭐 하려고? 이번엔 4층이다. 투덜거리며 뒤따르는 S를 꼬리에 붙인 채 K는 그저 즐겁다. 일류 디자이너라도 된 듯, 백화점 물건이 모두 자신의 작품인 듯 즐기고 있다.

"그런데, 당신 핸드백은 언제 사?"

"아까 봐뒀어. 핸드백 코너 몇 군데 돌았지."

한 군데도 아니고 몇 군데란다. 그럼 도대체 핸드백은 언제 사려고 아껴두는 건가? 그릇은 사지도 않으면서 잘도 감상한다. 아니 시찰을 한다고 해야 할까.

S는 문득 지구상의 남자가 여자의 쇼핑타임을 기다려주는 최고치 시간이 68분이라는 어느 기사를 떠올렸다. 68분이면 한 시간하고도 8분이다. S로선 상상이 가질 않았다. 시계를 봤다. 헉! 백화점에 온 지 80분이 지났다. 아내는 그릇 코너에서 아직도 시찰 중이다. 그렇게 시찰을 끝낸 후 K는 원래 남편과 만나기로 한 핸드백 코너에 간다. 카드를 꺼내 지불한다. S가 시간 계산을 해봤다. 아내가 두 시간 동안 산 것은 고작 핸드백 하나고, 자신은 5분 만에 바지 한 벌을 샀다. 두 시간이면 바지 스물네 벌은 샀을 거다. S는 결론을 내렸다. 여자는 역시 비효율적 인간이라고.

원시시대에도 남녀는 그랬다

위의 예화를 보면서 여자는 '과정 지향적'이고, 남자는 '목표 지향적'이라고 성급하게 결론을 내리지는 말자. 남녀가 그렇게 된 데는 그만한 이유가 있지 않을까?

원시시대 부부 SK가 있다. 그들은 몇 시간째 음식을 먹지 못했다. 오전 내내 내린 폭우 때문이었다. 축축한 동굴 속에서 비가 그치기만을 기다렸다. 이웃 부부, 이웃의 이웃 부부, 또 그 이웃의 이웃 부부도 모두 마찬가지였다. 아이들은 배가 고프다고 난리다. 드디어 폭우가 그쳤다.

보채는 아이들을 뒤로 한 채 부부들은 들로 나갔다. 아내들은 열매를 채집하러, 남편들은 짐승을 사냥하러. 동굴에서 기다리는 아이들에겐 시간이 거북이처럼 걸어가고, 밖으로 나간 어른들에겐 시간이 토끼처럼 뛰어간다.

저녁이 되었다. 이웃의 아내들과 함께 K가 먼저 돌아왔다. K의 바구니엔 바나나 두 송이와 딸기 한 주먹과 포도 다섯 송이가 전부였다. 다른 여인네들도 대동소이하다. 한나절을 굶주린 아이들은 허겁지겁 바구니에 손이 간다. "안 돼, 아빠가 올 때까지 기다려!"

아이들은 S를 기다린다. 드디어 남자들의 웅성거리는 소리가 들린다. 사내들의 귀환이다. K보다 아이들이 먼저 S를 맞는다. 남편의 어깨에 사슴 한 마리가 얹혀 있다. 사냥에 성공한 거다. 아이들은 말한다. "아빠 최고!" 아내 K는 듣지 못했던 찬사다. 어쨌든 행복한 만찬이 시작된다. S가 잡아온 고기와 K가 채취해온 과일은 그들을 파라다이스로 인도하기에 충분했다. 거기까진 좋았다. 남편이 말했다.

"그런데, 당신은 오후 내내 그만큼밖에 못 땄어?"

사슴의 뒷다리를 뜯고 있던 K가 손을 내려놓는다. 밥맛, 아니 고기 맛이 확 달아난다. 말하고 싶지도, 먹고 싶지도 않다. 오늘 자신이 고생한 일들이 머리에 스쳐간다.

동굴을 나서서 한참을 가다가 처음 만난 건 하이에나 떼들이었다. 하이에나 역시 육식을 하는 밀림의 맹수들이다. 여자들이 몽둥이로 겁을 줘서 겨우 쫓아보내긴 했지만, 쿵쾅거리는 가슴은 한 시간이 지나도 멈추지 않았다.

맨 먼저 본 과일은 포도였다. 포도가 모두 익지 않았다. '며칠 뒤에 와야겠군.' K의 오랜 경험은 자연스레 다른 곳으로 발길을 이끌었다.

5일 전에 봐뒀던 바나나 나무를 향해 간다. 바나나는 잘 익었지만 원숭이들이 손을 댄 게 틀림없다. 며칠 전보다 바나나의 수가 반이나 줄었다. 바나나를 따서 바구니에 담았다. 여럿이서 담다 보니 K의 바구니에는 두 송이가 전부였다.

2주 전에 봐두었던 딸기는 어떻게 되었을까? 다행이다. 딸기는 아무도 건드리지 않았다. 뿐만 아니라 탐스럽게 영글었다. 딸기를 바구니에 담았다. 산딸기 한 주먹 때문에 행복해 하는 아이들의 얼굴이 바구니에 겹쳐졌다.

K는 덜 익은 포도가 내내 마음에 걸렸다. 어떻게 하지? 1년 전에 봐두었던 그곳을 떠올렸다. 하지만, 망설여졌다. 1년 전의 '트라우마'와 함께 집에서 기다리는 새끼들의 얼굴이 떠올랐다. 그래 가자! 숲을 지나고 또 숲을 지나고 또 숲을 지나자 드디어 포도나무들이 눈에 들어왔다. 여인네들의 손이 바쁘다. 포도를 땄다. 순간 포도나무의 주인(?)이 등장했다. 뱀이었다. 자그마치 길이 2미터가 넘는 보아구렁이였다. 1년 전 그 뱀이었다. 여인네들은 뒤도 돌아보지 않고 뛰었다. 그런 와중에도 바구니에 담긴 과일들이 하나도 떨어지지 않는 건 묘기에 가까웠다.

"그러는 당신은 고작 사슴 한 마리야?"

"고작이라니, 내가 목숨 걸고 잡은 건데!"

드디어 남편 S의 무용담이 시작됐다.

"사슴을 잡으려고 길목을 지키고 있었지. 인생은 한 방이야 한 방. 때를 기다리고 있다가 확 낚아채는 거지. 그거 알지? '은폐엄폐' 말이야. 놈들은 귀도 밝고 코도 밝아서 우린 나무 뒤에서 숨도 안 쉬고 놈들을 기다렸지. 그놈들은 정오가 지나 더워지면 거기를 지나 강가로 가거든. 우리의 짐작은 틀림없었어. 사슴 떼들이 몰려오는 거야. 50미터, 40미터, 30미터, 20미터, 10미터. 그때 우리가 덮친 거야. 내 창이 사슴 한 놈의 배를 맞췄지. 잠시 비틀거리던 그놈이 살려고 뛰는 거야. 하지만 5미터도 못 가서 푹 주저앉더군. 난 그렇게 사냥을 끝냈지. 그런데, 왜 늦었냐고? 다른 친구들의 사냥이 늦어서 그랬지. 사나이가 의리가 있지. 사냥 끝났다고 어떻게 나만 홀랑 와 버리나?"

사냥 본능 VS 채집 본능

위 이야기는 남녀의 기질 차이가 원시시대로부터 기인함을 알려주는 이야기다. 원시시대부터 체득한 그들의 본능은 뇌에 깊이 박히고, 유전자화 되었다. 데즈먼드 모리스나 제레드 다이아몬드가 말한 것처럼 시대가 흘러도 그 본능은 바뀌지 않았다.

사냥 본능을 다른 말로 하면 '목표 지향 본능'이라 할 수 있고, 채집 본능은 '과정 지향 본능'이라 할 수 있다. 사냥 본능은 "결론만 얘기해."라 말하고, 채집 본능은 "내 말 좀 들어줘."라고 말한다. 사냥 본능은 문제가 생기면 오로지 그 문제 해결에만 몰두하지만, 채집 본능은 문제가 생기면 문제 해결과 주변 상황을 똑같은 무게로 고려한다. 사냥 본능은 배우자에게 성공을 안겨주어야 사랑하는 것이라 보고, 채집 본능은 배우자에게 성공보다는 배려를 받고 싶어 한다. 사냥 본능은 자신의 의견에 무조건 찬성해주기를 원하며,

자신의 의견에 반대하면 화를 내는 걸 넘어 상대방을 적으로 간주하곤 한다. 채집 본능은 자신의 느낌을 이해하고 공감해주기를 바라며, 공감받지 못하면 상대방과 공감하고 소통하기를 거부하곤 한다. 사냥 본능은 언제나 과업 달성이 최우선 관심사이고, 채집 본능은 언제나 관계 지향적이다. 물론 남성에게도 채집 본능이, 여성에게도 사냥 본능이 있다. 그럼에도 '사냥 본능과 채집 본능'은 남성적인 특징과 여성적인 특징을 잘 설명해준다.

우리의 결혼생활은 이렇듯 인류 진화적 요소를 떠안고 시작한다. 따라서 두 본능의 부딪침은 지극히 당연하다. 그런 면에서 오늘도 침대 위에서 티격태격하는 세상의 수많은 부부들은 인류 진화에 충실한 후계자들이다.

'사냥 본능과 채집 본능' 더 깊은 뜻 있었네

그렇다고 이렇게 말한 순 없다.

"너희 부부가 싸우는 건 조상의 뜻을 잇는 충성스러운 행위다. 할 수만 있으면 티격태격하고, 절대 서로를 이해하거나 양보하지 말라. 인류 정신(?)의 계승을 위해 성심을 다해 자주 싸워라. 그것이 인류 조상에 대한 예의니라."

그렇게 본다면 하나만 보고, 둘은 보지 못한 거다. 사냥 본능과 채집 본능은 인간의 진화 과정에서 생긴 자연스러운 역할 분담에서 기인한 것이다. 말하자면 인류가 살아남기 위해 서로가 잘하는 것을 분담하며 상생한 역사인 거다. 사냥 본능과 채집 본능의 공통점은 '생존 본능'이며 '상생 본능'이다. 힘센 동물들과 달리 아무런 신체적 무기를 가지고 있지 않았던 인류가 선택한 생존방식이었다.

이런 유전자를 가진 현대의 부부가 진정 인류정신을 잇는다고 한다면, '상생과 생존'이라고 하는 대의를 잊지 말아야 하겠다.

이를 쉽게 표현하자면 "내 이럴 줄 알았다. 당신과 내가 왜 다른가 했더니 조상들의 피가 흘러서 그랬구먼. 답 나왔네. 이렇게는 더 이상 당신과 못살아. 우리 헤어지자~." 이러지 말고, "당신과 내가 왜 다른가 했더니 다 뜻이 있었네. 우리 둘이 각자의 특성을 살려 잘 살아보라는 조상님들의 뜻 말이야. 잘됐네. 나랑 당신이랑 원시 본능 되살려서 잘살아보자. 내가 잘할게. 알겠지. 자기야~."라고 말하자는 거다.

하여튼 이런 남녀가 만나 부부를 이루며 산다는 건 기적이며, 행운이다. 남녀는 애당초 다른 별에서 살았다. 어디서? 남편은 화성에서, 아내는 금성에서. 화성 남편과 금성 아내가 지구별에서 같이 사느라 "니들이 수고가 많다~."

부부 사이, 적당한 거리는?

부부의 안전거리로 가장 추천할 만한 거리가 있다.
그건 바로 친구만큼의 거리다. 부부가 친구로 지내는
거리만큼 안전한 거리는 없다고 나는 생각한다.

앞장에서 살펴본 대로 남녀의 유전자 속엔 서로 다른 뭔가가 있지만, 그럼에도 밤하늘의 별처럼 많은 남녀가 부부란 이름으로 합쳐져서 인류를 생존시켜왔다. 그렇다면 부부 사이의 충돌이 과연 '사냥 본능과 채집 본능의 충돌'이기만 할까? 혹시 본능의 문제가 아니라 거리의 문제는 아닐까?

너무 가까우면 사고가 나기 마련이다. 부부간에도 안전거리가 필요하다. 그렇다면 부부 사이의 적당한 거리는 얼마일까?"

부부관계, 참 묘한 사이다

우리 사회가 느끼는 '부부 사이의 거리'를 잘 대변해주는 말이 '부부 일심동체'다. 하지만 '일심동체'라는 바로 이 말 때문에 논쟁은 아직도 현재진행

형이다. '그건 당연한 말'에서부터 '그게 가능한 걸까?'에 이르기까지. 또 '부부가 남이냐 아니냐'를 두고도 논쟁은 끝이 없다.

여기서 잠깐, '뽕짝' 노래를 한 곡 들어보자.

'남이라는 글자에 점 하나를 지우고 님이 되어 만난 사람도, 님이라는 글자에 점 하나만 찍으면 도로 남이 되는 장난 같은 인생사.'

점 하나로 '님'과 '남'으로 달라지는 사이가 부부다. 부부가 돌아누우면 남이 된다. 또 있다. 부자지간은 1촌, 형제지간은 2촌, 그럼 부부지간은? 0촌이다. 0이란 숫자는 아무것도 없다는 이야기도 되지만, 무한대란 이야기도 된다. 아무것도 없는 동시에 어떤 것도 될 수 있는 것이 바로 0이다. 따라서 부부는 세상에서 제일 가깝기도 하고, 제일 멀기도 한 사이란 이야기다.

이 세상에는 많은 관계가 있다. 부녀지간, 모자지간, 친구지간, 친척지간, 동료지간 등등. 하지만, 부부지간만큼 특별한 관계가 있을까?

부부라서 더 좋다. 부부라서 더 기쁘다. 부부라서 더 사랑스럽다. 부부라서 더 신난다. 부부라서 더 눈감아준다. 부부라서 더 배려한다. 부부라서 더 감동스럽다…….

하지만, 그렇기만 할까? 부부라서 더 아프다. 부부라서 더 지긋지긋하다. 부부라서 더 눈물 난다. 부부라서 더 밉다. 부부라서 더 화가 난다. 부부라서 더 싫다. 부부라서 더 죽이고 싶다…….

인간으로 진화한 이래, 수많은 남녀가 단지 부부라는 이유만으로 더 울고 웃었다. 부부라서 힘이 되기도 하지만, 부부라서 더 상처가 되기도 한다. 이게 부부 사이다. 도대체 부부가 뭐기에 '더'로 점철될까? 이래서 부부 사이는 참 묘하다. 뭔가 재미있는 구석이 있다.

안전거리 미확보는 사고 발생의 원인

'적당한 거리'라 하고 보니 교통사고가 생각난다. 신호등이 있는 사거리에서 앞차와 뒤차가 추돌했다고 치자. 앞차는 신호등이 노란색으로 바뀌자 놀라서 급정거를 했다. 그러자 뒤차가 앞차 뒤꽁무니를 세게 들이받았다. 교통사고다. 앞차 주인도 뒤차 주인도 차 바깥으로 나와 서로 욕질이다. "야, 이 새끼야. 운전을 그따위로 해!" 하며 '목소리 크기 시합'을 벌인다.

이런 경우 누구의 과실이 더 클까? 비슷한 교통사고를 당해본 사람이라면 당장 안다. 뒤차의 과실이 더 크다. '안전거리 미확보'라는 과실이다.

안전거리란 안전한 거리, 즉 편안하고 탈이 없는 거리를 말한다. 도로교통법 제19조에 따르면 '모든 차의 운전자는 같은 방향으로 가고 있는 앞차의 뒤를 따르는 때에 앞차가 갑자기 정지하게 되는 경우 그 앞차와의 충돌을 피할 수 있는 필요한 거리를 확보하여야 한다.'

안전거리를 계산하는 방법은 두 가지이다. 시속 60킬로미터 미만의 속도에서는 속도계 수치에서 15를 뺀 숫자를 미터 앞에 붙이면 되고, 시속 60킬로미터 이상의 속도에서는 속도계 수치 그대로를 미터로 보는 방법이다. 예컨대 시속 50킬로미터로 달리는 차량의 안전거리는 35미터이며, 시속 70킬로미터로 달리는 차량의 안전거리는 70미터란 이야기다. 하지만 운전을 하면서 앞차와의 거리를 자로 재볼 수는 없는 일. 안전거리 확보는 순전히 운전자의 감각으로 알아서 할 일이다.

사람들 사이에도 안전거리가 있다

사람에게도 적당한 안전거리가 있을까? 아니 필요할까? 물론 그렇다.

만일 당신이 요즘 만나는 사람이 100명이라면 그 모든 사람들과의 적당한 안전거리가 필요하다. '100명'에는 자녀, 부모, 친척, 회사 동료, 친구는 물론 우연히 길거리에서 만나 잠깐 이야기를 나눈 사람까지 모두 포함된다. 하지만 그 100명에게 필요한 안전거리는 모두 다르다. 차량의 속도에 따라 안전거리가 달라지듯이.

예를 들어보자. 어떤 남자가 아침 출근길에 만난 '야쿠르트 아주머니'에게 "수고한다."며 친절한 미소를 날렸다. 그녀도 미소를 보내온다. 조금 더 가다 신문배달 소년을 만났다. 아주머니에게 날렸던 것과 똑같은 미소를 지으며 "수고한다."고 인사를 건넨다. 소년은 멀뚱히 남자를 쳐다본다. 그 표정 속에는 '저 아저씨 왜 저래? 뭘 잘못 먹었나?'가 담겨 있다.

이런 예는 수도 없이 많다. 어떤 사람에게 좋은 것이 모든 사람에게 좋은 것은 아니다.

이렇게 생각해보면 매일 수많은 사람을 만나면서 적당한 거리를 유지한다는 건 참으로 대단한 일이다. 그 많은 사람들을 각각 다른 거리로 조율한다는 의미니까. 대인관계 능력이란 결국 각 사람과의 거리를 조율하는 능력이다.

사람과 사람 사이의 적당한 안전거리를 판단하는 기준이 있을까? '나'와 '남' 사이의 안전거리를 판단할 기준은 무얼까? 그건 다시 말해 남도 다치지 않고 나도 다치지 않는 거리다.

영화 《내 아내의 모든 것》을 통해서 보는 부부의 거리

이쯤에서 다시 영화 한 편을 소개해보자. 2012년작 《내 아내의 모든 것》(민규동 감독)이다. 줄거리는 대략 이렇다.

아내(임수정 분)는 완벽했다. 예쁘고, 사랑스럽고, 요리 실력도 완벽하고, 스펙도 괜찮다. 일본에서의 첫 만남도 영화에나 나올 법한 로맨틱한 만남이었다. 모든 게 완벽했다. 결혼하고 아내가 입을 열기 전까지는.

결혼 7년차가 된 아내는 입만 열면 불평과 독설 세례를 퍼붓곤 한다. 아무데서나 담배를 피워대고, 속옷을 아무데나 던져놓고, 변기 위에 앉아 불평을 늘어놓는다. 결혼 전에 보았던 '조신한 여성'은 이 세상 아무데도 없다. 그저 '아내'만 있을 뿐.

하루하루를 버티기 힘든 남편(이선균 분)은 드디어 결심한다. 아내와 이혼하고 말리라! 그런데 어떻게 이혼하지? 그렇지. 아내를 누군가 유혹하면 아내가 넘어가고, 그것을 빌미로 이혼소송을 하면 되겠다. 배우자 과실이니 위자료는 도리어 남편이 받아 챙길 수 있다. 꿩 먹고 알 먹고, 도랑 치고 가재 잡고! 남편은 이 생각을 실행에 옮겼다.

이웃집의 위대한 카사노바(류승용 분)에게 청탁을 한다. '아내 유혹' 청탁이다. 카사노바는 온갖 방법으로 그녀를 유혹한다. 열 번 찍어 안 넘어가는 나무 있던가. 그녀의 눈빛이 흔들리기 시작한다. 눈빛을 따라 마음도 흔들린다. 모든 게 계획대로다.

그런데 웬걸? 남편은 기분이 좋지 않다. 카사노바가 아내를 유혹할 수 있도록 하나하나 아내에 대한 정보를 주다가 오히려 아내의 그동안의 행동을 이해하게 된 것이다. 마침내 카사노바는 떠나고, 잠시 흔들렸던 아내의 마음도 돌아왔다. 남편도 달라졌다.

우리 부부의 무례함(?)을 소개합니다

영화를 함께 본 아내에게 말을 던졌다.

"아까 임수정이 속옷을 아무데나 던져놓고, 화장실에 앉아 남편에게 독설을 퍼붓고, 담배 피워대던 거, 당신은 어떻게 생각해?"

아내가 말한다.

"부부끼리 얼마든지 그럴 수 있는 거 아냐?"

사실, 그런 대답이 나올 거라 예상했다. 다만, 우리 부부의 생각이 같음을 드러내고 싶었던 것이다. 말하자면 일종의 '생각 하이파이브'라고나 할까.

아내와 나는 급기야 '언어 하이파이브'에 이르렀다.

"그런 사이라면 좋은 사이 아닌가?"

부부는 애당초 무례한(?) 사람들이다. 가족끼리 섹스를 하는 사이가 아닌가 말이다. 침실에서 잔뜩 분위기를 잡은 '배우자'에게 "가족끼리 이러시면 안 됩니다."라고 하면 웃기지 않은가. 결혼 초라면 '언제 방귀를 트는지'를 가지고 친구들이랑 토론이라도 하겠지만, 결혼 10년차가 넘어가면 그마저도 우스워진다.

우리 부부가 평소 서로에게 행하는 무례(?)한 행위는 대충 아래와 같다. 더 많지만, 한 영혼이라도 시험에 드실까 봐 이 정도에서 삼가겠다.

밥상머리에서 시원한 방귀 뀌기.

화장실에서 대변 보는 남편에게 다가가 뽀뽀하기.

생리대 갈아 끼우는 아내 쳐다보며 이야기하기.

샤워 후 발가벗은 남편에게 팬티 건네주기.

고속도로 운전하다가 졸린 남편 깨우려고 마스터베이션 해주기.

식탁 위에 앉아 있던 남편이 발기한 성기 꺼내 보여주기.

아내 앞에서 손가락으로 이빨 쑤시기

출렁이는 뱃살을 아무렇게나 방치한 채 방바닥에 눕기.

설거지하는 아내 뒤에서 '후배위' 자세를 취하며 자꾸만 쑤셔대기.

집 안에서 알몸으로 돌아다니기.

그래도 우리 부부는 이것만은……

이렇게 툭 트고 사는 우리 부부지만 꼭 지키는 부부 예절이 한 가지 있다. 그건 서로에 대한 호칭이다. 서로에게 말 함부로 하지 않기, '서로에게 존중하는 말 쓰기'이다. '존중하는 말'을 '존댓말'이라고 하지 않는 이유는 우리 부부가 존댓말을 쓰기도 하고, 쓰지 않기도 하기 때문이다.

전화 통화를 할 땐 서로 존댓말을 쓰지만 실제 생활에선 이랬다저랬다 한다. 하지만 우리 부부는 아무리 싸우고 화가 나더라도 "야, 너, 이놈, 저년"이란 말을 써본 적이 없다. 이름도 함부로 부르지 않는다. 상호 씨, 명희 씨 정도는 애칭으로 받아 넘기지만 '상호야! 명희야!'는 하지 않는다.

화가 나면 말을 함부로 하게 된다. 그러다 자칫 주워 담을 수 없는 상처를 줄 수도 있다. 부부싸움이 끝나도 그 상처는 남는다. 우리 부부는 신혼 때부터 이 부분은 서로 합의했다. 서로 존중하는 말을 쓰자고.

앞에서 말한 '부부 예절'을 보면 이런 뉘앙스가 많다. 서로 조심할 것, 선을 넘지 말 것, 무례하지 않을 것. 이건 다분히 부정적이고 '금기사항적'이다. 금기사항이 많은 사이가 결코 좋아 보이지는 않는다. 그런 요소가 많다면 부부관계가 그만큼 말랑말랑하지 못하다는 거다. 부부 사이에도 적당한 거리가 필요하다고 말했지만, 적당한 거리가 꼭 금기사항의 형태로 드러날 필요는 없지 않은가.

배우자와의 거리는 몇 미터인가

부부 예절이 눈에 보이는 거리라면, 부부관계 설정은 눈에 보이지 않는 거리다. 배우자가 서로를 어떻게 생각하고, 어떤 관계로 받아들이고 행동하느냐 하는 거다. "뭘 부부끼리 그런 걸 다 생각해요?"란 말은 공식적인 관계 설정 또는 무미건조한 거리 설정에 불과하다.

그렇다면 사람들 사이의 거리 조율에 배우자도 해당될까? 물론 그렇다. 아니 더욱 그렇다. 이 세상에 제일 사이가 좋아야 할 사람이 있다면 그건 바로 배우자다. 제일 신경 써야 할 관계 역시 부부관계다. 부부 사이의 거리는 부부마다 다르다. 그 누구도 정해줄 수 없다.

나와 내 아내는 적당한 부부의 거리를 조율하는 데 15년이 걸렸다. 물론 서로의 거리만 조율한 것은 아니다. 우리 부부가 맞닥뜨린 환경과의 거리도 조율했다. 지나고 보니 이 둘은 결코 따로 떨어져 있지 않았다. 그 거리를 조율하는 데 걸리는 시간은 부부마다 천차만별이다. 어떤 부부는 몇 년 만에, 어떤 부부는 몇 십 년 만에, 어떤 부부는 평생 걸려도 제대로 조율하지 못하기도 한다.

내가 생각하는 부부의 안전거리 중 가장 추천할 만한 거리는 바로 친구만큼의 거리다. 부부가 친구로 지내는 거리만큼 안전한 거리는 없다고 생각한다. 그건 '부부가 남이냐 아니냐'라는 거리 재기보다 좋다. '부부 일심동체냐 아니냐'라는 거리 재기보다 부담이 없다. 또한 '부부가 서로 사랑하느냐 아니냐'를 따지는 거리 재기보다 가볍다.

지금 당신과 배우자와의 거리는 몇 미터인가.

때론 배우자를 위해 멀티플레이어가 되어라

우리는 결혼하는 순간 배우자에게 때로는 부모가 되어주어야 하고, 때론 친구가 되어주어야 한다. 배우자로서만이 아닌 멀티플레이어가 되어야 역할을 제대로 해내는 것이다.

'이젠 더 이상 못 참겠다.'

P가 TV를 보다가 속으로 말했다. 거실 벽시계를 보니 어느덧 새벽 2시였다. 그녀는 이를 뿌드득 갈고 있다.

삑삑삑삑. 현관에서 비밀번호 버튼 누르는 소리가 네 번 들린다. 그리고 살글살금, 도둑고양이 아니 도둑 쥐 한 마리가 들어온다. 그 쥐는 P의 '장밋빛 결혼'을 훔쳐간 장본인이다. P가 결혼 전 생각한 건 결코 이게 아니었다.

좋은 연인, 하지만 좋은 부부는?

도둑 쥐 J. 그는 그녀의 남편이자 아이 둘의 아빠다. P는 자신의 몸도 잘 못 가누는 J를 그저 째려보기만 한다. 큰소리를 쳐보려 해도, 싸워보려 해도 상대가 되질 않는다. 이미 J는 전의를 상실한 패잔병이다.

P가 화가 난 건 남편이 술을 먹고 늦게 들어와서가 아니다. 남자가 친구와 어울리다 보면 그럴 수도 있다. 늦게 들어오면서 전화 한 통 없어서도 아니다. 술을 마시다 보면 깜박할 수 있다. 2차, 3차를 가는 것 때문에 화가 난 것도 아니다. P를 계속 화나게 하는 건 남편의 우유부단함이다.

남편과는 스물두 살 때 만나 거의 10년 동안 연애를 하고 결혼했다.

P가 서른두 살이 되던 어느 겨울날이었다. 화창했던 날이 오후 들어 갑자기 흐려졌다. 급기야 퇴근 시간에는 비가 쏟아졌다. 직원들은 모두 퇴근하고 P만 남았다. '까짓것 비 좀 맞고 가지 뭐!' 하며 회사 문을 나섰다. J가 장미꽃 무늬가 그려진 우산을 쓰고, 하나는 들고 있었다. 언제부터 기다렸을까? J는 파랗게 변해버린 입술로 P를 보며 방긋 웃어주었다. '이 남자라면 평생 같이 살아도 좋겠다.'는 생각이 비를 타고 자꾸만 흘러내렸다. 다른 남자 같으면 회사 안으로 들어와 "자기야, 우산 여기 있어."라고 했을지 모른다. 그는 달랐다. 생색을 내거나 과시할 줄 몰랐다. P는 그런 그가 좋았다.

결혼식은 행여 P가 힘들어할까 봐 순서를 간소화했다. 신혼여행지도, 신혼가구도, 신혼집도 모두 P의 의사대로 해주었다. 자신에겐 너무나 벅찬 남편이었다. 적어도 결혼하고 두 달이 지나기 전까지는.

남편이 원래 이런 사람이 아니었는데……

문제는 남편의 직장이었다. 한 군데서 오래 버티질 못했다. 길어야 1년, 평균 6개월이었다. 처음엔 회사 상사도 동료도 그를 모두 좋아한다. 그 또

한 "이제 잘해볼게. 아니, 잘할 수 있을 것 같아."라고 한다. 하지만 화려한(?) 출발은 두 달을 넘기지 못한다. 두 달이 넘어가면 슬슬 증세가 도지기 시작한다. 출근할 때는 목소리마저 입사 때보다 20db 정도 약해진다.

왜, 항상 슬픈 예감은 빗나가지 않을까? 출근 그 자체를 점점 더 어려워했다. 회사 사람들과 특별히 다투는 것도 아니었고, 문제를 크게 일으키는 것도 아니었다. 항상 문제는 별것 아닌 것으로부터 시작했다.

예컨대, 상사가 시킨 일 열 가지 중 한 가지를 못해내면 그걸 가지고 전전긍긍했다. 그냥 솔직하게 한 가지는 못했다고 말하면 어디가 덧나나? '말할까 말까? 말하면 혼나겠지? 그렇게 한 번 두 번 혼나다 보면 잘리겠지?' 남편은 항상 이런 식이었다. 그런 문제를 누구에게 속 시원하게 풀어놓지도 않았다. 늘 혼자 끙끙 앓곤 했다. 미완의 한 가지 미션 때문에 퇴사했다는 소식을, 퇴사 후 1주일이 지나 남편의 친구로부터 듣기 일쑤였다.

난들 이럴 줄 알았나

연애 시절, J는 유약한 자신에 비해 언제나 당당하고 대찬 P가 보기 좋았다. 왠지 자신의 부족함을 채워줄 든든한 누나처럼, 때로는 엄마처럼 여겨졌다. 사실은 J가 P보다 두 살 많았지만, 나이가 무슨 소용이랴. 느낌은 항상 그녀가 연상이었으니. 뭐든지 다 해주고 싶었다. 결혼만 하면 정말 잘해줄 거라 다짐하고 또 다짐했다.

결혼을 했다. 두 달 정도는 꿈만 같았다. 자신에게 사랑하고 책임질 가족이 생겼다. 하지만 두 달이 지나자 '가족'은 기쁨이 아닌 부담이 되기 시작했다. 이제 자신이 가장이라는 책임감이 스멀스멀 기어 올라왔다. 첫애가 태어나니 더욱 부담 백배였다. 이건 뭐지? 결혼하면 가장이 된다는 건 삼척동자도 알고 자신도 알고 있던 터였다. 아하, 이게 바로 머리로 아는 것과 가슴으로 아는 것의 차이인가 싶었다.

부담감이 짓누르자 모든 일에 두려움이 생겼다. 특히 직장생활은 점점 자신감이 떨어졌다. '이러면 안 되는데!'라며 하루에도 수백 번씩 자신을 달래보지만, 그럴수록 마음은 더욱 옥죄어 왔다. 안 하던 실수도 하게 되었다.

점점 직장에 나가는 게 싫어졌다. 그런 일이 생기면 누구에게도 차마 말은 못하지만, 벌써 표정으로는 그런 일이 생겼다고 수차례 말하고 다니는 J였다. 화난 아내의 얼굴이 떠올랐다. 아내의 얼굴은 웃고 있어도, 메두사였다.

아내는 J와 달랐다. 결혼 13년차가 된 지금까지 쉬지 않고 직장생활을 해왔다. 웬만하면 직장도 옮기지 않았다. 처음엔 직장 상사들이 아내를 썩 반기지 않는 듯했지만, 시간이 지날수록 직장을 빛나게 하는 그녀였다. 결혼 전에는 그 모습이 좋았었는데, 지금은 그런 아내가 무섭다. 아내는 항상 J에게 "그것도 못해? 바보 쪼다!"라고 면박을 줬다. 자녀들 앞이건 다른 사람 앞이건 구분하지 않았다.

오늘도 술을 먹고 늦게 들어왔다. 사실 J도 그러고 싶지 않았다. 아내 P의 비위를 건드리고 싶지 않았다. 하지만 맨정신으로 집에 들어와 아내의 얼굴을 보는 건 죽기보다 싫었다.

모든 경제생활을 책임지는 아내. 직장생활에다 부업에다 아이들 건사까지. 초인적인 힘을 발휘하는 아내 앞에만 서면 왠지 작아졌다. 아내의 면박

보다 아내의 완벽함이 그를 더 질리게 했다. '이젠 더 이상 못 참겠다.'는 건 아내의 마음이 아니라 사실 남편의 마음이었다. 아니 남편이 아내보다 더 절실했다. 헤어지자니 혼자 살아갈 용기가 없고, 같이 살자니 아내가 무섭고. 진퇴양난이 따로 없었다.

운명의 날, 학교로부터 전화가 왔다

며칠 뒤 학교에서 전화가 왔다. 초등학교 4학년인 둘째아들의 담임이다. 부모 중 아무나 오라고 했지만, 남편은 애당초 갈 생각이 없었다. 아들아이의 담임도 아내와 비슷한 또래의 여성이었기 때문이다. 사실 학교로 불려가는 건 언제나 그녀의 몫이었다.

교사가 부른 용건, 그건 아들아이의 불안감 때문이었다. 아이가 정서적으로 상당히 불안해한다고 했다. 수업시간에도 집중을 하지 못한다고. 왜일까? 선생님은 아마도 가정의 불안이 크기 때문이 아닐까, 라고 했다. 그녀는 순간 커다란 망치로 머리를 세게 얻어맞은 듯했다. 선생님이 권했다. 어머니부터 상담을 받아보라고.

교실 문을 나서자마자 그녀의 눈에는 눈물이 펑펑 쏟아졌다. 무엇이 문제일까. 당장 머리에 떠올랐다. 그 인간 때문이라고. 그 눈물 속엔 남편에 대한 원망과 증오가 200퍼센트나 섞여 있었다. 하지만, 자식을 위해서라면 무엇인들 못하랴. 정신과 상담, 그까짓 거 뭐.

아내 P는 어렵게 상담소를 찾았다. 한 번 두 번 상담을 받다 보니 뭔가 알 것 같았다. 남편보다 자신이 더 문제였다는 걸. 아니 남편을 대하는 자신의 태도가 문제였다는 걸. 쥐 잡듯 남편을 잡으니, 남편은 늘 고양이 앞에 쥐였다는 걸. 그런 게 깨달아지니 남편에게 한없이 미안해졌다. 아이의 불안함을 보고서야 알게 된 거다.

미안함에 눈물이 앞을 가리고

상담사는 남편 J도 같이 상담을 받으라고 요청했다. 부부의 문제는 어느 한 사람만의 일방적인 문제인 경우가 거의 없다며, 잘잘못을 떠나 부부 문제는 함께 치유해가야 한다고.

부부가 함께 상담소를 찾았다. 어색해하는 남편에게 상담사는 "아내의 아픔과 눈물을 알고 있었느냐?"고 물었다. 남편은 머리를 긁적이면서 "알고는 있었지만, 그게~."란다. 남편 특유의 머뭇거림, 우유부단함 등이 튀어나온다. 이렇게 시작된 상담은 어느새 부부 상담으로 이어졌다. 이제 아내 혼자가 아니라 부부가 함께 매주 화요일마다 상담소를 찾았다.

상담을 함께 받던 어느 날, 아내가 먼저 남편에게 미안하다고 했다. 미안하다고 말하고 나니 자신도 모르게 눈물이 고였다. 그냥 미안했다. 남편을 다독이지 못하고 아이들에게 상처를 준 게 미안했다. 사실 그녀는 자신에게 더 미안했다. 좀 더 지혜롭게 대처했더라면, 지난 13년 동안 자신을 좀 더 행복하게 해줬을 거라는 생각이 들었다.

이내 남편의 눈가에도 눈물이 맺혔다. 두 사람은 서로를 부둥켜안고 30분을 울었다. 울면서 남편 J가 말했다.

"여보, 미안해. 정말 미안해. 미안해. 미안해……."

사과하면 받아줄 것 같지도 않았던 아내였다. 비겁한 변명 같았고, 자신의 무능함을 말로 때우는 것 같아 싫었다. 그런데 아내가 먼저 미안하다고 한다. 남편으로선 억장이 무너질 일이다. 미안한 쪽은 자신인데, 아내가 닭똥 같은 눈물을 흘리며 미안하다고 하니 말이다.

이 부부에게 내려진 특명

상담사는 부부 각자에게 맞춤 처방을 내놓았다.

남편에게는 다음과 같이 처방했다.

"아내는 어린 시절부터 4남매의 맏이로 살아왔기에 누구보다 생활력이 강하고, 책임감도 강해요. 일찍 부친을 여읜 탓에 집안에선 거의 가장의 역할을 하고 자랐던 거죠. 그렇게 성장했기 때문에 제 역할을 못하는 남편을 대신해 가장 역할을 도맡았던 것입니다. 그렇게 하지 못하는 남편을 받아들일 수도, 이해할 수도 없었던 거죠. 하지만 남편은 알아야 합니다. 아내 입장에선 남편과 아이들을 혼자 힘으로 책임지면서 무척이나 힘들고 아팠다는 것을. 이젠 아내 혼자 짐을 지게 하시면 안 됩니다. 남편이 제 역할을 해주지 못하면 아내는 커다란 상실감을 가지게 됩니다. 그러면서 아내는 더 독해지고 강해지는 것입니다. 이런 아내를 진심으로 이해해야 합니다. 그렇게 해야 아내의 상처를 치유해 나갈 수 있습니다."

아내에게는 이렇게 처방했다.

"남편은 어린 시절 양친을 모두 잃었기 때문에 정신연령 수준이 거기에 머무른 것입니다. 충분히 사랑받고 자라야 할 때 사랑받지 못한 남편은 삶에 대한 에너지가 부족하지요. 그래서 직장생활에서 한 번 스텝이 엉키면 헤어 나올 에너지가 부족해 무너지는 겁니다. 거기다가 어린 시절부터 부모의 역할, 남편의 역할에 대해서 듣고 본 바가 없으니 아내와 자녀에게 어떻게 해야 하는지 모르는 것입니다. 단지 잘해야 되겠다는 부담감만 있고, 실천하지는 못하는 것이죠. 이런 남편에게 가장의 책임만 요구했으니 얼마나 힘들었겠어요. 이제 아내는 남편에게 세 가지 역할을 하셔야 합니다. 때론 엄마같이, 친구같이, 누나같이."

배우자는 서로 멀티플레이어가 되어야

위에 소개한 이야기는 아내의 지인 부부의 이야기다. 여기서 잠깐. 우리는 사람을 대하는 방식을 누구에게 먼저 배울까? 쉽게 말해서 지금 당신이 배우자나 자녀, 친구, 직장동료를 대하는 방식은 어떻게 학습된 것일까?

심리학자들은 말한다. 우리는 모두 부모로부터 대인관계의 방식을 물려받았다고. 세상에 태어나서 최초로 맞이하는 대인관계가 바로 부모와의 관계이다. 여기서 '부모'란 조부모, 보육원 교사, 친척 등 모든 양육자가 해당된다. 물려받았다는 것은 선천적인 게 아니라 후천적이고 환경적인 요소로 인해 자연스레 전수된다는 이야기다. 따라서 누가 그 사람을 낳았느냐가 아니라 누가 길렀느냐가 그 사람의 인간관계의 원형을 좌우한다.

이렇게 성장한 남녀가 결혼을 하면, 그들은 각자 부모가 물려준 방식으로 배우자를 대하곤 한다. 결혼한 그와 그녀에게는 부모의 원형이 고스란히 내재해 있을 뿐 아니라 시시각각 작동을 한다. 부부생활에서는 끝임없이 그들의 원형이 살아나온다. 부모의 원형은 자기 자신을 대하는 방식에도 적용되고, 배우자를 대하는 방식에도 적용된다.

한마디로 이들은 자기 자신에게도, 배우자에게도 '부모 노릇'을 한다. 그러면 부부는 서로에게 요구만 하는 존재로 살아가게 된다. 자신의 부모가 자신에게 그랬던 것과 똑같은 방식으로 배우자를 대하게 된다. 이처럼 서로에게 '부모 노릇'을 하게 되면 상대방도, 자신도 영원히 철부지 아이로만 살게 된다.

그렇다면 어떻게 해야 할까? 이젠 배우자를 대상으로 하는 '부모 노릇'이 아니라 '부모'가 되어야 한다. 당신과 배우자는 둘 다 '부모의 잔소리'가 아니라 '부모의 사랑'이 필요하다는 이야기다. 배우자에게 '따뜻한 부모'가 되어준다면 '상처받은 부모의 원형'도 조금씩 치유될 것이다.

우리가 결혼한 이유는, 서로에게 '따뜻한 부모'가 되어주기 위함이다. 그런 면에서 배우자는 서로에게 '제2의 부모'인 셈이다. 우리는 결혼하는 순간 때론 배우자의 부모가 되어 주어야 하고, 때론 친구가 되어 주어야 한다. '배우자'는 이처럼 멀티플레이어가 되어야 역할을 제대로 해내는 것이다.

부부 애정 체크리스트

1. 배우자가 바람피운 것을 알게 된다면?
   A. 그 사실을 안 즉시 이혼을 고려한다.(1점)
   B. 상처를 받겠지만 그래도 상대를 돌이키려 노력해보겠다.(5점)

2. 고가의 물건을 구입하려고 할 경우 선택권은 누구에게 있는가?
   A. 모든 경제적인 문제는 의논해서 함께 결정한다.(5점)
   B. 큰 액수의 물건을 구입할 때는 돈을 더 많이 버는 쪽이 결정권을 갖는다.(0점)

3. 배우자의 친구들과는 어떤 관계인가?
   A. 남편(아내)의 친구들은 곧 나의 친구이기도 하다.(5점)
   B. 몇 명은 마음에 안 들지만 그냥 받아들인다.(3점)
   C. 하나같이 마음에 안 들어서 무시하고 있다.(0점)

4. 배우자와의 성생활에 대한 만족도는?
   A. 100퍼센트.(5점)
   B. 좀 더 횟수를 늘리고 변화를 주는 것도 나쁘지 않겠다.(1점)

5. 쇼핑이나 축구를 좋아하지 않지만 배우자가 원하면 함께 가주겠는가?
   A. 배우자가 기뻐한다면 흔쾌히 따라가겠다.(5점)
   B. 계속 투덜거려서 상대가 혼자 가도록 만든다.(1점)

6. 배우자가 과중한 업무를 핑계 대며 평소 귀가시간보다 훨씬 늦게 돌아왔다. 그런데 퇴근시간쯤 회사에 전화를 했을 때는 남편(아내)이 이미 퇴근했다는 말을 들었다. 당신의 반응은?
   A. 왜 거짓말을 했는지 물어보며 대화를 한다.(5점)
   B. 상대를 의심하며 심한 논쟁을 벌인다.(0점)

7. 부부가 같은 일로 함께 웃는 편인가?
   A. 우린 늘 함께 웃는 편이다.(5점)
   B. 남편(아내)은 나의 유머를 이해하지 못한다.(1점)

8. 당신에게 부부관계란 무엇인가?
   A. 남편(아내)은 내 인생의 중요한 부분이다.(5점)
   B. 인간이란 혼자 살아갈 수 없는 동물이기 때문에 중요하다.(0점)

9. 부부싸움은 얼마나 하는 편인가?
   A. 거의 하지 않는 편이며 하더라도 금방 화해한다.(5점)
   B. 자주 하는 편이며 원칙 논쟁을 많이 한다.(0점)

10. 배우자가 섹스를 하다가 새로운 체위를 제안한다면?
   A. 성생활에 새로운 활력소를 불어넣으려고 노력하는 상대를 가상히 여긴다.(5점)
   B. 의심하며 어디서 그런 것을 알게 되었는지 묻는다.(0점)

11. 부부동반으로 참석한 모임에서 배우자가 다른 사람(이성)과 유쾌한 듯 대화를 나눈다면?
   A. 남편(아내)에게 팔짱을 끼며 대화에 끼어든다.(5점)
   B. 모임이 끝난 뒤 남편(아내)에게 불쾌감을 드러낸다.(3점)
   C. 나도 대화를 나눌 이성을 물색한다.(1점)

12. 배우자가 밤에 혼자 외출하겠다고 하면 어떻게 하겠는가?
   A. 즐겁게 지내다 오라고 말한다.(5점)
   B. 토라진다.(1점)

김일순심리상담연구소의 체크리스트를 참조해서 만들었습니다.

총점으로 본 당신의 부부관계 유형은 다음과 같다.

* **신뢰형: 60~40점** – 당신의 부부관계는 극히 이상적이다. 사랑과 믿음이 바탕이 된 부부로서 대화도 충분히 나누는 편이며 공통의 관심사도 많다.
* **주의형: 39~20점** – 노력하면 좋은 부부가 될 수 있다. 당신에게 필요한 것은 파트너와의 대화를 통한 타협의 기술. 부부관계도 일방적인 것이 아니라 '기브 앤 테이크'라는 사실을 염두에 두자.
* **위험형: 20점 이하** – 신뢰감이 전혀 존재하지 않으며 인내란 단어가 어색하기만 한 부부이다. 처음부터 다시 시작한다는 마음으로 부부관계를 개선하거나 그럴 자신이 없으면 각자 자기 인생을 살아가는 최후의 방법도 고려해봐야 한다.

제 3 부

부부, 때론 웃자

지랄 맞은 배우자, 같이 살아? 말아?　“와, 저 달이 니한테 뭐라 카더나”
묻지도 따지지도 않는 내 편은 누구?　훔치는 남편, 망보는 아내
당신 지금 눈물 흘리는 겨?　아줌마들의 남편 사랑 확인

지랄 맞은 배우자, 같이 살아? 말아?

우리 부부는 서로를 조율하고, 주변 환경과 조율하는
시간이 15년 걸렸다. 어떤 부부는 10년, 20년, 30년 아니
평생 걸리기도 한다.

1부에서는 부부 섹스를, 2부에서는 부부 사이의 조율을 살펴봤다. 3부에서 당신은 우리 부부의 유쾌한 생활을 엿보게 될 것이다. 최대한 웃고 즐기시라. 그러다 보면 잔잔한 무언가가 찾아올 것이다. 그리고 우리 부부를 통해 당신 자신과 당신 부부의 모습을 보게 될 것이다.

혈액형으로 보는 지랄 맞은 인간들

아내가 집에 오자마자 대뜸 묻는다."당신, 혈액형으로 보는 성격 유형 알아?"

'저 여자가 오늘은 어떤 리포트를 하려고 저러나?'

아내가 스마트폰을 보여준다. '카카오스토리'에 한 장의 사진이 보인다. 몇

줄의 글을 찍어놓은 사진이다. 혈액형별 성격 유형이 제법 대단한 건 줄 알았던 나는 보자마자 빵 터졌다. 스마트폰에는 이렇게 적혀 있었다.

"A형은 소세지. 소심하고 세밀하고 지랄 맞다."

참고로 우리 부부는 둘 다 '소세지'다.

"B형은 오이지. 오만하고 이상하고 지랄 맞다. O형은 단무지. 단순하고 무식하고 지랄 맞다."

여기까지도 대박이지만, AB형의 성격 풀이는 더 대박이다.

"AB형은 쓰리지(3G)!"

아니 웬 3G?

"지랄 맞고 지랄 맞고 지랄 맞다."

오해는 마시라. 우리가 지어낸 이야기가 아니라 2013년 현재 인터넷에 떠도는 글이다.

웃자고 한 이야기지만, 일면 우리에게 많은 것을 시사해준다. 특히 네 가지 혈액형에 공통적으로 '지랄 맞다'가 들어가는 것은, 우리 모두 지랄 맞은 면이 있다는 이야기다. 당신의 배우자도, 당신도 모두 지랄 맞다. 지랄 맞은 남녀가 함께 사니 얼마나 지랄 맞겠는가.

"어려울 때 사람 버리는 거 아니다"

우리 부부는 텔레비전을 같이 잘 보는 편이다. 드라마는 물론 예능 프로그램도 곧잘 본다. 심각하고 진지한 드라마보다는 웃기는 장면이 많은 가벼운 드라마를 선호한다. 예능 프로그램도 가벼운 토크쇼를 더 즐긴다. 개중에서도 특히 SBS의 〈힐링캠프〉는 금상첨화다. 가볍게 웃기면서도 나름 인생의 화두를 던져주는 몇 안 되는 예능 프로그램이다.

언젠가 '장혁'이란 배우가 MBC의 〈진짜 사나이〉에 출연해서 했던 말 하나가 인터넷을 뜨겁게 달구었다. 장혁은 무명 시절이 꽤나 길었던 배우다. 그가 군대 갈 무렵을 이렇게 표현했다.

"나는 잘못된 상황에서 군대를 갔다. 그때 난 바닥이었다. 힘든 아내에게 도저히 할 말이 없었다. 나 하나도 추스르지 못하는데 어떻게 아내를 책임지나 생각했다. 당시 군대에는 상벌점 제도가 있었다. 상점 15점을 따면 자유 통화 5분이 주어졌다. 정말 간절한 마음으로 열심히 근무했고, 상점을 땄다. 그렇게 전화를 걸면, 수화기 너머로 아내의 울음소리가 들렸다. 정말 힘든 시간이었다. 그 시간을 버티고 기다려준 아내에게 감사한다."

그의 아내는 어떤 마음으로 그 시간을 버텼을까. 당시 그의 아내가 장혁에게 들려준 이야기가 가슴을 뭉클하게 만든다.

"어려울 때 사람 버리는 거 아니다."

한 번 지랄 맞으면 영원히 지랄 맞다

부부가 되어 살아보면 안다. 사람이 지랄 맞기도 하고, 장혁 부부처럼 상황이 지랄 맞기도 하다는 걸. 더 지랄 맞은 것은 사람이든 상황이든 평생 변하지 않고 지고 가야 하는 것도 많다는 것이다.

'DISC 성격분류법'을 처음 제시한 것은 1920년대 콜롬비아대학의 윌리엄 말스톤 교수다. 그는 인간의 행동은 성격 유형에 따라 크게 네 가지 경향

(DISC)이 나타난다고 주장했다. 주도형(D), 사교형(I), 안정형(S), 신중형(C) 등이다.

체크리스트로 자신이 하는 행동들을 체크해보면 각 유형이 나온다. 어떤 모임에서 나는 많은 지인들과 함께 이 검사를 해보았다. 지인들은 자신의 성격이 어떤 유형인지 알게 된 것을 신기해했다.

윌리엄 말스톤 교수보다 수천 년 앞서 '인간의 네 가지 기질'을 주장한 사람은 히포크라테스다. 그는 '체액'에 따라 사람의 기질이 정해진다고 말했다. 말하자면, 각자의 성격이 운명처럼 정해져 있다는 거다. 흔히 알고 있는 것처럼 환경의 영향을 받아 성격이 형성된다는 논리를 한참 뛰어넘는다.

생긴 대로 살자

어떤 유명인이 대학 강당에서 "젊은이여 꿈을 가져라. 그런 다음 주저하지 말고 도전하라. 도전하는 자가 꿈을 쟁취한다."라고 성공담을 들려줬다고 치자. 그 자리에서 모든 젊은이가 호응을 했다고 치자. 하지만, 그들은 강당을 나서는 순간 이렇게 반응할 것이다.

I형 - 도전도 좋지만, 좀 더 인생을 즐겨야지.

S형 - 도전? 두려운 걸 어떡해? 내겐 이대로 사는 것도 벅차.

C형 - 무모하게 도전하면 다친다. 도전 좋아하는 놈들은 패가망신하기 십상이지.

결국 그 강의에 호응하는 사람은 D형뿐일 가능성이 높다. 그렇다면 나머지 75퍼센트의 사람들에게 그 강의는 잔소리에 불과했다는 얘기다. 어차피 생긴 대로 살 테니까.

그렇다. 죽었다 깨어나도 나는 I형으로 살 것이고, 아내는 S형으로 살 것이다. 이렇게 서로 달라서 좋기도 하지만, 그렇기 때문에 서로가 얼마나 지랄 맞게 느껴질까 싶기도 하다.

이때 우리는 갈등한다. 같이 살아? 말아? 함께 살자니 속에서 천불이 나고, 버리자니 투자한 시간이 아깝다. 어느 부부나 모두 이런 '갈등의 시간'을 거친다. 그런 시간을 고상한 말로 '조율의 시간'이라고 한다. 물론 조율이야 평생 해야겠지만, 치열하게 조율하는 시간은 분명히 있다. 어떤 부부는 짧게는 5년, 길면 20년 동안 조율한다. 심지어 30년, 40년 동안 조율을 하기도 한다. 그러다 단박에 헤어지는 부부도 있고, 조율은 못한 채 평생 함께 사는 부부도 있다.

"헤어질 수 없으니 따라야지"

결혼한 지 20년이 된 요즘에 들어서야 아내는 간혹 자신의 남편이 꽤나 괜찮은 사람이라고 느낀다고 했다. 다른 집 부부들이 사는 것을 보면서 그런 걸 느낀다는 것이다. 나는 '아니, 이렇게 괜찮은 사람을 이제서야?'라고 생각하지만, 그건 나의 착각이었다.

아내는 지랄 맞은 우리 집 형편과 지랄 맞은 내 성격에 맞추느라 15년 이상 고생을 했다. 신혼 초에는 '현실에서 도망가고 싶다.'는 생각을 많이 했다.

결혼 8년차 되던 해, 아내는 무작정 상경하는 남편을 말리지도 못하고 따라 나섰다. 안성에 정착하나 싶었지만, 안성 일죽에서 세 번이나 쫓겨나는 아픔을 겪었다. 그럴 때마다 아내는 마음을 졸였다. 그렇게 15년이 지나 좌충우돌의 시련을 모두 겪은 뒤에야 조금씩 자리를 잡아가고 있다. 그리고 20년이 되어서야 나는 비로소 아내로부터 '괜찮은 남자'라고 인정받았다.

우리 부부가 서로를 조율하는 데는 15년 걸렸다. 정확하게 말하자면 지랄 맞은 내 성격에 맞추기 위해 아내가 들인 공력의 시간이 15년이다. 이런 아픔의 시간이 지나야 비로소 진짜 부부가 된다. 많은 부부들이 이 조율의 시간을 견디지 못하고 이혼을 한다. 때로는 같이 살기는 해도 평생 행복하지 못하다고 느낀다.

조율의 시간은 무조건 참고 견디는 시간이 아니다. 긍정적이고 창조적인 부부의 삶을 위해 정신적 에너지를 투자해야 한다. 이때 무엇보다 중요한 건 서로 마음을 열어놓고 대화를 하는 거다.

어느 날, 아내에게 물었다.

"여보, 당신은 지랄 같은 남편을 어떻게 견뎠어?"

아내가 말했다.

"헤어질 수 없으니 따라야지."

"와, 저 달이 니한테 뭐라 카더나"

세상 어느 부부라도 진짜 부부가 되려면
시간이 필요하다.

아내의 고향은 진주, 나의 고향은 부산이다. 둘 다 경상도 출신이다 보니 '경상도 부부 이야기'를 유난히 좋아한다. 아내가 직장 동료에게 들었다는 '경상도 부부 이야기'는 그중에서도 압권이다.

"결혼 전 다정했던 그이가"

경상도 처녀와 경상도 총각이 첫 데이트에 나섰다. 첫 데이트라 어색하고 조심스러웠다. 식당에서 밥을 먹었다. 밥 먹으면서 나눈 이야기라곤 "마이 드이소."가 전부였다. 딱히 할 말도, 할 일도 없이서 길을 걸었다. 가을이다. 낙엽이 길거리에 수북하다. 딱히 할 말이 없던 남자가 말했다.

"날씨 좋지예?"

처녀가 대답 대신 얼굴을 붉혔다. 총각은 처녀가 부끄러워 그런 줄만 알았다. 아니었다. 점심에 먹었던 돈가스 때문에 가스가 나오려 했던 거다. 혼신의 힘을 다해 참았다. 더 이상 못 참게 되었을 때 그녀는 한 가지 묘안을 생각해냈다.

'낙엽을 세게 밟으면서 방귀를 뀌면 낙엽 밟는 소리에 방귀 소리가 묻히겠지?'

처녀가 행동에 옮겼다. 커다란 낙엽을 하나 밟으면서 방귀를 뀌었다.

'바스락~.' '뽕!'

거의 동시에 소리가 났다. 다행히 총각이 못 들은 것 같다. 총각의 얼굴은 전혀 움직임이 없다. 처녀는 속으로 쾌재를 불렀다. 딱히 할 말도 없고, 할 일도 없었던 둘은 또 걸었다. 길가에 벤치가 하나 있다. 남자가 물었다.

"우리 저기 앉으까예?"

처녀는 대답 대신 고개만 끄덕했다. 총각이 벤치에 자신의 손수건을 깔고는 권한다.

"레이디 퍼스트!"

'짜식, 어디서 본 건 있어서~.'

처녀가 앉으려 한다. 그런데, 이게 웬일인가. 또 가스가 항문을 대차게 밀고 나오려 한다. 처녀의 얼굴이 아까보다 더 붉어진다. 낙엽 신공을 다시 발휘해야겠다고 처녀는 다짐한다. 시도한다.

'바스락~.' '뽀옹!'

앗! 실수다. 타이밍이 맞지 않았다. 지난 번 방귀 소리는 아주 짧고 간명해서 낙엽 밟는 소리에 거의 묻혔지만, 이번엔 방귀 소리가 좀 길었다. 낙엽 소리보다 0.5초가 길었다. '바스락 뽕'과 '바스락 뽀옹'의 차이는 엄청나게 컸다. 들켰다는 자괴감에 처녀는 얼굴이 더 붉어졌다. 처녀가 무안해하며 말했다.

"저 있지예, 들었심니꺼?"

총각이 말했다.

"아까 거 말입니꺼. 지금 거 말입니꺼?"

하하하하. 이렇게 재미나게 만난 남녀는 6개월 만에 결혼에 골인했다.

"잡은 물고기에 밥 안 준다 카더만"

제주도로 신혼여행을 갔다. 여행사를 통해 패키지로 가다 보니 다른 부부들과 단체 신혼여행을 가게 되었다. 옆자리에 서울 부부가 앉았다.

서울 아내가 "자기야, 나 자기 팔베개 하구 자도 돼?" 하니까 서울 남편이 "그럼 당연하지! 자 팔 베." 한다.

이걸 지켜보던 경상도 신부가 말한다.

"보이소. 지도 팔베개 베도 됩니꺼?"

경상도 신랑이 말한다.

"와. 니 졸리나? 처 디비 자문 될 거 아이가."

비행기에서 내렸다. 제주도 해변이다. 백사장에서 서울 아내가 서울 남편을 툭 치고는 달렸다.

"자기야, 나 잡아봐라."

"하하하하. 우리 자기! 사랑해~."

경상도 신부가 잔뜩 샘이 났다. 자신도 하고 싶었다. 남편을 툭 친다는 게 그만 넘어뜨렸다.

"보이소, 내 잡아보이소."

경상도 신랑이 말한다.

"니 내 손에 잡히믄 확 마 쥑이뻔다."

서울 부부가 밤이 되어 호텔 마당 벤치에 나와 앉았다. 그 옆 벤치에 경상도 부부도 앉았다. 서울 아내가 별을 세다 말고 코맹맹이 소리로 말을 한다.

"자기야. 저 별이 더 예뻐, 내 눈이 더 예뻐?"

서울 남편이 살며시 아내를 안으며 말한다.

"그걸 말이라고 해? 자기 눈이 훨씬 더 예쁘지."

그 옆에서 이들을 째려보던 경상도 아내가 경상도 남편에게 말한다.

"보이소. 저 별이 더 예쁜교, 내 눈이 더 예쁜교?"

멀뚱멀뚱하게 쳐다보며 남편이 말한다.

"와. 저 별이 니한테 뭐라 카더나?"

그날 밤은 보름달이 떴다. 서울 아내가 닭살 애교의 끝을 보여준다.

"자기야~~ 저 달이 예뻐염, 내가 더 예뻐염?"

서울 남편이 그윽한 눈빛을 하고는 말한다.

"그야 자기가 더 예쁘지."

경상도 아내는 이번엔 기어코 자신도 승리해보리라 다짐한다.

"보이소. 내가 더 이쁜교, 저 달이 더 이쁜교?"

경상도 남편이 회심의 일격을 가한다.

"문디 가시나야, 대가리 좀 치아바라. 달 가린다 아이가."

강간도시를 만들겠다는 대통령

그들이 제주도 신혼여행을 즐기고 있을 때, 김영삼 대통령이 제주도를 방문했다. 경상도 부부도 대통령의 얼굴을 보러 행사장에 갔다. 드디어 김영삼 대통령의 연설이 시작된다.

"제주도민 여러분, 제가 이 도시를 국제적인 강간도시로 만들겠습니다!"

허걱. 김영삼 대통령이 평소 '경제'를 '갱제'로, '변화와 개혁'을 '밴하와 개핵'이라고 말하는 건 알았지만, 이렇게까지? 경상도 출신인 이들 부부조차도 웃겨 죽는다.

그 옆에 동석한 외무부 장관이 급히 대통령을 말리며 말한다.

"각하. '강간도시'가 아니고 '관광도시'입니다."

김영삼 대통령이 외무부 장관을 힐끗 쳐다보고는 화를 내며 말한다.

"이 사람아! 나도 알아. 안다고! 애무부 장관은 애무나 잘하라고!"

이 소리가 마이크를 타고 대회장에 퍼져갔다. 장내는 웃음 핵폭탄이 터졌다. 부부도 배꼽을 잡고 한참을 웃었다. 서울 부부 때문에 쌓였던 스트레스가 한 방에 날아갔다.

아내의 말투에 적응하느라 8년 걸린 남편

아내와 나는 말투 때문에 싸운 일은 별로 없다. 하지만 아내가 얘기해준 SM 부부는 좀 달랐다. 아내 직장 언니의 조카 이야기다. 조카는 서울 사람이었고, 아내는 마산 사람이었다. 신혼여행을 가서 남편이 깜짝 이벤트를 해주기 위해 말했다.

"자기야, 눈 좀 감아봐."

아내가 무뚝뚝하게 말한다.

"와요. 뭐 문제 있능교?"

이런 광경은 한동안 이어졌다. 그 남편은 아내가 항상 화가 나 있는 것 같고, 늘 싸움을 걸어오는 것 같다고 했다. 나중에는 말을 걸기도 두려웠다고 했다. 하지만 그 이야기를 듣는 우리 부부는 안다. 그 아내가 화가 난 것도 아니고, 싸우고자 한 것은 더더구나 아니란 걸. 경상도 사내처럼 무뚝뚝한 경상도 여성도 있다는 걸. 속은 부드럽지만, 말투가 그렇다는 걸.

서울 남편은 아내의 말투에 적응하는 데 8년이 걸렸다고 했다. 그래도 가끔은 깜짝깜짝 놀란다고 했다. 말투 하나를 이해하는 데도 8년 세월이 걸렸다. 그마저도 남편이 많이 노력한 결과다. 세상 어느 부부라도 마찬가지다. 진짜 부부가 되려면 시간이 필요하다.

묻지도 따지지도 않는 내 편은 누구?

이 세상의 부부들은 배우자를 위해 '무조건 편들어주기'를 해야 한다. '이순재 보험'처럼 묻지도 따지지도 말고 무조건 지지해주는 것은 정말 필요하다.

나는 프리랜서 기자이자 작가다. 오마이뉴스와 벼룩시장 등에 기사를 내고 원고료를 받는다. 아내는 재가간병인을 하다가 지금은 간호사를 한다. 내가 집에 있는 시간이 아내보다 많다. 아내는 퇴근하면 주로 직장에서 있었던 일로 스트레스를 푼다.

눈치 없는 남편, 아내를 더 화나게 하다

가끔 아내의 직장 동료를 만나면 나도 모르게 반갑다. 아내의 이야기 속 주인공들이다. 아내가 "여보, 00 언니야. 인사해."라고 소개시켜주면, 나도 모르게 "00 언니, 반가워요."라고 인사하게 된다. 오랫동안 이야기를 주고받은 사이처럼 느껴진다. 아내를 속상하게 한 동료를 만나면, 주고받은 것 없이 괜히 그를 경계하게 된다.

오늘은 퇴근한 아내의 얼굴이 별로다. 화가 나 있는 듯하다. 종로에서 누구에게 뺨을 맞았을까? 오늘은 '한강 화풀이'를 얼마나 해댈까? 이윽고 아내가 씩씩거리며 털어놓는다.

"여보. 00 있잖아."

나는 맞장구를 친다.

"아하, 그 00 말이야?"

그러면서 속으로 생각한다.

'오늘은 우리의 제물로 00이 선택되었구나!'

오늘 아내의 '종로에서 뺨 맞은 이야기'는 이랬다.

"오늘 내가 병원에서 조그마한 실수를 했어. 얼굴이 화끈거리더라고. 그런데 00이 나한테 '그것도 못하느냐'며 핀잔을 주는 거야. 나도 내 잘못을 알고 있는데, 계속 이야기하더라고. 그래서 한마디 해줬지. '평소 니가 한 걸 생각해봐!' 그랬더니 마구 화를 내면서 나를 볶아대는 거야. 웬만하면 참으려고 했는데, 해도 해도 너무 해서 한마디 한 건데, 그걸 가지고 물고늘어지는 거야. 나 참 어이가 없고, 기가 막히고, 속상하더라고. 당신이 생각해도 00이 잘못했지? 그치?"

"어어~ 그~~ 래."

문제는 그 후였다. 나의 맞장구가 시원찮았다. 아내가 말했다.

"당신 대답이 왜 그래? 내가 잘못했다는 거야?"

"아니 그건 아니고……."

여기까지만 했으면 우리 가정의 평화는 지켜졌을 거다. 하지만 방정맞은 나의 입이 이미 열리고 있다.

"내가 생각할 때, 그 사람도 잘못을 했지만, 당신도 뭐 그리 잘한 건 없네. 좀 참지 그랬어? 그러면 별일 없었을 텐데……."

나의 입을 떠난 말은 벌써 아내의 귀에 도달했다. 나야말로 좀 참을 걸.

아내가 눈을 흘긴다.

"당신, 지금 누구 편이야?"

이쯤에서 "아, 여보 미안해. 내가 주책을 부렸네."라고 했어야 했다. 하지만, 나의 입은 또 홈런을 날리고 있다. 나도 흥분하면서 말한다.

"누구 편을 들자는 게 아니라, 사실이 그렇잖아. 누가 봐도 둘 다 잘못했구먼, 뭐."

나를 좀 말려줄 사람이 옆에 없었던 게 화근이다. 평소 아내의 이야기를 잘 듣는 편인데, 그날따라 나의 '재판장 기질'이 발동을 한 게다. 화가 난 아내는 아예 말을 하지 않는다. 그날 직장 이야기는 그걸로 끝이었다.

그 이후 며칠 동안 아내는 직장에서 돌아와도 말이 없었다.

판사보다 변호사가 되어야

사실 조금만 생각해보면 답이 나오는 일이다. 아내는 내가 판사(재판장)가 아니라 자신의 변호사이길 원했을 터. 그런데 눈치도 없이 계속 '판사질'을 해댔으니 아내의 심기가 오죽 불편했으랴. 하다못해 말없이 들어주기만 해도 되었던 것을 말이다.

며칠이 지났다. 아내도 나도 어느 정도 마음이 풀렸다. 아내가 또 다른 먹잇감을 물어왔다.

"여보, ㅁㅁ 있잖아."

아내는 속상했던 이야기를 또 풀어놓는다. 나도 바보가 아니다. 이번에는 아내의 이야기를 들으며 적당한 추임새를 넣는다.

"맞아 맞아, 그랬겠네~."

추임새는 너무 과해도 안 된다. 자칫하면 아내의 심기를 건드릴 수 있다.

"ㅁㅁ 그 사람, 미친 거 아냐?"

추임새의 결정판이다. 마치 '무하마드 알리'가 나비처럼 날아서 벌처럼 쏜 격이라고나 할까? 아내도 내가 조금 오버한 걸 알지만, 알면서도 기분이 좋은가 보다. 때론 '아는 게 힘'이고, 때론 '모르는 게 약'이다. 이 둘 사이에서 '밀당'을 하는 게 인생 아니겠는가.

아내의 리포트를 듣는 올바른 자세는 '아내와 같은 편 먹기'였던 거다. 절대로 다른 편을 먹어선 안 된다. 중립도 안 된다. 애매한 편도 안 된다. 확실한 아내의 편이 되어야 한다. 그것이 아내와 상생하는 길이다. OO과 ㅁㅁ가 묵사발이 된들 어떠랴. 그렇게 해서 아내의 마음이 풀린다면 나는 그것으로 족하다.

이 세상의 부부들은 좀 그럴 필요가 있다. 배우자를 위해 '무조건 편들어주기'를 해야 한다. '이순재 보험'처럼 묻지도 따지지도 않고 지지해주는 것은 정말 필요하다. 우리에게는 '묻지마 우군'이 한 사람 정도는 필요하다. 이제 배우자에게 이렇게 말해보자.

"여보, 난 무조건 당신 편이야!"

역전 홈런이란 이런 것

다음 날, 퇴근해서 온 아내의 얼굴에 화색이 돈다.

"여보, 오늘 직장동료들이랑 '남편 바겐세일'에 대해서 이야기했어."

헉, '남편 바겐세일'이라니?

"ㅅㅅ이 얼마나 속이 상했는지, 남편을 어디 팔아버렸으면 좋겠다고 하더라고. 옆에 있던 사람이 '난 대형마트에 팔아볼까?' 그래서 '왜?' 하고 물었더니 '대형마트엔 세일을 하잖아' 그러더라고. 왜 그랬는줄 알아? 자신의 남편은 어디에 내놓아도 안 사갈 거니까 대형마트에서 세일이라도 하겠다는 거지. 나 참. 더 웃기는 건 뭔 줄 알아? 옆에 있던 ㅂㅂ은 재래시장에다 남편을 팔 거래. 그것도 가까운 안성장이 아니라 저 멀리 화개장터에 판다나 뭐래나. 그래야 남편이 길을 몰라서 못 찾아올 거라면서. 호호호."

야호! 하루 사이에 역전 홈런이다!

훔치는 남편,
망보는 아내

진정한 친구는 잘못을 바로 잡아주어야 한다는 사람도 있다.
반대로 말없이 함께 가야 한다고 말하는 사람도 있다.
나는 후자가 진정한 친구라고 생각한다. 부부도 마찬가지다.

내 아내의 식물 사랑은 대단하다. 아예 꽃들과 대화를 한다. 꽃들과 사랑에 빠졌다. 자신이 가꾼 꽃밭에서 한 시간씩 그러고 있는 걸 보면 신기하다. 도저히 내 감성으로는 이해할 수가 없다. 그냥 그런가 보다 여긴다.

아내는 칼만 들면 시장에 간다?

"여보, 나 칼 들고 시장 갈 건데, 같이 갈래?"

며칠 전 퇴근하고 집으로 걸어오던 아내가 뜬금없이 말한다. 우리 마을은 시골이라 버스를 타려면 한 시간은 기다려야 한다. 그러니 장을 보려면 퇴근길에 갔어야 하지 않는가. 그런데 퇴근하고 와서 다시 시장을 보러 가자니 참. 더 뜬금없는 것은 시장바구니도 아니고 달랑 칼만 들고 시장을 가자는 것이다.

아내는 칼과 비닐봉지를 챙겨 집을 나선다. 아하! 그렇구나. 아내의 말뜻을 이제야 알아차렸다. 봄나물을 캐러 가자는 이야기다. 내 눈치가 느린 건지, 아내가 뜬금없는 건지 따져볼 새도 없이 우린 벌써 들로 향하고 있다.

"퇴근하면서 보아놓은 데가 여기 어디쯤이었는데……."

아내는 마을 사람들과 함께 걸어오면서 달래와 고들빼기 등을 이미 눈여겨봐 두었던 참이다. 그걸 혼자 살짝 캐러니까 무안해서 굳이 나까지 대동을 한 것이다.

아내는 무슨 재미있는 오락이라도 하듯, 아이처럼 신나게 나물을 캔다. 아내의 얼굴엔 미소가 하나 가득이다. 아내의 손은 여기에 있지만, 마음은 벌써 밥상에 가 있는 듯하다. 그 나물 캐어서 식구들과 나눠 먹을 생각, 남편과 아이들의 입에 들어가게 할 생각.

그런 일에 취미가 없는 나는 그저 옆에 있다. 아내도 내가 나물을 캐지 않을 줄 안다. 나 역시 옆에만 있어도 아내가 좋아할 줄 안다. 마을 사람들이 지나가도, 내가 옆에 있어서 마음 놓고(?) 캘 수 있기 때문이리라.

아니나 다를까. 마을 아저씨가 트랙터를 몰고 우리 옆을 지나간다. 내가 먼저 크게 인사한다. 아내가 미안할까 봐.

"안녕하세요? 밭 갈러 가시나 봐요?"

"아. 그려. 나물 캐는구먼. 좋을 때다 좋을 때여."

아저씨가 지나갔다. 잠시 머뭇거리던 아내는 다시 '나물 캐기 삼매경'에 돌입한다. 그렇게 40분 정도 들길에 있었는데 비닐봉지에 나물이 가득이다. 아내 말대로 칼 들고 시장 가서 봄나물을 잔뜩 사온 셈이다. 돈으로 환산할 수 없을 만큼의 행복을 캔 날이다.

그날 저녁 아내는 새콤달콤한 초장을 만들어 그 나물들을 비볐다. 우리 가족은 행복한 시골밥상으로 저녁 한 끼를 해결했다.

"시장 보기 차암~~ 쉽죠 잉. 한 끼 해결하기 차암~~ 쉽죠 잉."

아내는 '시장 보기'에 맛을 들였다. 조금만 눈을 열면 장거리가 지천에 널려 있다. 쑥, 고들빼기, 민들레, 달래 등등. 아내는 "독만 안 들어 있으면 들풀은 아무거나 다 먹어도 된대요."라며 스스로 '시장 보기'에 힘을 싣는다.

비싼 물가 때문에 장보기가 무서운 요즘, 우리 가족은 행복한 시골밥상을 거의 매일 즐기고 있다. 오늘도 쑥국에 달래비빔밥이다.

훔치는 아내, 망보는 남편

이제 좀 더 아슬아슬한 이야기를 들려줄까 한다.

아내와 함께 차를 타고 한적한 도로 위를 한참 간다. 아내가 뭔가를 발견한다. 마음에 드는 화초다. 아내가 돌발 미소를 날린다.

"여보, 나 저거 가지고 싶어."

갑자기 웬 애교?

"내가 보기엔 별로구먼. 집에도 화초가 많잖아?"

나의 시큰둥한 반응에 아내의 애교 수위가 높아진다.

"그 화초랑 이 화초랑 같은가 뭐?"

시큰둥한 나도, 애교 부리는 아내도 결국 내가 아내의 말대로 할 줄 알고 있다. 아내의 애교 발사에 초토화가 되지 않는 남편이야말로 팔불출이 아닐까?

이제 행동 시작이다. 차를 화초의 보금자리 옆에 댄다. 최대한 지나가는 차에 탄 사람이 보지 못하는 각도로 차를 대는 게 기술이다. 아내는 꽃삽을 들고 차에서 내린다. 이런 '목적' 때문에 한동안 우리는 꽃삽이나 호미를 차에 싣고 다녔다. 주변을 두세 번 둘러보고는 전광석화와 같이 화초를 캐낸다. 아무리 급해도 화초를 다치게 해선 안 된다. '은밀하게, 재빠르게' 화초를 비닐봉투에 담는다. 비닐봉투는 속이 보이지 않는 검정 비닐봉투여야 한다. 그리고 태연한 척 차에 오른다.

그 사이 나는 망을 본다. 다른 차나 사람이 지나가나 하고. 우린 그렇게 작업을 끝내고 아무 일 없다는 듯 현장을 빠져나간다. 마치 007 영화처럼. 이런 일들이 몇 분이면 끝난다.

만일 아내가 화초를 캐낼 때 내가 이렇게 말한다면 어떨까?

"그것은 십계명을 어기는 일이요, 산림법이나 공공질서에도 저촉되는 일이며, 나아가서 환경을 파괴하는 일이니 그만두시오. 목사의 아내가 그런 일을 하다니 부끄럽지도 않소!"

아내를 부끄럽게 만들고, 따끔하게 혼을 내어 다시는 그러지 못하도록 해야 옳았을까? 최소한 말리거나, 그 자리를 피해야 옳았을까?

그것이 옳은 일이라고 치자. 그래도 나는 아내가 꽃을 훔친다면 망을 볼 것이다. 아내를 좋아하고 사랑하니까. 그녀를 존중하니까. 성경에서도 이브가 선악과를 먹고 남편에게 나누어주지 않았던가. 훔친 물건을 사이좋게 나누는 부부의 전통은 벌써 창세부터 있었던 일이다.

일본 여류 소설가들의 고백

이런 고백, 나만 하는 건 아니었다. 알고 보니 일본 여성들도 많이 하더라. 그것도 먹물깨나 먹었다는 여성들이다.

한 사람은 소설 《빙점》의 저자인 미우라 아야코다. 그녀는 어느 글에서 "내 남편이 도둑이라도 나는 신고를 하지 않겠다. 오히려 그가 훔치러 간다면 나는 망을 보러 따라가겠다."고 했다. 그녀는 또한 "이것이 바로 부부 사랑이라 생각한다."고 덧붙였다.

또 한 사람은 《멀리서 온 손님》의 저자인 소노 아야코다. 그녀 또한 "내가 좋아서 결혼한 남자가 소매치기라면 나는 마음을 합쳐 좋은 소매치기가 되지 않았을까?"라고 고백했다.

진정한 친구라면 친구의 잘못에 대해 충고하고 바로 잡아야 한다고 말하는 사람도 있다. 하지만, 친구라면 말없이 함께하는 것이라고 말하는 사람도 많다. 나는 후자가 진정한 친구라고 생각한다. 비록 도둑질을 예로 들긴 했지만, 어떤 행위를 하든 그를 지지해줄 수 있는 친구가 진정한 친구 아닐까? 부부가 그렇게 살 수 있다면 그 남자는, 그 여자는 땡 잡은 거다.

그러고 보니 일본 여성 두 명은 세 가지가 닮았다. 첫째는 직업이 소설가라는 점. 둘째는 이름이 '아야코'라는 점. 마지막으로 그녀들과 남편들은 콩밥 먹는 것(무슨 뜻인지 아시겠지?)을 좋아한다는 점. 암튼 부부끼리 잘하는 짓(?)이다. 하하하.

당신 지금 눈물 흘리는 겨?

평소 부부간에 의사소통을 하기 위해 얼마나
노력해야 하는지 알아야 한다. 특히 배우자를 잘 안다고
착각하지 말자.

"여보, 당신 지금 눈물 흘리는 겨? 당신이 왜 눈물을 흘리는지 나는 다 알아."

어느 날, 아내와 함께 KBS의 〈내 딸 서영이〉란 드라마를 보다가 던진 말이다. 우리는 오랜만에 보는 감동적인 가족 드라마라며 열혈 시청자가 된 지 오래다.

사랑받지 못한 슬픔

극중 이상우(박해진 분)의 아내이자 이삼재(천호진 분)의 며느리인 최호정(최윤영 분)을 보고 아내가 눈물을 흘린 거다. 아내는 평소 최호정을 보면 그렇게 눈물이 난다고 했다. 최호정은 평소 짝사랑하던 이상우에게 시집을 갔다. 하지만 남편의 마음속에는 다른 여인이 있다. 비록 남편 이상우가 "너

를 사랑하도록 노력해보겠다."고 하긴 했지만, 본디 짝사랑은 외롭기 마련이다. 그날도 최호정은 자신에게 온전한 사랑이 오지 않는 듯해서 혼자 눈물을 짓는 참이었다.

"최호정이 시집살이하는 장면이 불쌍해 보여서 우는 거지. 그치?"

이 말이 맞았으면 얼마나 좋았을까. 보기 좋게 미역국이다. 아내가 말한다. "뭣도 모르면서 아는 체하기는."

아내는 최호정을 보면 왠지 자신을 보는 것 같다고 했다. 사랑받고 싶은데 사랑받지 못하는 최호정의 연기가 아내의 상처를 건드린 거다. 아내의 부모님은 아내가 어릴 적에 돌아가셨다. 막내로서 큰 사랑을 받다가 어느 날 갑자기 그 사랑이 뚝 끊긴 게다. 그 후 아내는 오빠 부부의 집에 얹혀살면서 마음고생을 많이 했다. 그런 시절이 아내를 힘들게 했고, 자아가 안으로 숨는 소심한 사람이 되었다.

아내가 직접 들려준 이야기가 아니다. 다만 내가 아는 아내라면 그랬을 거라는 추측일 뿐. 따라서 이조차도 엉터리일 수 있다. 열 길 물속은 알아도 한 길 사람 속은 모른다고 하지 않는가. 하여튼 아는 척하던 나는 보기 좋게 한 방 먹었다.

대화를 많이 해도 모르는 건 여전하더라

우리 부부는 다른 부부에 비해서 대화를 무척 많이 하는 편이다. 아내는 직장에서 있었던 일, 하루 중 겪었던 일 등을 거의 매일 내게 리포트한다. 덕분에 얼굴도 보지 못한 아내의 직장동료들 이름과 성격을 대충 파악하고 있을 정도다. 나 또한 이런 일 저런 일을 아내에게 시시콜콜 말하는 편이다. 간혹 "내가 당신에게 말 안 했었나?" 하며 놀라는 일도 있다. 아무 말도 안 해놓고 평소 습관대로 이미 말을 했을 거라 착각을 했기 때문이다.

아내가 나를 아는 것 역시 빙산의 일각일지도 모른다. 예를 들어 아내는 내가 명태보다 고등어를 좋아한다는 것은 알고 있지만, 왜 그러는지는 모른다.

어릴 적 어머니는 고등어를 많이 요리해주었다. 반면에 고등어보다 약간 비싼 명태는 가물에 콩 나듯 했다. 어느 날 어머니가 큰맘 먹고 명태를 사와서 국을 끓였다. 우리 형제는 어머니의 사랑을 느끼며 배가 터지도록 먹었다. 그날 저녁이었다. 급하게 먹은 명태가 화를 불렀다. 체했다. 속이 미식거리고, 머리가 아팠다. 그렇게 아프고 나니 명태가 보기 싫어졌다.

나는 어디를 가든 아이들이나 아내에게 어디를 간다고 인사하는 습관이 있다. 이유? 그건 어머니의 죽음 때문이다. 어머니는 내가 군에 있을 때 돌아가셨다. 아버지가 직접 지은 집이 태풍에 무너졌고, 그 집에 깔려 돌아가셨다. 나에게는 말도 없이, 예고도 없이 어느 날 갑자기 돌아가셨다. 휴가 다녀오면서 제대로 인사도 못했는데, 갑자기 돌아가신 것이다. 그때 흘린 눈물은, 어쩌면 태평양 바다를 채울 정도였다. 그 이후 나는 어디를 가든 식구들에게 반드시 알리고 가는 습관을 가지게 되었다. 그 인사가 마지막이 될지도 모른다는 생각 때문이다.

나는 요즘도 아내가 어디 가서 늦게 오거나, 온다고 해놓고 제시간에 오지 않으면 불안하다. 혹시나 사고가 생겨 저 세상 사람이 될까 봐서다. 아내도 운전을 곧잘 하지만 되도록 내가 목적지까지 데려다준다. 그 이유도 그것이다.

내 아내는 그걸 알고 있을까?

하다못해 나무끼리도 의사소통을 하는데……

자신의 배우자를 잘 안다고 착각하지 말고 살자. '빙산의 전체'를 알기 위해서는 끊임없이 의사소통을 해야 한다.

아프리카에는 놀라운 아카시아 나무들이 살고 있다. 그들은 초식동물이 다가오면 잎을 독성분으로 변화시킨다. 마치 사람이 화가 나면 아드레날린이 분비되듯. 그 잎이 맛이 달라졌음을 알게 된 초식동물은 다른 나무로 옮겨간다. 이때, 아카시아 나무는 동료를 살리기 위해 특유의 냄새를 풍긴다. 이 냄새를 풍기면 신기하게도 주변 아카시아 나무들도 똑같은 독성분을 분비한다. 그리하여 초식동물은 모두 먹을 게 못 된다고 투덜대며 다른 곳으로 간다.

의사소통은 자신뿐만 아니라 모두를 살린다.

아줌마들의 남편 사랑 확인

여성은, 아내들은 남자의 사랑을 시시각각 확인하고 싶어하는 동물이라고 알고는 있었다만, 이렇게까지 치고 들어올 줄이야.

도저히 알다가도 모를 때가 있다. 여자들끼리 모이면, 특히 대한민국 아줌마들끼리 모이면 그렇게 자신의 남편 이야기를 해대는 이유를. 그것도 좋은 이야기보다 주로 욕으로 칠갑을 한다며? 배우자 욕은 누워서 제 얼굴에 침 뱉기란 말이 통할 구석도 없다던데? 아무튼 그녀들의 '수다' 한번 왁자지껄하다. 오늘도 아내와 그녀들은 그냥 넘어가지 않았다. 뭔가 일을 벌였다.

사랑한다는 아내의 문자, 알고 보니……

'빼꾹빼꾹.'

아내에게서 문자가 왔다.

'여보 사랑해요.'

뜬금없다. 오후 3시경. 분위기 잡을 시간이 아니다. 평소의 아내와는 느낌이 다르다. 이런 식의 문자는 어둠이 내리고 누군가 그리울 시간에 아내가 가끔 내게 보내는 문자다. 문자 발신인 자리에 분명히 '내사랑'이라고 찍혀 있으니 아내가 맞다. 웬일일까. 어쨌든 답신을 보냈다.

늦은 저녁, 아내가 퇴근을 했다.

시골길이 어스름한 편이라 나는 아내의 퇴근시간에 꼭 마중을 나간다. 밤하늘의 달과 별을 벗 삼아 데이트를 하는 시간이자 하루 중 있었던 일을 나누는 시간이다. 그리 길지 않은 시간이지만, 우리 부부에게는 정말 소중한 시간이다.

"여보, 아까 문자 봤지?"

아내가 먼저 말문을 연다.

"그거, 웬 문자야?"

"그건 말야……."라고 시작된 아내의 이야기보따리는 이렇다.

각양각색 남편들의 반응

아내와 함께 일하는 직장 동료들끼리 모여서 한 가지 제안을 했단다. 각자 남편에게 '여보 사랑해요.'라고 문자를 보내고 나서 남편들의 반응이 어떤지 알아보자는 거였다.

한 동료는 이랬단다.

'여보 사랑해요.'라는 문자를 보냈다. 남편의 답이 없다. 또 보냈다. 답이 없다. 당황한 그녀가 급하고 답답한 마음에 문자 대신 전화를 해서 다짜고짜 말했다.

"여보 사랑해요."

당장 남편의 대답이 돌아왔다.

"야, 야, 야. 지금 나 바빠. 끊어!"

남편의 호통과 함께 순식간에 전화 발신음만이 뚜뚜거렸다. 그 상황을 보며 아줌마들이 크게 한바탕 웃었단다. 다른 동료도 문자를 보냈다.

'여보 사랑해요.'

그 남편의 대답.

'미 투.'

거기까지는 좋았는데 그 답장을 받은 아줌마가 다시 문자를 보낸 것이 자기 발등을 찍는 결과가 나왔단다.

'뻥이야.'

남편은 뭐라고 답했을까?

'미 투.'

주고받은 그 문자를 아줌마들이 함께 보면서 웃겨 죽겠다고 난리를 쳤다. 또 한 아줌마도 문자를 보냈다.

'여보 사랑해요.'

한참 만에 남편으로부터 문자가 왔다. 고민의 흔적이 역력했다. 대박이었다.

'여보 내가 잘못했어.'

아줌마들이 순간 얼음이었다가 또 웃음보가 터졌다. 사랑한다고 고백하는 아내에게 잘못했다는 고백은 무슨 의미일까? 아줌마들은 온갖 소설을 써내려가면서 웃었다나 뭐라나.

헉, 내가 보낸 문자는?

순간 내가 보낸 문자가 머리를 스쳐지나갔다. 내용이 좀 야했다는 것을 떠올렸기 때문이다.

아내는 말했다.

"당신이 보낸 문자가 제일 대박이었어. 아줌마들이 웃겨서 배꼽 잡고 난리도 아니었다니까."

"살짝 귀띔이라도 해주지. 좀 더 멋있게 보냈을 텐데."

"그럼 재미없지. 몰래 보내는 게 이 게임의 묘미인데."

"정확하게 내가 뭐라고 보냈더라?"

"보여줄까?"

아내가 자신의 휴대폰에 저장된 나의 메시지를 보여주었다.

'오늘 밤 불태워줄게. 기대하시라. ㅋㅋㅋㅋㅋ'

내가 봐도 '여보 사랑해요'의 답으로는 정말 죽여준다. 그걸 쳐다본 동료 아줌마들이 배꼽을 잡을 만도 했다.

대신 나는 가슴을 쓸어 내려야 했다. 여성은, 아내들은 남자의 사랑을 시시각각 확인하고 싶어하는 동물이라고 알고는 있었지만, 이렇게까지 치고 들어올 줄이야. 아줌마들, 정말 그러고 싶을까? 하하하.

부부 행복지수 체크리스트

1. 주 1회 이상 만족스러운 성관계를 즐긴다.
2. 외출하면 반드시 손을 잡고 걷는다.
3. 화가 나면 잠시 그 자리를 피한다.
4. 한 달에 한 번 부부만의 시간을 갖는다.
5. 서로의 장단점을 세 개 이상 당장 말할 수 있다.
6. 주 3회 이상 온 가족이 모여 식사를 한다.
7. 부부가 함께 즐길 수 있는 취미가 있다.
8. 육아에 대해 함께 이야기하고 역할 분담을 한다.
9. 가사 분담이 이뤄지고 있다.
10. 단둘이 30분 이상 대화를 할 수 있다.
11. 서로에게 숨기는 일이 없다고 자신 있게 말할 수 있다.
12. 결혼 이후 배우자의 단점에 대해 포기한 부분이 있다.
13. 생일 또는 결혼기념일 등 둘만의 기념일은 반드시 챙긴다.
14. 아직도 배우자의 모습을 보면 설레는 마음이 있다.
15. 결혼 후에도 외모에 신경 쓰려고 노력한다.
16. 서로의 옷차림과 행동에 대해 잔소리할 때가 있다.
17. 결혼 전에 했던 약속을 기억한다.
18. 배우자의 친한 친구를 한두 명 알고 있다.
19. 기념일에 배우자가 받고 싶어하는 선물을 알고 있다.
20. '사랑한다.'는 말을 하루에 한 번씩 한다.

부부 소통 전문가 최강현 교수의 체크리스트를 참조해서 만들었습니다.

당신 부부의 행복지수는?

* **15개 이상** – 서로에 대한 관심과 사랑이 넘쳐나는 행복한 부부다. 지금 같은 마음 변치 말고 계속 유지하도록.
* **10개 이상** – 평범한 부부다. 조금만 더 노력하면 부부 금슬이 더욱 좋아질 수 있겠다. 배우자가 필요로 하는 것이 무엇인지 관심을 가지고 지켜보라.
* **10개 이하** – 서로 노력이 필요하다. 자칫 위기의 부부가 될 수 있으니 서로를 이해하려 노력하고 함께 보내는 시간을 늘려보라.

제 4 부

사랑보다 먼,
우정보다는 가까운

부부, 그 사랑의 깊이는?　결혼은 인생 최고의 공부다
부부 일심동체는 아니지만　사랑하니까 보내준다?　세상에서 가장 친한 친구
유서 써놓고 세계 배낭여행 떠난 부부, 못 말려　이분들 잉꼬부부 맞죠?

부부, 그 사랑의 깊이는?

이러한 사례들 앞에 서면 도대체 부부의 사랑 깊이를 가늠할 수가 없다. 그냥 숙연해진다.

부부의 사랑은 어느 정도로 깊을까? 부부가 서로 우정을 가진다면 어느 정도 사랑할 수 있을까? 연애시절 흔히 남발하는 "당신을 위해 인생 전부를 걸겠소. 목숨이라도 기꺼이 바치겠소."는 어느 정도 실현 가능한 공약일까? 그 공약을 서로가 곧이곧대로 믿기는 하는 걸까? 엿 바꿔 먹을 그딴 식의 공약이라면 아예 하지 않는 게 현명한 게 아닐까? 부부의 사랑, 그 깊이가 궁금하다.

치매 걸린 아내를 저렇게 사랑하다니……

아내와 함께 오랜만에 눈물 펑펑 쏟아가며 영화를 봤다. 《그대를 사랑합니다》(추창민 감독)이다. 영화의 원작자는 만화가 강풀이다. 만화를 영화화했음에도 원작 수준으로 호평을 받았다. 우리 부부의 눈시울을 뜨겁게 한 것은 주연이 아니라 조연 부부였다. 장군봉(송재호 분)과 치매에 걸린 아내(김수미 분)의 사랑 이야기.

아내가 치매에 걸렸다. 아내의 치매는 어쩌면 예고된 병일 수 있다. 자식들에게 재산을 조금씩 넘겨주고 나니 남은 게 별로 없다. 자식들에게 필요한 것은 그들이 아니라 그들의 재산이었다. 자식들에게 그들 부부는 불편했다. 거추장스러웠다. 자녀들의 배신은 아내에게 커다란 충격을 주었다. 그리고 어느 순간부터 기억력이 점차 쇠퇴했다. 치매였다.

치매 아내를 집에 두고 일하러 나가는 남편 장군봉. 그는 아내가 다른 데로 나가지 못하게 대문 열쇠를 채워놓고 간다. 집에서 아내 간병만 하기에는 주머니 사정이 허락하지 않는다. 그가 일을 나가는 이유였다.

어느 날 장군봉이 실수로 대문을 잠그지 않았다. 아내는 그 기회(?)를 놓치지 않고 집을 나갔다. 한겨울에 내복 차림에다 맨발이었다. 뒤늦게 이를 알아차린 장군봉은 미친 듯이 골목을 헤집고 다녔다. 마침내 찾아낸 아내를 끌어안고 눈물을 흘리는 장군봉의 열연에 객석은 모두 눈물바다가 되고 만다.

하지만, 이런 사랑도 현실 앞에서는 무릎을 꿇는 건가. 장군봉은 결심한다. '더 이상 힘에 부쳐서 이 짓 못하겠다. 살아봐야 자식들에게 욕만 듣게 한다.'고.

장군봉은 아내를 목욕재개 시킨다. 좋은 데 갈 거라고 다독인다. 연탄불을 방으로 가지고 온다. 방문을 꽁꽁 걸어 잠근 장군봉은 아내에게 "미안하다."고 말하며 눈물을 철철 흘린다. 그의 눈물을 따라 관객의 눈물도 하염없이 흐른다. 둘은 손을 꼭 잡고 잠이 든다.

이 죽음에 무슨 도덕적 잣대를 들이댈 수 있을까? 어떤 말로 부당함을 알릴까? 그저 눈물과 감동이다. 도대체 부부의 사랑은 어느 정도로 깊은 걸까?

장군봉 부부보다 더 짠한 부부 이야기

현실은 영화보다 더 기구하다. 아내가 재가 간병을 다녔던 어느 노부부의 이야기다.

남편은 여든다섯 살의 B, 아내는 여든두 살의 A다. B는 어렸을 적 부모를 잃었다. 부모의 얼굴조차 모르고 자란 그는 친척집으로, 식당으로, 공사현장으로 떠돌았다. 부모는 고사하고 그 누구에게서도 사랑을 받아본 경험이 없었다. 받은 게 있다면 무시요, 먹은 게 있다면 눈칫밥이었다.

서른이 다 되도록 결혼을 못했다. 하지만, 짚신도 제 짝이 있다 했던가. 시골 집에서 혼자 농사를 짓다 동네 처녀와 눈이 맞았다. 그 처녀 또한 반 고아였다. 아버지가 살아있지만, 어디 있는지 모르기 때문이었다. 게다가 선천적으로 소아마비 증상이 좀 있었다. 그런들 어떠리. B의 눈에는 미스코리아가 따로 없었다.

B는 너무도 좋았다. 아내가 조금이라도 아프면 병원부터 달려갔다. 농사를 짓다가도 수시로 집에 왔다. 그러다가 조그만 스쿠터를 구입해서 뒤쪽에 짐칸을 달았다. 물론 아내를 태우는 게 제일 목적이다. 장날만 되면 아내와 함께 외출을 했다. 장터 사람들은 "B씨 입이 귀에 걸렸구먼. 어젯밤에

좋았는 개벼."라고 놀리곤 했다. 그 재미에 둘의 공식 데이트 날짜는 5일장으로 잡혔다.

둘 사이에 자식이 하나 있었다. 아들이었다. 스물이 넘어가자 집을 떠났다. 독립해서 집을 떠났다기보다 집이 싫어서 떠났다. 일종의 가출이었다. 그 후로 돌아오지 않았다. 이 부부는 다른 건 다 좋았지만, 자녀 문제만큼은 시원하지 못했다.

불행의 그림자는 드리워지고

여든이 다 되어갈 무렵, 아내가 이상해졌다. 자꾸 밥을 달라고 했다. 밥을 줬는데도 또 배가 고프다고 했다. 어떤 때는 남편에게 마구 화를 냈다. 밥도 안 주고 사람 굶겨 죽인다면서. 치매였다. 청천벽력이었다. 달래도 보고 얼러도 보았다. 농사를 짓는 것도 포기했다. 아내가 기어서 집을 나가는 걸 두 눈으로 목격한 다음부터였다. 얼마나 기었는지 무릎에 피가 나서 아내의 몸빼 바지가 피로 물들어 있었다. 자신이 소아마비 장애인이라는 걸 인식하지 못하는 듯했다.

B의 고민이 깊어졌다. 자신은 점점 쇠약해져 간다. 이젠 자신의 몸을 가누기도 쉽지 않다. 이러다가 덜컥 쓰러져 죽으면 아내는 어떡하나 싶어 눈앞이 캄캄해진다. 아무도 아내를 반기지 않을 게 분명하다.

드디어 그는 결심했다. 같이 죽기로. 어떻게 죽을까? 농사를 짓는 그에게 가장 손쉬운 것, 바로 농약이었다. 농약을 아내에게 어떻게 먹일까? 아내의 생일에 미역국을 끓였다. 미역국 사발에다가 농약을 풀었다. "생일 축하혀 마누라. 그동안 배 고팠제. 내가 잘 못 챙겨줘서 미안혀. 이제 이거 실컷 먹어. 정말 미안혀."라며 아내를 끌어안았다. 영문도 모르는 아내는 "이 영감이 밥 주기 싫어서 나를 끌어안는 겨? 비켜!" 하고 남편을 밀쳐냈다.

아내는 밥을 먹고 국을 마셨다. 말로만 듣던 최후의 만찬이었다. 남편도 밥을 먹고, 국을 마시고, 후식으로 농약을 마셨다. 며칠 뒤 이웃집 사람이 죽어있는 그들을 발견했다.

특별한 부부들의 이야기라고?

이러한 사례들 앞에 서면 도대체 부부 사랑의 깊이를 가늠할 수가 없다. 그냥 숙연해진다.

하지만, 혹시 당신은 '그건 특별한 사람들의 이야기'라고 치부하지는 않는가. 영화에서나 가능한 이야기라거나 특별한 사랑의 유전자를 가진 부부들의 이야기라고 슬쩍 뒤로 밀어버리고 싶은 생각은 아닌가? '저런 순애보 같은 사랑이 요즘 어디 있어? 그건 말도 안 돼!' 이렇게 살짝 부정하고 싶은 생각은 아닌가?

그 생각은 어쩌면 이런 생각일지도 모른다.

'저런 순수한 사랑을 나랑 같이 사는 저 인간과 할 수 있을까? 그런 사랑은 애당초 저 인간이나 나나 포기했어. 어차피 가능하지도 않을 사랑의 이야기가 나한테 가당키나 해?'

이렇게 생각을 하면서 자기 합리화를 하고 있지는 않은지 돌아보라. 어쩌면 '순애보 사랑'을 꿈꾸었지만, 그렇게 되지 않은 데 대한 자책감일 수도 있다. 어쨌거나 이 모든 마음은 당신 부부가 가진 '패배의식'임에는 분명하다. 하지만 '어차피 안 될 거'라는 생각은 버려라. 당신 부부도 지금부터 시작이다.

앞에 소개된 두 부부도 처음부터 그런 사랑을 했을 리 만무하다. 그들도 '티격태격하고, 불만을 가지고, 꼴 보기 싫고, 토라지고, 미워하고, 원망하고, 싫어지고' 등등의 수많은 인생사를 반복했다. 그러면서 사랑이 농익어갔다. 한 그루의 사과나무가 잘 자라려면 그 밑에 수많은 시체들이 쌓이고 쌓여야 한다. 그것을 우린 '거름'이라 부른다. 어쨌거나 지금부터 노력하면 죽음도 갈라놓을 수 없는 사랑이 바로 당신 부부의 것이 될 수 있다. 꿈꾸고 노력하기만 한다면.

결혼은 인생 최고의 공부다

사람 공부 중에서 배우자를 통한 공부만큼
알토란 같은 공부가 또 있을까?

'학생 송상호, 2068년 졸업.'

이건 졸업증명서가 아니라 우리나라 묘비에 흔히 씌어 있는 문구다. 우리나라 사람들은 고인의 이름 앞에 '학생'이라고 쓴다. 특별한 관직이나 직위를 가지지 않는 한, '학생'이다.

어디 학교 학생일까? 바로 인생이라는 학교다. 그 성적표를 들춰보는 자리가 바로 생을 마감하는 자리다. 이쯤 하고 나니 지금 공부를 잘하고 있는지, 성적은 얼마나 받았는지, 이대로 생을 마감하면 성적표가 부끄러운 건 아닌지 새삼 돌아보게 된다. 인생을 학교로, 사람을 학생으로 본 선조들의 혜안은 대단했다.

2068년 졸업은 나의 희망사항이다. 그때가 딱 백 살이 되는 해이다. 그때까지 건강하게 살다가 가고 싶다. 그러기 위해 건강관리, 마음관리 등을 꾸준히 하고 있다. 이 부분에 대해서는 아내와 나는 모두 동의하고 있다. '인생은 가늘고 길게'라고.

어떤 사람은 졸업을 앞두고 있고, 어떤 사람은 졸업이 한참 남았다고 생각한다. 하지만 졸업에는 순서가 없다는 것, 번호표를 뽑아서 차례를 기다리는 게 아니라는 것을 우리는 잘 알고 있다.

그런데 어떤 경우에는 큼지막한 하나의 묘비에 두 사람의 자리를 잡아놓기도 한다. 그리고 한 사람의 이름 옆엔 졸업 날짜가 있지만, 그 옆에는 졸업 날짜가 적혀 있지 않다. 배우자 중 한 사람이 먼저 죽은 경우다.

우리는 흔히 우스갯소리로 나이를 물을 때 이렇게 대답한다. '5학년 4반'이라고. 쉰네 살이란 이야기다. 이 또한 인생은 학교라는 심상 속에서 나온 이야기다.

졸업 날짜를 앞둔 부부 이야기

이 정도쯤에서 아내가 들려준 PS 부부 이야기를 소개하겠다. 아내가 근무하는 병원의 원장 부부로, 두 분 모두 8학년이다. (사실 이 원고가 처음 씌어질 당시에는 원장 S가 살아 계셨지만, 책이 나오는 지금 시점에서는 더 이상 이 세상 사람이 아니다. 그는 2013년 10월에 작고하셨다.)

남편 P는 중소기업 간부로 정년퇴직을 했다. 그의 성격은 올곧다. 굶어죽을지언정 정직하고 바르게 산다는 P였다. 평생 뇌물이라곤 받아보지 않았다. 회사에서도 평이 좋았다. 직장 사람들은 "그가 하는 일이라면 틀림없다."

고 입을 모았다. 청렴함 덕분에 대통령으로부터 상도 받았다. 여러 간부들이 부패와 비리로 쓰러졌지만 그는 끄떡도 없었다. 명예로운 정년퇴직이 그의 직장 성적표였다.

하지만, 모든 일엔 음양이 있는 법. 성격이 올곧다는 건 살짝 돌려 말하면 꼬장꼬장하다. 까다롭다. 특히 음식을 먹을 때는 정말로 가리는 게 많다. 아무거나 먹지 않을 뿐만 아니라 아내가 해주는 음식도 가린다. 입에 맞는 음식만 먹고, 그렇지 않은 음식은 손도 대지 않는다.

P가 대통령상을 받을 만큼 청렴하게 된 데에는 아내의 숨은 노력이 절대적이었다. 아내 S는 '내 남자는 직장에서 꿇리지 않게 해야겠다.'는 마음을 젊어서부터 가졌다고 했다. 그러기 위해선 자신이 돈을 벌어야 한다고 생각했다. 그래서 7학년 후반이 될 때까지 일을 손에서 놓지 않았다.

그녀인들 쉬웠을까. 혼자 7남매를 키우며 가정을 건사했다. 남편은 회사가 어려우면 종종 월급을 받아 오지 않기도 했다. 회사부터 살려야 한다면서. 정해진 월급 외엔 아무런 수입이 없었다. 그조차도 회사에 일이 생겨 몇 년을 쉬는 경우도 있었다. 남편은 돈보다는 명예를 사랑했다. 항상 집보다는 직장이 우선이었다. 그런 남편을 모시고(?) 사는 아내는 숨이 턱에 차올라 포기하고 싶은 생각이 순간순간 들기도 했다.

언젠가는 집에 쌀이 떨어졌지만, 남편은 몰랐다. 아내가 말하지 않았으니 알 재주가 없었다. 어쩌면 '굶어죽을지언정 바르게 산다.'는 그의 신념대로 되었을지도 모를 일이다. 그런 종류의 일화들은 수없이 많다.

아하! 남편이 그래서 그랬구나

이런 남편과 어떻게 그 긴 세월을 함께할 수 있었을까. 아내도 처음에는 자식들 때문에 버텨냈다. '조금만 더, 조금만 더' 하며 버텼다. 그러던 어느 날이었다. 생전 술을 잘 안 하던 남편이 술이 취해 들어왔다.

"당신, 내가 밉지? 만날 '회사, 회사' 하니까. 나도 안 그러고 싶은데 그게 잘 안 되네. 옛날에 우리 아버지가 그리만 안 되셨어도……. 여보, 미안해."

남편이 닭똥 같은 눈물을 흘렸다. 참 오래 살고 볼 일이다. 남편이 미안하다는 말을 다 하다니. 눈물 흘리는 남편이 안쓰러워 안아줬다. 나중에 안 일이지만, 그날 남편은 회사에서 정직을 당했다. 다른 간부의 모함을 받아 쉬게 된 첫날이었다. 그 후로 몇 년을 쉬었다.

그런데, "우리 아버지가 그리만 안 되셨어도……."라니? S는 언젠가 남편이 들려준 시아버지의 이야기가 그제야 떠올랐다.

시아버지는 자수성가한 사람이었다. 일제강점기에 방직공장을 세웠다. 처음엔 직원이라고 해봐야 그의 아내와 동생이 다였다. 그렇게 시작한 방직공장이 시간이 지날수록 번창했다. 직원이 조금씩 늘어갔다. 잘 되는 집은 가지나무에 수박이 열린다고 했다. 직원이 500명을 넘었다. 그때까진 좋았다.

8.15 광복을 하루 앞둔 날 공장에 불이 났다. 대형화재였다. 불은 좀체 꺼지지 않았다. 이틀 꼬박 타오른 불은 모든 걸 앗아가버렸다. 시아버지는 무릎을 꿇었다. 아내와 자식들 생각에 눈앞이 캄캄했다.

더 기가 막힌 건 경찰에서 그를 붙잡으러 나온 거였다. "당신을 뇌물공여죄로 체포한다."면서. 자초지종을 알고 보니 내부 고발이었다. 고발자는 자신의 회사 간부였다. 직원에게 부당한 대우를 했기 때문에 처벌을 했던 간부였다. 이에 앙심을 품은 간부가 저지른 일이었다. 그렇다면 화재도? 밝혀낼 길이 없었다. 사고인지 방화인지 누가 알랴.

어머니가 쓰러졌다는 소식을 구치소에서 들었다. 공장이 불에 타버린 것도 모자라, 평생 올곧게 살던 아들이 뇌물공여죄라니. 아들이 고생한 흔적을 누구보다 잘 아는 어머니였다. 아들의 정직한 성품을 누구보다 잘 아는 어머니였다. 이런 난리통에 구치소에서 흉한 소식이 날아들었다. 자살이었다. 자존심에 심한 타격을 입은 그가 내린 결정이었다. 당시 P의 나이 겨우 열네 살이었다.

아내의 힘의 원천은 따로 있었다

S는 남편의 심정을 이해했다. 그의 삶의 메커니즘을 이해한 것이다. 그 전까지는 남편이 자신만 아는 이기적인 인간이라고 생각했다. 하지만, S의 생각이 달라졌다. 잊고 있었던 시아버지의 이야기는 남편의 성격을 받아들이게 만들었다. 그때부터 S는 자식 때문에 산다는 생각을 버렸다. 남편을 위해 산다고 생각했다. 아니, 자신을 위해 산다고 생각했다. 그렇게 깨닫는 데 25년이 걸렸다.

그렇다고 S가 받은 것 없이 주기만 했을까? P는 아내의 생일만은 잊지 않았다. 그날 아침에는 P가 직접 미역국을 끓였다. 1년 가운데 P가 유일하게 부엌에 드나드는 날이었다. 언제 어떻게 배웠는지 미역국 하나만은 잘 끓였다. 그리고 아무리 바빠도 그날만은 일찍 들어와 세숫대야에 물을 받았다.

아내를 의자에 앉히고, 양말을 벗기고, 발을 씻겼다. 아무 말 없이. 이런 이벤트를 8학년이 된 지금까지 한 해도 거르지 않고 있다. 얼핏 들은 이야기지만, 돌아가신 시아버지가 그렇게 살았다고 했다.

나중에 아내는 '훌륭한 아내 상'을 탔다. 남편의 회사 창립 기념식에서였다. 요즘도 S는 P가 자랑스럽다고 말한다. 아니, 그걸 이겨낸 자신이 자랑스럽다고 했다. 남편 P는 여전히 말보다는 행동을 보였다. 변함없이 아내의 발을 씻기는 걸로.

사람은 왜 사는 걸까?

사람은 왜 태어났을까? 누군가 물으면 답이 궁해진다. 한 걸음 더 나가서 사람은 왜 사는 걸까, 하고 물으면 대답은 더 궁해진다. 어쩌면 대답이 너무 많아 궁해진다고 해야 될까? 하지만, 누구나 공감하는 말이 있다. 행복하려고, 아니 행복해지려고 산다는 거다. 그걸 좀 더 풀어보면 '자아 발견'과 '자아 성숙'이다. 사람은 누구나 자아를 발견하고 성숙시킬 때, 행복함을 느낀다. 삶의 이유를 발견한다.

그렇다면 '자아 발견'과 '자아 성숙'이란 삶의 두 기둥을 다른 말로 뭐라 표현할 수 있을까? 눈치 챘겠지만, 바로 '공부'라고 할 수 있다. 발견하는 일, 성숙시키는 일들이 바로 공부의 메커니즘이다.

인생이 뭐냐고 내게 묻는다면 조금도 주저함 없이 '평생 공부'라고 답하겠다.

어떠한 문제가 발생하면 대부분 그 문제에만 집중하기 마련이다. 하지만,

나는 한 걸음 물러서서 '무슨 공부를 하라고 이런 일이 생겼구나'라고 생각한다. 어떤 일이 발생하는 건 그 분야에 대해 아직 할 공부가 남아서라고 생각하는 것이다.

문제는, 공부에는 공짜가 없다는 거다. 수업료는 다름 아닌 눈물, 고통, 슬픔, 좌절 등이다. 이상하게도 이런 수업료를 지불하지 않으면 제대로 공부가 안 된다. 쉬운 길 하나쯤은 있을 줄 알고 덤벼들었다가 꼭 눈물을 맛보게 되더라.

'배우자'란 평생 서로 배우자는 뜻

부부 문제도 마찬가지다. 살아가노라면 문제가 생기기 마련이다. 얼핏 보면 내가 잘못했고, 아내가 잘못했을 수도 있다. 하지만, 이내 마음을 가다듬는다. 아직 우리 부부가 할 공부가 남았구나. 이 분야를 더 공부하라고 하는구나.

화성에서 살던 남자와 금성에서 살던 여자가 한집에 산다. 늑대와 여우가 한집에서 산다. 거기에 아무런 문제가 없다고 한다면 문제가 있는 거다. 더군다나 부부를 둘러싸고 있는 환경과 상황이 부부를 끊임없이 흔들어댄다. 이런 남녀가 한집에서 살면서 평생 해야 할 공부가 인생 최대의 공부가 아닐까? 부부 공부만 잘해내면 어떤 공부인들 못 해내랴.

인생 공부라니 무슨 특별 분야가 있나 싶지만, 사실은 사람 공부다. 평생 살면서 사람에 대해 공부하는 거다. 사람을 이해하고 받아들이고 사랑하는 공부다. 물론 쉽지 않다. 속성으로 배울 수 있는 방법은 없다. 오랜 세월 아프고 괴롭고 눈물 흘려야 하는 공부다. 그러다 보면 자신을 공부하게 된다. 그래서 '인생 공부'는 '사람 공부'요 '자신 공부'다.

아내를, 남편을 배우자라고 부르는 이유를 아는가? 사전에서는 짝 배(配), 짝 우(偶), 사람 자(者) 즉 짝이 되는 사람을 말한다. 하지만, 상대방에게 서로 배우자는 의미로도 해석할 수 있다. 우리 선조들이 오랜 부부생활을 통해 얻은 삶의 지혜이리라.

인생 학교에서 배우자를 통해 사람 공부를 하는 이 세상의 모든 부부들에게 파이팅을 보낸다.

부부 일심동체는 아니지만

하나가 되는 게 아니라 좀 더 큰 덩어리가 되는 것,
그것이 일심동체의 진정한 의미다. 작은 두 마음을 모아
좀 더 큰 마음이 되는 것이다.

남녀가 7년 동안 연애를 하다가 결혼에 골인했다. 처음 6개월간은 밤마다 천국이었다. 하지만 신혼의 단꿈도 잠시. 점차 잠자리 횟수도 적어졌다. 그만큼 둘의 관계도 멀어져 갔다.

아내는 고민 끝에 매일 새벽 산에 가서 기도를 했다. 100일째 되던 날, 산신령이 나타났다. 산신령은 아내에게 "남편을 데려오너라. 그에게 한 가지 주문을 알려주리라."고 했다. 산신령은 남편에게 자신이 시킨 대로 주문만 외우면 전처럼 천국의 밤을 회복할 거라고 했다. 단, 남편이 외우는 주문을 아내는 들으면 안 된다는 조건이 있었다.

과연, 그날 밤부터 남편은 180도로 바뀌었고, 아내는 신혼과 같은 즐거움을 다시 만끽할 수 있었다. 그러자 아내는 도대체 무슨 주문이기에 저토록

효능이 있을까 궁금하고 또 궁금했다. 그래서 약속을 깨고 몰래 남편의 주문을 들었다.

"이 여자는 내 마누라가 아니다. 이 여자는 내 마누라가 아니다."

인터넷에 떠도는 유머다. 어쩌면 부부 일심동체란 말은 잠자리조차 불편하게 했나 보다. 나 역시 부부는 일심동체란 말에 찬성하지 않는다. 이 세상의 수많은 부부들이 '부부 일심동체'란 생각 때문에 서로를 구속한다. 하지만 부부는 엄연히 '이심별체'다. 그럼에도 '일심동체'란 말을 붙일 수 있는, 이 세상에서 유일한 관계 역시 부부다. 아무리 친한 친구라도 '친구 일심동체'라고는 하지 않는다. 부모와 자식이 아무리 혈육으로 튼튼히 묶여져 있어도 '부자 일심동체'란 말을 쓰지는 않는다. 그렇다면 왜 사람들은 '부부는 일심동체'란 말을 썼을까?

아내는 까다로운(?) 여자, 나는 관대한(?) 남자

아내는 이불의 머리 부분과 다리 부분이 바뀌면 꼭 돌려서 제대로 덮었다. 머리 부분과 다리 부분 구분 없이 덮는 내게 꼭 잔소리를 해댔다. 내 입장에선 참 까다롭게 군다고 느껴졌다.

나는 사실 이불에 아래위가 있다는 말을 들은 적이 한 번도 없었다. 그렇게 구분한 이불을 본 적도 없었다. 설사 그런 이불이 있다손 쳐도 나는 모르고 컸다. 사는 데 전혀 지장이 없었다. 적어도 내가 자란 우리 집에선 그랬다.

반면 아내는 늘 말했다.

"이불은 다리 부분과 머리 부분이 엄연하게 구분되어야 한다. 머리 부분은 입이 닿는 곳이고, 다리 부분은 발이 닿는 곳이다. 그게 바뀌면, 발에서 묻어난 더러운 것들을 냄새 맡게 된다."

합리적이다. 하지만, 내겐 불편하다. 합리적이고 비합리적이고를 떠나서, 그렇게 살아보지 않았기 때문이다. 어느 텔레비전 드라마에서 한 여배우가 "난 그렇게 안 살아봐서 모른다."라고 했던 말과 같다. 구분하는 게 귀찮은 게다.

그런 이유로 아내와 말다툼을 가끔 하곤 했다. 나는 "뭘 그런 걸 가지고 따지느냐." 하고, 아내는 "고집 부리지 말고 내 말대로 해라."다 그렇게 한 20년 잔소리를 듣다 보니 나도 모르게 이불의 아래 위를 구분하는 사람이 되었다.

그런데 최근 어느 날 천지개벽할 일이 생겼다. 아내가 이불의 아래위를 따지지 않고 덮는 게 아닌가. 다리 부분이 얼굴에 가 있고, 머리 부분이 다리에 가 있었다. 더 놀라웠던 건 아내의 대답이었다.

"당신, 이불 아래위가 바뀐 거 몰라?"

"어, 알아."

"그런데, 그냥 덮고 자려고?"

"뭐 어때. 괜찮아."

그렇게 나를 구박하던 아내가 괜찮단다. 아내가 변했다. 비합리적인 남편을 훈계하던 아내가 왜 저리 타락(?)했을까? 그러고 보니 이불 덮기 방식 하나로도 아내와 나는 '주고받음'이 이뤄졌다. 아내는 나의 방식으로, 난 아내의 방식으로.

이걸 보고 우리 부부가 일심동체가 되었다고 하면 분명 억지스럽지만, 이심별체라고 하기에는 아주 가까운 사이인 것만은 틀림없다. 적어도 그 순간만큼은 아무래도 '이심별체'보단 '일심동체' 쪽이 가깝지 않을까?

부부란 마음을 모아 닮아지는 사람들

나는 '부부는 일심동체'란 말을 '부부는 닮았다.' 또는 '닮아 가고자 애쓴다.'로 이해한다. 우리 부부도 한 20년 함께 살다보니 취미도, 성향도, 성격도, 기질도, 말투도 닮았다. 심지어 얼굴까지 닮았다고 하는 사람도 많았다.

우리는 나와 닮은 사람에게 사랑을 느낀다. 그 대표적인 예가 부모의 자녀 사랑이다. 부모가 그토록 자녀를 사랑하는 이유는 부부의 유전자를 이어받아 자신들을 닮았기 때문이다. 받는 것 없이 사랑스럽다. 그야말로 '내 새끼'다.

부부끼리도 마찬가지다. 닮아 있는 그와 그녀는 서로에게서 자신을 본다. 닮아 있는 그는(그녀는) 바로 자신의 모습이다. 우리 부부가 이불 덮기 방식 하나로 서로 전염되어 둘이 아니게 되었듯.

일심동체에서 '일심'이란 '마음이 하나'란 뜻보다는 '마음을 합한다.'는 뜻이 더 적합하다. 둘의 마음을 하나로 모은다는 뜻이다. 따라서 일심동체보다는 합심동체가 더 어울리지 않을까?

합심하다 보니 어느덧 동체가 되었다. 동체란 몸이 같다는 의미다. 그 몸은 말하자면 '습'이다. 습은 오랜 세월 동안 몸이 행해온 일정한 양태다. 그건 의식적으로 행동하는 것과는 다르다. 자신도 모르게 하는 행동이다. 부부란 마음을 모아서 서로 닮아가는 사람들이다. 아니 닮아져 가는 사람들이다.

작은 마음을 모아 큰 마음이 되는 것

우리는 흔히 이혼 사유로 '마음이 맞지 않아서' 또는 '성격이 맞지 않아서'를 든다. 한마디로 마음을 합치지 못해서 이혼을 하는 것이다. 합심이 되지 않으니 동체가 될 리가 없다. 부부가 오래 같이 살다 보면 저절로 마음이 합해진다. 하지만 거기까지 가기 위해선 노력이 필요하다. 전혀 다른 마음이 만나 사는데 처음부터 마음이 모아진다면 그것이 이상한 거다. 그렇게 마음을 합하려고 노력하다 보면 어느 샌가 마음이 합해진다.

여기서 '노력'이란 서울대를 가기 위해 열심히 노력하는 것과는 조금 다르다. 과업 달성을 위해 인위적으로 노력하는 것이 아니라 관계 회복을 위해, 성숙한 관계 성립을 위해 서로 양보하고 배려하려는 노력이다.

불교 교리의 핵심 중 하나가 '일체유심조'다. 모든 만물은 곧 내 마음이 만들어낸다는 말이다. '만사는 마음먹기에 달렸다'는 말이 아니라 우리의 마음이 세상의 중심이라는 말이다. 부부생활의 중심도 서로의 마음이다. 서로의 마음이 부부생활을 만든다. 그 마음을 서로 맞춘다는 것은 쉽고도 어려운 이야기다. 부부가 각자 자신의 마음을 끊임없이 성찰하는 시간이 필요하다. 지금 당신의 부부생활도 바로 당신의 마음이 만든 것이다.

"마음은 모든 일의 근본이 되어 주인으로서 모든 일을 시키나니, 마음속에 착한 일을 생각하면 말과 행동 또한 그러하리라. 그 때문에 행복은 그를 따르리. 형체를 따르는 그림자처럼."〈법구경〉

조창인의 소설 《아내》에서 주인공 이상희는 말한다. "부부란 서로 나누는 관계가 아니라 밀가루 반죽처럼 둘이 만나 더 큰 덩어리를 이루는 관계다."라고. 남편을 위해 헌신하던 아내 상희를 밀쳐내고 다른 여자와 살려는 남편. 그 남편을 끝까지 버리지 않는 아내. 바로 그 아내가 남편에게 던진 말이었다. 큰 덩어리? 그건 '부부 일심동체'와 맞닿아 있다. 그렇다. 하나가 되는 게 아니라 좀 더 큰 덩어리가 되는 것, 그것이 일심동체의 진정한 의미다. 작은 두 마음을 모아 좀 더 큰 마음이 되는 것이다. 작은 마음을 모아 좀 더 큰 몸이 되는 것이다.

오늘부터 당신의 배우자에게 이렇게 말하라. "당신은 나와 함께 큰일을 이룰 귀한 몸입니다."라고. 아침 먹고 열 번, 점심 먹고 열 번, 저녁 먹고 열 번을 하라. 물론 이렇게 지겹도록 계속하다간 쫓겨나기 십상이다. 그러니 하루 서른 번은 속으로만 반복하고, 실제로는 하루 두 번만 고백하라. 일어나서 한 번, 자기 전에 한 번. 중요한 건 진심을 담아서 하는 거다.

사랑하니까 보내준다?

당신 부부에게 필요한 건 '사랑하는 사람을 떠나보낼 정도의 아픔을 느낄 만큼' 깊이 있는 사랑이다. 그만큼의 깊은 사랑이 당신 부부와 가정을 치유할 것이다.

사랑하니까 보내준다? 그게 말이 돼? 무슨 신파극 찍는 것도 아니고. 말도 안 된다. 사랑은 상대방을 차지하고 싶은 욕심이 아니라 상대방을 행복하게 해주는 거라는 말 따위는 개나 줘버리라지. 하지만, 세상엔 실제로 그런 부부도 있다. 그런 부부 두 쌍을 소개하겠다. 한 쌍은 내가 만난 부부이고, 한 쌍은 저 앞에서 소개한 일본의 여류 소설가 소노 아야코가 만난 부부다.

그는 내가 품을 수 없는 그릇

내가 만난 KJ 부부는 목사 남편과 교사 아내의 조합이다. 부부에게는 딸과 아들이 있다. 딸은 대학을 나와 직장을 다니고 아들은 군대에 갔다 왔다. 부모로선 할 일을 다 한 셈이다.

K는 노숙자를 위한 사역을 한다. 20여 년을 한결같이 노숙자들을 위한 숙소를 마련하고, 노숙자와 함께 생활을 한다. 이른 새벽에는 노숙자를 위한 급식을 한다. 그러기 위해 인근 학교에 가서 음식을 얻어 온다. 반찬은 인근 시장 사람들로부터 제공받는다. 모자라는 건 구매하기도 한다. 노숙자들을 위해 제사도 지낸다. 살아있는 그들도 존귀하지만, 죽은 그들도 존귀하다는 거다. 언젠가 그들이 죽은 뒤에 시체가 함부로 방치되는 걸 목격했기 때문이다.

그의 행위는 여기저기 소개되었다. 사람들은 그를 일러 '노숙자의 대부'라고 했다. 그는 노숙자들을 위한 '추모의 동산'을 짓는 것을 목표로 하고 있다. 노숙자들의 시신을 안치하고 그들의 넋을 기리는 동산이다.

반면 아내는 충실한 교사다. 다른 직업을 가져본 적도 없다. 충실한 아내, 며느리, 엄마로 살았다. 유별난 남편을 만났지만, 싫은 내색 않고 살았다. 하지만, 병은 겉이 아닌 속으로부터 오는 걸까? 감당할 수 없는 남편, 시어머니와 자식을 한집에서 섬겨야 하는 시집살이는 그녀를 힘겹게 했다. 속이 말이 아니었다. 너무나 가슴이 아파 병원도 가보았지만 별일 아니라는 답만 들었다.

"속이 문드러졌군요. 속병입니다. 상담을 받아보세요."

상담을 받아도 속이 시원하지 않았다. 그러다 명상치료를 알게 되었다. 명상을 하며 마음을 치유하고 다스린다. 그녀다운 치료방식이다.

그때까지도 남편 K와 J는 한 달에 한 번 정도 섹스를 했다. 하지만 이제 남편의 긴 수염도 보기 싫다. 키스할 때 부대낀다. 섹스를 할 땐 더 부대낀다.

남편에게 깎으라고 요구했다. 남편은 싫다고 했다.

"이건 내 자존심이다. 내 생활방식을 왜 건드리느냐."

아내는 말했다.

"내가 그토록 싫다는데 수염 하나 못 깎느냐."

그들은 평행선을 달렸다. 그렇다면 도저히 같이 못살겠다. 그렇게 만남의 횟수가 조금씩 줄었다. 고작 수염 때문에 마음의 이별을 한 거다.

과연 수염 때문일까?

K의 입장에선 더 이상 아내를 행복하게 해줄 자신이 없다. 앞으로도 자신이 가는 길을 계속 갈 것이기 때문이다. K의 꿈은 노숙자처럼 아무 거리에서 나뒹굴다 죽는 거다. 내가 아는 K라면 말 그대로 할 사람이다. 자신을 누구보다 잘 아는 K로서는 아내를 붙드는 게 자신의 욕심이라고 생각한 것인지도 모른다.

J는 생각이 다르다. 평생 자신이 남편에게 왜 필요한지를 모르고 살았다. 한 번도 자상하게 자신을 위로해주지 않은 남편이었다. 하지만, 시간이 지나면서 그녀는 알게 되었다. 그는 자신이 품을 수 있는 그릇이 아니라는 걸. 그냥 이제 내가 그로부터 놓이자. 나도 그를 놓아주자.

KJ 부부. 그들은 그렇게 서로를 위해 서로를 놓아주었다.

아내의 마지막 부탁

소노 아야코가 만난 부부의 이야기는 이렇다.

남편은 건축회사의 중견 간부다. 연봉도 괜찮다. 도쿄 시내에 집을 마련했다. 자녀는 둘. 겉으로 보기에는 남부러울 게 없다. 물론 속으로도 아무 문제없다. 단, 남편이 직장일로 항상 바쁘다는 것만 빼면.

남편이 어느 날 말을 꺼냈다.

"여보, 우리 이사 갈까?"

"어디로?"

"시골로."

아니 왜? 여기서 잘 사는데, 시골로 가자는 거지? 남편이 조금 바쁘긴 하지만, 그 정도는 우리가 누리는 혜택에 비하면 참을 만하지 않은가.

"사실, 전부터 당신에게 미안했거든. 늘 바쁘다는 핑계로 당신을 혼자 내버려두는 것 같아서 말이야."

아내는 그제야 생각했다. 자신이 왜 자꾸 우울했는지를. 남편이 잘 일러주었다. 그건 외로움이었다. 이상했다. 예전엔 몰랐던 외로움이 그 말을 듣는 순간 확 밀려오다니.

"그럼 언제 갈 건데?"

"회사일 정리하고, 사표를 써야겠지."

남편은 일사천리로 일을 진행했다. 시골에 땅도 알아봤다. 건축회사에 다니는 그로선 모든 일이 식은 죽 먹기였다. 그림 같은 집도 지었다. 오랫동안 그가 꿈꾸던 집이었다. 아이들도 아내도 좋아했다. 드디어 이사를 했다.

남편은 이제야 가족의 삶을 찾았다며 좋아했다. 아내는 남편이 좋다니 좋았다. 아이들은 편리한 도시생활이 더 좋긴 하지만, 부모와 함께 사는 시골생활이라면 나쁠 것도 없다고 생각했다. 그렇게 전원생활이 시작됐다. 텃밭에 채소를 심고 앞마당에 꽃도 심었다. 울타리를 따라 앵두나무도 심었다. 식구들과 함께 잘 익은 앵두를 따먹는 상상을 하면서. 아내도 즐거워 보였다. 시골생활 그 자체보다는 남편과 대화하는 시간을 확보한 즐거움 때문이리라.

이웃집 사람들도 좋아 보였다. 부부가 각자 마음이 좋으니, 세상 어떤 사람인들 좋아 보이지 않았을까. 공기도 좋고 물도 좋은 곳에서 만난 사람들이다. 모두가 좋을 수밖에. 모든 게 좋았다. 어느 날 남편이 그 일을 알게 되기 전까지는.

아내의 행동이 수상하다. 저녁식사 준비를 가끔 놓친다. 집에 와서도 뭔가 자꾸 깜빡 잊어버린다. '아이들의 도시락 싸주기'도 간혹 놓친다. 생전 없던 일이다. 이제 보니 이웃집에 자주 놀러간다. 처음엔 옆집 여자와 친해서 그러려니 했다. 좋은 일이었다. 하지만, 이웃집 아내가 없을 때도 놀러간다. 가끔 밤에도 산책을 나가 두어 시간이나 지나야 들어왔다.

운명의 날이 왔다. 아내와 이웃집 남자의 불륜 현장을 남편이 보고야 말았다. 남편의 눈이 뒤집혔다. 당장 연놈들을 죽이고 싶었다. 하지만, 참았다. 아이들을 위해서였다. 아이들에겐 비밀로 했다. 아내를 구슬렸다.

"여보, 지나간 일은 없었던 일로 해줄게. 이제라도 그러지 말자."

아내가 말없이 고개를 끄덕인다. 문제가 일단락되는 듯했다. 한동안 잠잠했다. 하지만, 얼마 가지 않아 아내의 밤 산책이 다시 시작되었다. 남편은 그때도 아내를 타일렀다. 아니 용서를 빌었다.

"그동안 내가 힘들게 한 것 미안해. 내가 더 잘할게."

생각다 못한 남편은 시골집을 처분했다. 가족을 데리고 원래 살던 도쿄로 돌아갔다. 몸이 멀어지면 마음도 멀어질 거라 확신했다. 갑작스러운 이사에 아이들은 어안이 벙벙했다. 아무런 설명도, 아무런 이유도 없는 부모들의 처사가 원망스러웠다. 이제 겨우 시골 친구들도 사귀었는데.

아내도 남편도 아이들에게 미안했다. 이해해달라고 속으로만 말할 수밖에 없었다. 조금 더 크면 너희들도 알게 될 거야. 남편은 좀 더 아내에게 잘해줘서 마음을 사로잡으리라 다짐했다. 아내는 좀 더 남편에게 집중해서 편하게 해주리라 다짐했다. 하지만, 각오는 각오일 뿐. 1주일이 지났다. 아내가 사라졌다. 아내의 휴대폰이 꺼져 있다. 예감이 불길했다. 아내는 밤늦게 돌아왔다. 어디 갔다 왔느냐고 물을까 하다가 그만뒀다. 오히려 아내가 먼저 말을 꺼낸다.

"여보, 이제 나 좀 놓아줘. 나 그 사람 없으면 못 살아."

이건 무슨 개 풀 뜯어먹는 소리란 말인가. 그 사람 없이는 못 살겠다니. 언제부터? 그냥 지나가는 바람이 아니었나? 아내의 눈빛은 너무나도 간절했다. 10년 넘게 살아오면서 그토록 간절한 눈빛은 처음 봤다. 아내의 요구가 뿌리 깊다는 걸 그는 직감했다. 아내에게 말했다. 며칠만 생각할 시간을 달라고. 아내는 그러라고 하고 침실에 들어가 곧장 쓰러져 잠이 들었다.

며칠 생각할 것도 없었다. 이미 아내의 마음은 화성으로 떠나버렸다. 화성으로 떠난 마음을 다시 붙들어올 명분도 재간도 그에겐 없었다. 평소 아내의 부탁 하나도 제대로 들어주지 못한 그였다. 이제 마지막으로 그녀의 부탁을 들어줄 차례였다. 아직도 그는 그녀를 너무나도 사랑했다. 욕심 같아서야 한 발도 떠나보내기 싫다. 하지만, 아내가 원한다. 자신과 제발 헤어져 달라고. 자신을 제발 버려달라고. 사랑하니까 보내준다는 영화 같은 일이 자신에게도 일어날 줄 꿈에도 몰랐다.

아내를 놓아주었다. 그에게로 가라고 했다. 가서 부디 행복하라고 했다. 후에 안 일이다. 그 남자도 자신의 아내와 헤어졌다고 했다. 그리고 두 사람은 잘산다고 했다.

사랑하니까 보내준다고 해도

이런 걸 보면 사랑하니까 떠나보내기도 하나 보다 싶다. 그래도 그걸 이해한다는 건 쉽지가 않다. 여자의 아이 낳는 고통을 남자들은 알 수가 없다. 여자가 자식을 낳아보면 그렇게 눈물이 난다더라. 자식을 낳아봐야 비로소 엄마 마음 안다더라. 수없이 들던 이야기지만, 그걸 아는 것과 느끼는 건 하늘과 땅 차이다.

어쩌면 당신은 내게 화를 낼지 모르겠다.

"도대체 이런 예화들을 든 이유가 뭐요? 설마 사랑하니까 보내줘라 뭐 이런 이야기를 하고 싶은 건 아니겠지?"

사실 그렇기도 하고 아니기도 하다. 내가 이 책을 쓰는 의도는 갈라진 부부관계, 상처 난 부부관계, 아파하는 부부관계가 치유받아 관계가 회복되고, 가정이 되살아나는 것이다. 부부관계의 회복은 서로를 이해하고 받아들이고 사랑할 때 가능하다. 핵심은 '이해와 사랑'이다. 난 그걸 당신 부부에게 선물하고 싶다.

하지만, 사랑한다고 해서, 이해한다고 해서 무조건 옆에만 붙들어두는 게 능사가 아닐 때도 있다. 성현들은 말한다. "사랑한다는 이유 하나만으로 사랑하는 사람을 곁에 묶어두려 하지 말라. 그건 사랑이 아니라 집착이다."라고.

내가 말하고 싶은 핵심은 바로 이것이다. 위기의 부부에게 필요한 건 '사랑하는 사람을 떠나보낼 정도의 아픔을 느낄 만큼'의 깊이 있는 사랑이다.

당신도 나도, 사랑하기에 떠나보낸다는 말을 이해할 날이 있을까? 부부의 사랑이 그 정도로 농익으려면 얼마나 아파하고 또 얼마나 울어야 할까? 하지만 농익은 사랑을 진실로 깨닫기 위해 '실습'을 해볼 생각은 전혀 없다.

세상에서 가장 친한 친구

"나의 가장 진정하고 친한 친구는 나의 아내다."
"그럼 그 다음으로 친한 친구는 누구인가?"라고 묻는다면,
"또 역시 나의 아내다."라고 하겠다.
"그 다음으로 친한 친구가 누구냐?"고 물어도 내 대답은 같다.

저녁에 퇴근한 아내가 나를 보고 웃는다.

"여보, 나 오늘 직장에서 엄청 재밌는 이야기 들었다~."

아내 얼굴이 함박웃음이다. 날아가는 새 거시기를 봤나 싶다. 뭔지는 몰라도 아내가 웃으니 좋긴 좋다. 내가 뭐냐고 묻지 않아도 아내가 먼저 털어놓는다.

"직장 동료들이랑 '진정한 친구란 무엇인가'에 대해서 이야기를 잠시 나눴는데 말이야……."

어라? '진정한 친구'라면 무거운 주제일 텐데, 뭐가 재미있다는 거지?

"이런저런 얘기가 나왔는데, 한 동료가 진짜 웃기는 이야기를 하더라고."

아내가 또 실실 웃는다. 이쯤 되니 도대체 무슨 이야기일지, 궁금함의 '밀

당'이 작용한다. 저 사람 입에서 무슨 이야기가 나올까? 아내는 이야기 대신 스마트폰을 꺼내 보여준다. 스마트폰에는 굵은 글씨로 다음과 같이 적혀 있다.

"진정한 친구란 친구가 하수도에 빠졌을 때, 춥지 않게 뚜껑을 덮어주는 친구다."

푸하하하하! 보는 순간 뿜었다. 아내도 나도 웃음이 배가 된다. 서로의 웃는 모습이 웃겨서 또 웃고 또 웃는다. 이래서 기쁨은 나누면 배가 된다고 했나 보다.

"뚜껑 덮어줄 때, 이불도 같이 넣어주는 친구, 사식도 같이 넣어주는 친구, 그런 친구면 더 진정한 친구겠지?"

아내는 이런 이야기들을 나누며 한참 웃었다고 했다. 한참을 웃고 나니 왠지 아내의 은혜(?)에 보답해야 할 것 같은 느낌이 스멀스멀 올라온다. 나 역시 친구 이야기로 보답해야 된다는 생각 말이다. 웃느라 정신없는 아내에게 보은의 마음으로 문제를 낸다.

"그럼, 여보 내가 문제 한번 내볼 테니 맞춰봐. 어떤 남자에게 이렇게 물었대."

"뭐라고?"

"'여친'이랑 친구랑 같이 물에 빠지면 누구부터 건져줄 건가요?"

아내는 질문의 요지가 '우정이냐 사랑이냐'를 묻는 건가 생각하듯 잠시 고민에 빠졌다 나름대로 답을 낸다.

"나 같으면 '여친' 먼저 건져주겠네."

말이 끝나기도 전에 난 '땡'이라고 단호하게 외친다.

"그 남자가 한 말은 바로……."

0.1초쯤 뜸을 들인다. 감칠맛이 나게 한다.

"이걸 확 그냥! 왜 둘이 같이 있었던 겨?"

하하하하. 호호호호. 태초에 웃음이 있었으니 웃음이 웃음을 낳고, 웃음이 웃음을 낳고, 낳다가 보니 눈물도 낳고, 침도 낳고, 콧물도 낳고…….

나의 진정한 친구가 누구냐 묻는다면……

누군가 나에게 "당신의 가장 진정한 친구는 누구인가?"라고 묻는다면 나는 뭐라고 해야 할까? 사실 이 부분에 대해서는 아내와 종종 이야기를 나누기 때문에 서로의 생각을 알고 있다.

예수가 말했다. "이제부터 너희를 종이라 하지 아니 하리니, 종은 주인의 하는 것을 알지 못함이라. 너희를 친구라 하였노니 내가 내 아버지께 들은 것을 다 너희에게 알게 하였음이라."〈요한복음 15:5〉

예수 당시라면 스승과 제자, 요즘 기독교라면 주님과 신도. 예수는 이 둘 사이가 친구라고 말하는 거다. 예수를 주님이라고 부를 땐, 자신이 그의 종이라는 의미다. 그런데 정작 예수는 "이제부터 너는 종이 아니라 친구"라고 말한다.

친구는 서로 가리는 것 없고, 모든 좋은 것을 서로 나누는 사이다. 예수가 말한 친구는 말 그대로의 친구다. 그걸 '영적이네, 상징적이네' 어쩌고 하며 그의 진심을 호도하지는 말자. 예수는 이미 2,000년 전에 알았던 거다.

친구로 지내는 게 제일 좋은 사이라는 걸. 나 역시 제일 좋은 관계는 '친구 관계'라고 생각한다. 대통령과 국민도, 사장과 직원도, 선생과 제자도, 부모와 자녀도 모두 친구처럼 지낼 수 있다면 이상적인 사회라고 본다. 물론 부부지간은 두말할 것도 없다. 그렇다. 부부란 사랑보다 우정으로 산다. 의리로 산다.

다음은 내가 신문기자로서 인터뷰한 부부들의 이야기다.

마라토너 부부의 닭살 행각

KP 부부 이야기다.

'잉꼬부부, 닭살부부.'

이들 부부에게 늘 따라다니는 수식어다. 최근에는 '자석부부'란 이름도 얻었다. 자석처럼 늘 붙어 다니니까. 등산부터 각종 모임 참석, 시장 보기, 가게 운영, 아침에 달리는 것까지. 두 사람은 뭘 해도 붙어 다닌다. 하지만 이들에게도 아픔이 있었다.

온 국민이 '한일 월드컵'의 흥분에서 채 빠져나오지 못했던 2002년 말 무렵, 그들에게 둘도 없는 위기의 순간이 찾아왔다. P가 몸이 좋지 않아 두 번의 수술을 해야 했기 때문이다. 남들은 평생 한 번 경험할까 말까 하는 사선을 P는 몇 번이나 넘나들었다.

'죽음 앞에서 뭐는 못할까?'

이 각오가 그녀의 인생을 바꾸었다. 남편의 인생도. 당시 대학교 1학년 딸과 고등학교 1학년 아들을 두었던 P는 죽음을 넘나드는 수술을 받은 후 어떻게든 살아서 자녀들의 울타리가 되어주어야 한다는 생각에 이를 악물었다. 위기의 순간이 곧 기회의 순간이라고 했던가. 그녀에게 운명처럼 다가온 마라톤과의 첫 만남은 생존의 몸부림으로부터 시작되었다.

2003년 10월 '평택마라톤대회'에 처음으로 출전하던 날, 그녀 곁에는 남편 K가 있었다. 생애 처음으로 마라톤대회에 출전하는 아내를 위한 남편의 배려였다. '부부 마라토너'의 역사는 그렇게 시작되었다.

그렇게 좋아하던 낚시를 과감하게 내팽개치고 아내와 함께 달리기를 멈추지 않는 K의 '아내 사랑'을 그 누가 말리랴. 자칫 사랑하는 아내를 잃게 되었을지도 모를 아찔한 순간을 생각하면 K의 행동은 충분히 납득할 만하다.

이제 그들에게 있어서 마라톤의 의미는 달라졌다. '위기'를 넘기기 위해 마라톤에 입문했지만, 이젠 삶을 즐기는 공통의 취미생활이 되었다. 대화할 시간도 많아졌을 뿐 아니라 마라톤이라는 공통의 관심사는 '얘깃거리'를 무한정 제공해준다.

부부의 마라톤 실력은 '취미' 수준을 훌쩍 뛰어넘었다. 미국 보스턴대회까지 참가했으니 명실상부한 세계적인 '부부 마라토너'다. 풀코스 완주 경력도 아내와 남편이 각각 20회씩이다. 완주 최고 기록은 남편이 3시간 8분, 아내는 3시간 47분이다. 세계적인 선수들에야 비할까마는 국내 수준에서는 충분히 '입상감'이다. 더욱이 남편의 기록은 아내의 속도에 맞춰 함께 달리느라 그 정도에 머문 것이니, 정말 남다른 배려가 아닐 수 없다. 그래서 이들 부부에게 마라톤은 단순히 운동이 아니라 '부부 사랑'의 원천이 된다.

아내 따라 직장 그만두고 교사로

CK 부부는, 첫 만남부터 예사롭지 않았다. 2001년 1월 7일, 인터넷 카페 수화동아리에서 오프라인 모임을 열었다. 그날, 40여 명이나 모인 회원 가운데 유난히 아내의 모습이 눈에 들어왔다. 그날 남편은 '특수교사'란 직업이 있다는 걸 처음 알았다. '첫눈에 반한' 남편의 구애작전은 장장 9년이나 이어졌고, 2009년 7월에 비로소 부부가 되었다.

긴 시간 동안 아내를 만나면서, 남편도 아내와 같은 길을 가기로 마음먹었다. 평소 장애인에 대한 관심이 많았던 남편은 잘 다니던 직장을 그만두고 특수교육과를 지원했다. 그때까지 고졸학력자였던 남편은 늦깎이 대학생이 되었다.

남편은 2009년에 대학을 졸업하고 특수교사로 일하고 있다. 아내에게는 거의 10년 후배 교사가 된 셈이다.

CK 부부는 2세 계획이 없다. 그 대신 자신이 가르치는 아이들에게 "학교에서의 엄마는 나다." "학교에서의 아빠는 나다." 하며 산다. 현재 남편은 안성서운초등학교 특수교사로, 아내는 안성금광 조령분교 특수교사로 일하고 있다. 그들이 맡은 아이들은 각각 두 명씩이다.

이들 부부의 최고 목표는 '친절한 보호'가 아니라 아이들의 자립이다. 그래서 아이가 넘어져도 절대로 먼저 손을 내밀지 않고 스스로 일어날 때까지 뒷짐을 지고 있다. 때론 '독한 교사, 나쁜 교사'로 오해를 받기도 하지만 진짜 아이들을 위한 길을 알기에 변명도 하지 않는다.

이들 부부가 아이들 부모와의 교육방식 충돌, 일반 교사로부터의 소외, 아이들과의 의사불통 등을 극복하는 비결은 '기다리는 것'이다. 그래서 CK 부부는 아이들이 장애에 대한 편견을 넘어 자립을 할 수 있는 그날까지 기다려줄 모양이다.

남편은 라이브 통기타, 아내는 일류 주방장

IS 부부는 안성 금광호수에 자리 잡고 있는 한 레스토랑을 10년째 경영하고 있다. 남편 I가 촌장이고, 부인 S는 주방장이다. 수많은 레스토랑이 금방 생겼다 없어지거나 업종 변경을 하곤 하는 금광호수 주변의 '식당 생태계'로 보자면 10년째 장수하고 있는 IS 부부의 레스토랑은 꽤나 독보적인 존재다.

IMF 이후 이들 역시 수많은 '불황'을 겪었지만 포기하지 않고 꿋꿋이 버티고 있다. 꿈이 있기 때문이다. 그 꿈은 전형적인 음악 레스토랑을 만드는 것이다. 젊은 시절 한때 DJ를 했던 남편 I가 소장하고 있는 LP와 CD만으로도 얼마든지 실현 가능한 꿈이다. 다만 '자신의 건물이 주어진다면' 하는 조건이 문제일 뿐. IS의 레스토랑에 가면 언제나 '7080 통기타 라이브' 공연을 즐길 수 있다. 물론 통기타의 주인공은 I다.

그런 남편을 자랑스럽게 여기는 아내 S는 I의 아름다운 동반자다. 그녀의 장기는 '남의 이야기를 잘 들어주는 것'. 울적한 기분을 달래러 왔던 손님들이 그녀에게 속사정을 털어놓고는 속이 후련해져서 돌아가는 일이 다반사다. 게다가 요리 솜씨도 좋다. 부부가 번갈아 가며 요리를 하지만 남편은 주로 '바깥'을 책임지고, 주방은 대부분 아내의 몫이다.

친구같이, 참 재미있게 잘사는 부부다.

나의 가장 친한 친구

이쯤 되면 당신은 나의 대답을 눈치 챘을 게다. 그렇다. "당신의 가장 친한 친구는 누구요?" 하고 묻는다면 나는 "나의 아내다."라고 대답하겠다. "그럼 그 다음으로 친한 친구는 누구인가?"라고 묻는다면, "또 역시 나의 아내다."라고 하겠다. 김구 선생처럼, 한 번 더 읊어댄다면 "그 다음으로 친한 친구가 누구냐?"는 물음에도 내 대답은 같다. 내가 의도한 것도 아내가 의도한 것도 아니지만 살다 보니 그렇게 되었다.

이제 당신도 생각을 한번 바꿔보라. 당신의 배우자가 세상에서 가장 친한 친구라고. 그러면 당신 부부의 삶이 한층 업그레이드될 것이다. 경험자로서 장담한다. 날 믿고 따~ 라~ 와.

유서 써놓고 세계 배낭여행 떠난 부부

배우자와 함께하기 위해 기꺼이 시간과 돈과 에너지를
투자했던 '못 말리는 부부들'처럼 사는 건 특별한 게 아니라
당연한 일이다. 우리도 좀 그럴 필요가 있다.

"당신은 어느 나라가 좋아?"

퇴근한 아내가 다짜고짜 묻는다. 무방비 상태에서 '훅' 들어오는 어퍼컷이다. 갑자기 저 사람이 왜 저러나? 저의(?)가 무얼까? 이렇게 머리를 굴려야 되는데, 난 아직도 그게 약하다. '무개념'을 탑재한 대답을 늘어놓는다.

"옛날엔 간디가 사는 나라 인도였고, 요즘은 틱낫한 스님이 사는 나라 프랑스도 괜찮고."

대화가 그것으로 일단락되는 듯하다. 잠시 침묵. '침묵의 순간은 천사가 우리 곁을 지나는 순간'이라고 누가 그랬던가. 하지만 그 침묵이 때로는 악마가 산책하는 순간일 수도 있다. 어색한 침묵을 깬 건 아내다.

"당신도 참! 나한테도 물어봐야지! 그렇게 눈치가 없어?"

'응, 없어.' 당장 이렇게 이야기하고 싶지만, 차마 그럴 순 없다. 엎드려서라도 절을 받기 원하는 사람에게는 절을 해야 배려다. 영혼이 거의 장착되지 않은 질문을 던진다.

"그럼 당신은 어느 나라가 좋은데?"

아내가 드디어 하얀 이를 드러내며 살며시 웃는다. 남자란 인간들은 찔러줘야 안다는 표정으로.

"나는 뉴질랜드가 좋더라고~."

웬 뉴질랜드? 설마 거길 가고 싶다는 이야기인가? 설마? 아주 조신한 마음으로 감히 아내에게 묻는다.

"웬 뉴질랜드?"

"우리 엊그제 〈아빠 어디 가〉(MBC 예능프로그램) 봤잖아."

아내의 소망은 출처가 참 소박하다. 나와 함께 봤던 〈아빠 어디 가〉에서 아이들과 아빠들이 다녀왔던 뉴질랜드 홈스테이가 바로 그 출처였던 것이다. 화면에 보이는 뉴질랜드 아이들은 어렸을 적부터 풍부한 정서를 누리며 살았다. 아내는 그런 여유로운 나라가 좋다는 거다. 우리나라는 좁고 치열하고 머리 박 터지는 나라라서 좀 그렇단다. 참 그럴싸한 이유다. 이쯤 되면 아내가 좋아하는 나라와 그 이유에 대해 박수를 쳐줘야 눈치가 있는 거겠지.

환호성과 함께 아내에게 박수를 보낸다.

"브라보!"

이 정도면 뜬금없는 아내의 '좋아하는 나라 이름 대기 놀이'는 끝나겠지? 하지만 '브라보'와 함께 시작된 나의 박수가 끝나기도 전에 아내가 대뜸 묻는다.

"근데, 우리는 신혼여행 갔던 제주도 말고는 해외로 나가본 적이 없다, 그치?"

박수소리가 게 눈 감추듯 점점 기어들어가고 내 얼굴은 '허걱'이란 단어로 채워지고 있다. '20년을 살아도 여전히 뒷북'이라는 한 남자의 뒷북치는 소리가 마음을 살짝 흔든다.

"당신, 해외여행 가고 싶구나?"

뒷북치는 남자의 히든카드 치고는 꽤나 괜찮다. "어떻게 알았지? 당신 천잰데?" 이렇게 나올 거라 생각한 내게 아내는 말한다.

"그건 아니고."

'그건 아니고~.'란 아내의 말은 얼마나 진실일까? 이럴 땐 사람 속을 훤히 들여다보는 안경이라도 있었으면 좋겠다. 그렇게 여행 이야기를 하다 보니 얼마 전 취재했던 부부가 생각난다.

들이댄 남자, 알고 보니 멋있네

내가 보기엔 이들만큼 재밌는 부부가 또 있을까 싶다. 세계여행을 위해 일상을 산다고 할 만큼 세계여행에 푹 빠져 사는 BY 부부 이야기다.

지금 안성 공도에 살고 있는 BY 부부가 처음 인연을 맺은 곳은 서울 신림동 달동네의 어떤 '야학'이었다. 당시 야학 교사는 대부분 대학생이었는데, 두 사람은 직장을 다니면서 조금 늦은 나이에 야학 교사가 되었다. 서로 직장이 달랐으니, 야학이 아니었다면 만날 일이 전혀 없었다.

야학 교사 가운데 '노땅'에 속했던 두 사람은 '동병상련'의 정으로 서로를 위로했다. 회식 자리에서 알뜰히 서로를 챙겨주고, 이런저런 대화를 나누다 보니 어느새 서로 호감을 가지게 되었다. 좀 더 정확하게 표현하면 남편 B의 마음에 아내 Y가 자리를 잡았고, 그 크기를 조금씩 키워가는 중이었다. Y에게 B는 그저 말이 좀 통하는 동료 교사였을 뿐이다.

본래 적극적인 성격의 B는 끈질긴 구애작전에 들어갔다. Y의 직장 앞에서 날마다 죽치고 기다렸다. 뭘 하려고? 요즘 말로 하면 '가방 셔틀'을 하려고. 사실 Y의 가방은 누가 들어주고 말고 할 것도 없이 가볍기 짝이 없다. 하지만, 사랑에 빠진 수컷에겐 무엇보다 귀한 사랑의 매개물이었다. 그러다 B가 드디어 Y의 마음을 사로잡게 된 날이 왔다.

야학에선 교사들도 아이들도 늘 배가 고프다. 그래서 누군가는 야식을 제공하곤 한다. 그런 일엔 남자인 B가 잘 나선다. 마침 요리도 좋아한다. 문제의 그날 저녁, 메뉴는 카레였다. B와 Y가 같이 장을 보러 가게 되었다.

"아줌마. 양파하고 당근, 감자 주세요."

"아 총각, 오늘은 여자친구랑 같이 왔구먼."

순간 3초 정도의 어색한 분위기.

"아줌마는~. 아니에요~. 절대 아니에요~."

B는 손사래를 치는 Y의 손을 몇 번이나 비틀어주고 싶지만, 겉으로는 그저 사람 좋은 웃음을 흘릴 뿐이다. '내가 웃는 게 웃는 게 아니야.'

"근데, 총각. 오늘은 감자 값이 많이 올랐어. 이대로 가져가. 알것쟈?"

Y는 속으로 '예 그래야죠.' 했다. 하지만 B는 달랐다.

"에이 무슨 말씀을. 한두 번 거래하는 것도 아니고. 이러시면 곤란하죠. 다음에 안 오는 수가 있어요! 허허허허허."

아줌마가 눈치를 준다. '여친'이라는 Y에게 저 총각 좀 말려보라고. Y가 마음속으로 '예 그래야죠.' 한 걸 아줌마는 읽었다. 아줌마도 장사를 하루 이틀 한 게 아니다. 그런 눈치를 주거나 말거나 B는 아줌마에게 계속 들이댄다.

"아줌마, 다음엔 오른 가격으로 드릴게. 오늘은 이렇게 주셔."

누가 이겼을까? B가 이겼다. 그렇게 흥정이 성사된 순간, 민망할 뻔했던 Y의 마음에 밑도 끝도 없는 마음 하나가 불쑥 솟아오른다.

'어라. 이 남자 좀 멋있는데?'

열심히 일하는 모습도 아니고, 열심히 가르치는 모습도 아니고, 열심히 운동하는 모습도 아니다. 감자 값을 깎아달라는, 어찌 보면 참 치사한(?) 남자를 보며 그런 마음이 들다니……. 내 참, 별 이상한 데서 멋을 느끼고 말았던 것이다. 사랑은 그런가 보다. 운명은 그렇게 하찮은 이유로 만나지나 보다. 그렇게 열심히 구애를 할 땐 돌아보지도 않던 Y가 아니었던가. 그때 Y는 그런 생각이 들더란다.

'저 남자, 적어도 나를 굶기지는 않겠네.'

3년 동거, 결혼, 그리고 세계여행

그날 이후 Y의 눈에는 요리를 해서 야학 학생들과 동료를 챙겨주는 모습, 생수 배달이든 택시운전이든 가리지 않고 열심히 사는 모습까지 다 멋있어 보이더란다. B는 전에도 그렇게 살았지만, Y의 눈이 달라진 것이다. 어쩌면 큐피드의 화살은 사람의 마음이 아니라 눈을 맞추는 모양이다.

그렇게 마음이 통한 그들. 하지만, 야학 시스템이 '파토'가 나면서 그들도

'물리적으로' 헤어질 시간이 왔다. B는 안성지역 신문기자로 가게 되었고, Y는 그대로 서울 직장에 다니고…….

혼자 객지 생활을 하게 된 B. 해본 사람은 알지만, 타향살이는 첫해가 제일 힘들다. 왜? 적응하느라. B는 Y를 불러들였다. 전술적으로 안성에 바로 부르기는 그렇고 해서 일단 천안의 원룸으로 이사를 시켰다. 안성에서 차로 30분 거리다. 이미 둘은 하루라도 떨어져선 못 살 것 같은 사이, 낮을 함께 보내는 사이에서 밤을 함께 보내는 사이가 된 것이다.

이렇게 '동거'를 시작한 그들은 2006년에 결혼을 했다. 동거 3년 만이었다. 정확하게 말하면 혼인신고를 했다. 결혼식은 올리지 않았다.

신혼여행은 유럽으로 떠났다. 장장 한 달이었다. 그것이 바로 부부의 '세계여행' 서막이었다. 2007년에는 아예 1년 계획을 잡았다. 무작정 떠나는 배낭여행이라 생사를 장담할 수 없다고 생각한 부부는 '유서'를 써놓고 떠났다. 실제로 부부는 2007년 중국대지진, 인도 뭄바이 테러현장 등을 경험하면서 수차례 죽음의 위기를 넘겼다. 당시 그들이 둘러본 나라는 중국을 비롯해 베트남, 필리핀, 태국, 싱가포르, 인도 등이었다. '세계여행'을 꿈꾸었지만 '아시아여행'으로 끝난 아쉬움 때문이었을까? 그 후에도 부부는 틈만 나면 세계여행을 감행했다.

술과 요리를 좋아하는 B는 어느 나라를 가든 게스트하우스에서 인기 만점이었다. 파티를 열고, 수십여 명의 외국인을 초대하기도 했고, 인도에서는 이틀이 멀다하고 파티를 했다. 태국에서는 아예 3개월 동안 살다가 오기도 했고, 베트남 현지인들과 함께 NGO 활동을 하기도 했다. 요즘도 부부는

SNS를 통해 여행에서 만난 사람들과 교류를 이어가고 있다. 또한 이들 부부는 '500여 건의 여행과 3,400장의 여행사진'이 담긴 블로그를 운영하고 있다.

"여행을 떠나면 매순간 스스로에게 집중할 수 있어 좋다. 뭘 먹어야 할지, 어떻게 해야 할지 선택하는 과정에서 자신을 만나게 된다. 그리고 다른 사람들의 다른 세계관을 접하면서 나 자신을 돌아보게 된다. 그리고 여행을 다녀오면 '이 정도는 갖추고 살아도 되겠지?'란 욕심을 내려놓게 된다."

BY 부부의 '여행관'이다.

이들 부부는 왜? 그리고 어떻게?

이쯤에서 궁금한 점이 세 가지 정도 생긴다.

1. 원래 독신주의자였던 Y와 결혼제도에 대해 호의적이지 않던 B는 어떻게 혼인신고까지 하게 되었을까?
2. 왜 이들 부부는 세계여행 마니아가 됐을까.
3. 틈만 나면 세계여행을 한다는데, 무슨 돈으로 그게 가능할까?

그 해답 속에는 Y의 아픔이 숨어있다. 2004년 암 투병을 하던 여동생을 지켜보던 아버지가 세상을 먼저 떠나고, 이듬해에 여동생이 세상을 떠났다. Y는 아등바등 사는 인생에 회의를 느꼈다. 이때, B의 위로가 한몫을 했다. B와 Y는 고통의 터널을 함께 지났다. Y는 '이 남자라면 내 인생을 맡겨도 좋을 것 같다.'고 생각했고, B는 '이 여자라면 내가 평생 든든한 마당쇠가 되어

줄 수 있을 것 같다.'고 생각했다. 이렇게 그들은 남들 다하는 결혼이란 제도에 골인했다. 평소의 결혼관이 사랑으로 인해 깨지는 순간이었다.

그들의 결혼과 세계여행은 무슨 관계가 있을까? Y는 여동생을 먼저 보내면서 시간은 사람을 기다려주지 않는다는 것을 깨달았다. 하고 싶은 일을 미루지 말고 살자는 생각이 들었다. 원래 도전적이고 집시 기질이 있었던 B도 세계여행을 생각한 바였다. 부부는 그렇게 의기투합했다.

그럼 비용은? '1년 아시아여행'을 위해서는 전셋집을 빼고 차를 팔았다.

B는 신문기자를 거쳐 요리사 등을 하면서 돈을 번다. Y는 특허번역(프리랜서)을 하면서 돈을 번다. 돈을 벌면 여행을 위해 저축한다. 그럼 아이는? 이들 부부는 진작에 아이를 낳지 않기로 합의를 봤다. "자식을 낳아서 '올인' 하는 삶 대신 그 비용과 노력으로 여행을 하겠다."는 거다. 또한 "그 비용과 노력을 평소 사회에 기부하고 있다."고 자신 있게 말한다.

사실, B와 Y는 본래 한마디로 '무자식주의자'다. 합의하고 자시고 할 것도 없다. 다만 양가 부모들을 설득하는 게 과제였다. 쉽진 않았지만 그들은 마침내 해냈다. 왜냐하면, 부모들이 그들의 결혼생활을 대신 해줄 건 아니니까. 그들이 그렇게 살겠다는데 부모인들 어쩌랴.

주변 사람들은 이들 부부 집에 가보곤 놀란다. 텔레비전, 냉장고, 침대 등 꼭 필요한 것 이외에는 아무것도 없다. 이들 부부에 의하면 차량만 소유하지 않아도 1년에 500만~600만 원은 절약하는 것 같다고 했다. 몇 차례 세계여행 덕분에 비용절감 노하우도 생겼다.

"사람들은 '우리도 세계여행을 떠나고 싶다. 어떻게 하면 되느냐.'고 묻는다. 하지만, 여행을 떠나지 못하는 여러 가지 이유에 묻혀 결국 포기한다. 우리 부부는 우선순위를 정했고, 그것을 실행했다."며 조언도 해주었다.

Y는 "부부는 함께할 수 있는 게 많아야 평생 사이좋게 살 수 있을 것."이라고 말한다. BY 부부의 공통분모는 세계여행이고, 부부는 여행을 하면서 인생을 누리다가 고통 없이 한날에 함께 죽는 게 소원이라고 했다. 특히 B는 아내가 먼저 죽으면 집시처럼 떠도는 폐인이 될 거라며 아내 사랑을 확인해줬다.

"다음에는 남미 여행을 가려고 한다. 스페인어도 배우려고 한다."는 부부. 여행을 떠나기 전에도, 다녀와서도 마음이 설렌다는 이들 부부를 누가 말릴까.

우리 사회는 결혼을 한 부부라도 지나치게 주변 사람과 가까이 있다. 남편은 친구와 직장동료에게, 여자는 친정식구에게. 무엇보다 자녀들에게. 다시 말하거니와 부부 당사자가 가정의 중심이요 세상의 중심이다. 배우자와 함께하기 위해서 기꺼이 시간과 돈과 에너지를 투자했던 '못 말리는 부부들'처럼 사는 게 당연하다. 특별한 게 아니다. 배우자와 함께하는 시간을 최우선에 두어야 행복해진다.

나는 아내에게 다시 물었다.

"근데, 여보. 당신 진짜 뉴질랜드에 가보고 싶었던 거 아냐?"

아내가 빙그레 웃는다. 여자는, 아니 아내는 늘 저런 식이다. 나는 열 길 물속도 모르겠고, 한 길 아내 속도 모르겠다.

이분들 잉꼬부부 맞죠?

어떤 유형의 부부든, 어떤 시대의 부부든
오롯이 서로의 자아 성장과 자아 생존에 도움이 될 때,
진짜배기 부부라 할 수 있다.

당신은 미혼자인가. 그러면 좋은 결혼생활을 위해 다양한 부부를 탐구하기를 권한다. 당신은 기혼자인가. 역시 좋은 결혼생활을 위해 남의 부부를 탐구하기를 권한다. 자신을 제대로 보려면 타인을 살피는 것만큼 좋은 방법도 없다.

그런 뜻에서 잠시 내 아내가 리포트한 한 부부를 살펴보자.

독신주의자끼리 웬 결혼?

육순의 이들 부부를 편의상 CU 부부라고 하자. 남편은 작곡가이고, 아내는 가수다. 이들의 나이는 2013년 현재 예순넷과 쉰아홉이다.

결혼 전까지 부부는 모두 독신주의자였다. 말하자면 '결혼은 미친 짓이다.'

에 전적으로 동의하고 살던 사람들이다. 예술가에다 프리랜서로서 결혼이란 제도로부터 '프리'하고 싶었다. 하지만 어디 인생이 뜻대로만 되는가. 이들은 남편이 서른일곱, 아내가 서른두 살 때 만나 결혼했다. 애초 결혼에는 생각이 없었지만 만나다 보니 생각이 통했다. 이들을 결혼으로 인도한 공통된 사상, 그건 바로 '독신주의'였다. 참으로 아이러니한 일이다.

결혼기념일은 애당초 챙기지 말자

결혼할 때 다짐을 했다. 각서까진 쓰지 않았지만, 모종의 합의를 했다.

"처가와 시댁은 챙겨주지 말자. 자신의 집은 각자 알아서 챙기자. 결혼기념일 같은 것은 생각하지도 말자. 서로의 프라이버시는 알려고도 하지 말자."

이런 탓에 부부는 아직도 서로의 신상에 대해 모르는 게 많다. 뿐이랴. 부부는 첫날밤부터 침대를 따로 썼다. 남편이 김태희 꿈을 꾸든, 아내가 소지섭 꿈을 꾸든 상관할 바가 아니라며 웃었다.

결혼 당시 그들의 첫 번째 합의는 '무자식'이었다. 아내의 어머니는 "그렇게 해서 폼나게 살 거라면 그렇게 하라."고 했고, 남편의 어머니는 "그려, 무자식이 상팔자여."라고 지지해줬다고 했다. 그 부모에 그 자식들이다. 그들이 이런 합의를 한 이유는 비록 결혼은 했지만 독신주의의 핵심을 놓치고 싶지 않아서였다. 아내는 "내 남자가 자녀들 때문에 초라한 인생을 살게 할 수 없었다."고 했다. 그런 점에서 남편도 마찬가지였다.

결혼은 뭐 하려고 했나?

이 정도 되면 '결혼은 뭐 하려고 했나? 혼자 살지.' 이렇게 따지고 싶을 거다. "내 말이!" 하고 싶지만, 목격하고 들은 게 있으니 차마 그렇게는 말할 수가 없다.

이 부부는 대화가 일상이다. 대화가 많을 뿐 아니라, 대화의 내용도 일반 부부와 많이 다르다. 서로의 신상에 대한 이야기는 거의 없다. 예컨대 "몸이 아프냐. 머리가 그게 뭐냐. 어제 뭐 했냐." 등은 금기다. 노부부는 차를 마시며 "요즘 대중가요계가 어떻고, 사회가 어떻고, 우주가 어떻고" 등을 이야기한다. 아내가 말할 때, 남편은 아주 겸손하고 진중하게 듣는다. 남편이 말할 때는 아내 또한 진지하게 듣는다. 그들의 평소 대화는, 그들의 증언이 아니라 태도에서 읽을 수 있다.

내가 그들을 만난 것은 아내의 새로운 5집 앨범 때문이었다. 아내는 환갑이 다 된 나이에 새로운 앨범을 냈다. '아이돌' 문화에 치우친 가요계에 쓴소리를 하고 싶어서. 그들은 이를 '60대의 반란'이라고 칭했다. 그 앨범에 수록된 곡들은 바로 남편 C가 작곡한 것들이다. 60대에도 '반란'을 꿈꾸는 그들의 노래다.

잉꼬부부, 사전적 의미를 넘어서

잉꼬부부를 사전에서 찾아보면 '다정하고 금슬이 좋은 부부를 잉꼬에 비유하여 이르는 말'이라고 설명돼 있다. 우리가 흔히 잉꼬라고 알고 있는 새는 사실 '사랑앵무'다. 잉꼬란 이름은 일본어 '인코'(鸚哥)를 잉꼬라고 발음한 데서 온 거다. 잉꼬는 평소에도 사이가 좋지만, 암컷이 새끼를 낳고 기를 때면 수컷의 사랑이 더욱 유감없이 발휘된다. 사랑앵무, 그 이름값을 한다.

잉꼬부부라 하면 왠지 서로에게 자상하고, 애교도 부리는 그런 사이를 연상하게 된다. 시쳇말로 '닭살부부'의 고상한 버전 정도로 이해한다. 따라서 잉꼬부부에서 연상되는 단어는 '다정다감, 자상함, 친절함' 등이다. 하지만, 타고난 기질상 그런 단어와 거리가 먼 사람들 가운데도 잉꼬부부는 얼마든지 있을 수 있다. 잉꼬부부란 '사이가 좋아 보이는 부부'가 아니라 '사이가 좋은 부부'이기 때문이다.

부부는 서로의 자아 성장과 자아 생존에 도움이 될 때, 진짜배기 부부라 할 수 있다. 부부를 뭐라고 정의하든, 뭐라고 설명하든 이 핵심을 놓쳐선 안 된다. 이를 놓치는 부부는 이름만 부부다.

여기서 다시 한 번 물어보자. '독신주의자'끼리 만나 서로의 '사생활'에 대해서는 아는 것보다 모르는 게 더 많은 CU 부부는, 잉꼬부부인가 아닌가?

부부 권태기 체크리스트

1. 이혼에 대해 심각하게 고민한 적이 있다.
2. 배우자가 없는 생활을 꿈꾼 적이 있다.
3. 다른 사람과의 사랑을 꿈꾸게 된다.
4. 대화나 전화 통화를 하지 않는 것이 오히려 편하게 느껴진다.
5. 장점이라 생각했던 것들이 단점으로 보이기 시작했다.
6. 다른 부부의 배우자와 비교했을 때 한없이 부족해 보인다.
7. 이유 없이 배우자가 밉거나 행동에 대해 짜증이 난다.

강남노블스여성의원이 제공한 체크리스트를 참고해서 만들었습니다.

* 위의 항목에서 두 가지 이상이 해당된다면 부부의 권태기를 의심해볼 만하며, 네 가지 이상이라면 전문가의 상담을 받아볼 것을 권한다.

제 5 부

결혼은 인형 뽑기가 아니다

결혼은 주변 사람들과 '사랑의 선긋기'다　결혼은 인형 뽑기가 아니다
당신 어머니지, 내 어머니는 아니잖아　요즘 결혼관에 태클을 걸다
'자백'은 행복한 부부로 가는 지름길　웬만하면 시간이 해결해준다　우리 부부의 노후 대책은 우리다

결혼은 주변 사람들과 '사랑의 선긋기'다

결혼이란 만인 앞에서 부부와 만인 사이의 적당한
사랑의 경계를 정하는 것과 같다. 일종의 '사랑의 선긋기'가
바로 결혼인 셈이다.

사전에서는 결혼을 '남녀가 정식으로 부부관계를 맺음'이라고 이야기한다. 남녀가 정식으로, 즉 합법적으로 사회적 절차에 따라 부부관계를 맺는다는 뜻이다. 간단하지만, 대단한 정의다.

결혼은 당사자와 주변 사람들이 모두 함께 약속하는 것

우리 주변에는 부모, 형제, 친구, 스승 등 수없이 많은 사람이 있다. 이 수많은 사람 중 이제부터 한 사람을 더 사랑하겠다고 공표하고 약속하는 행위가 바로 결혼이다. 결혼은 사랑의 우선순위를 결정하고 만인에게, 특히 두 사람의 주위 사람들에게 공표하는 행위라 할 수 있다.

"지금부터 우리 두 사람은 정식으로 좀 더 가깝게 사랑할 테니 양해해주

십시오. 우리의 사랑행각이 눈꼴사나워도 이해해주시고, 섭섭해도 양해해 주세요. 특히 부모님들은 결혼해보셔서 알겠지만, 우리 두 사람의 유별난 사랑을 인정하고 받아들여주시길 바랍니다. 냉정하게 말해서 이제부터 부모님보다 배우자를 우선순위에 두고 사랑하며 살겠다고 공표하는 게 결혼이 아니겠습니까? 이 우선순위를 일가친척 여러분들도 지켜달라는 것입니다. 이거 지키지 않으면 곤란합니다. 하하하하."

이 선언은 부부 당사자의 것이다.

"이제부터 저 두 사람에겐 결혼 이전과 같은 분량의 사랑이나 관심을 요구하지 않겠다. 저 두 사람의 사랑이 우선이고, 우리들과의 사랑은 2차, 3차임을 인정한다. 신랑신부가 서로 사랑함에 있어 걸림돌이 되지 않겠다. 신랑신부에게 무리한 요구를 하지 않겠다. 처음부터 잘 되진 않겠지만 주변에 사는 우리들이 노력할 것을 약속한다."

이것은 주변 사람들이 결혼식날 부부를 보면서 하는 약속이다. 부부 문제 중 많은 부분이 바로 이 약속을 서로 지키지 않기 때문에 발생한다.

사랑의 우선순위 이행은 당사자들이 더 중요하다

부부싸움의 원인은 대부분 '우선순위'의 약속을 이행하지 않기 때문에 온다. 결혼을 하고도 부모나 형제, 친구가 우선이라면 그냥 독신으로 사는 게 자신에게도, 배우자에게도 좋다.

사랑의 우선순위는 다른 사물과 '일'에도 해당된다. 어떤 사람은 일에 지나치게 매진하느라 부부관계를 소홀히 한다. 명분은 가정의 미래를 위해서라고 하지만, 이건 출발부터 약속위반이다. 세상 어느 것보다 배우자를 우선순위로 사랑하겠다는 약속은 먼 미래에 그렇게 하겠다는 것이 아니다. 이건 의무감과는 다른 이야기다. 단순히 배우자가 좋아서, 사랑스러워서 결혼한다면 파국은 쉽게 온다. 그건 "탐나는 물건을 내 손에 넣겠다. 하지만 책임은 지지 않겠다."는 심보와 같다.

요즘은 솔직한 사람들이 많다. 결혼이란 게 사랑의 우선순위를 공표하는, 그래서 책임을 수반하는 것임을 알기 때문에 아예 독신으로 살겠다는 부류들이다. 결혼이란 제도에 자신을 구속하고 싶지 않은 사람들이다.

우선순위는 부모 자식에게도 똑같이 적용하라

눈에 넣어도 아프지 않은 자식의 경우라면 어떨까? 나의 경우를 예로 들어보겠다. 나는 처음부터 '아내가 먼저'였다. 소위 딸바보, 아들바보가 아니었다. 예비군 훈련을 가든 연수를 가든 아이들보다 아내가 보고 싶었다. 지금도 마찬가지고, 별일 없다면 앞으로도 그럴 거다.

젊었을 때도 난 알고 있었다. 자식들은 품안에 있을 때 사랑했다가 때가 되면 놓아주어야 할 철새라는 걸. 내 옆에 평생 남아 나를 아껴줄 사람은 아내라는 걸. 자식이 없어도 잘살 수 있지만, 아내가 없으면 살기 힘들 거라는 걸. 딸과 아들에겐 미안하지만(사실 미안할 것도 없다. 억울하면 지들도 결혼해서 우리에게 그러면 되니까.) 난 이걸 고수해왔다.

이런 마음으로 살면 아이들이 상처 받지 않을까? 우리 아이들은 오히려 그걸 당연하게 여길 뿐 아니라 뿌듯해 한다. 아이들이 자신의 삶을 든든하게 여길 때가 바로 부부 사이가 좋을 때다. 자신들의 뿌리가 튼튼하다는 것을 확인할 수 있기 때문이다. 자신들의 근원이 사랑으로 엮여 있음을 알 때, 아이들은 삶의 무한한 에너지를 경험한다. 반대로 부부 사이가 좋지 않은 가정의 아이들은 왠지 불안해 하고, 우울해 한다. 자신들의 뿌리가 흔들리고 있기 때문이다.

그렇다면 부부의 부모들은 섭섭하지 않을까? 잘 살펴보라. 사이가 좋은 부부들이 자신들의 부모를 등한시하는 걸 봤는가? 부부 사이가 좋다는 건 단지 자신의 배우자만을 사랑하는 것이 아니다. 아내를 사랑하는 남편은 처가 식구를 함부로 대하지 않고, 남편을 존경하는 아내는 시부모를 각별하게 대한다. 물론 그 순간에도 우선순위는 항상 배우자에게 가 있어야 한다.

결혼생활이 삐끗하는 것 같다면, 근본적인 질문을 다시 한 번 해보라.

'우리 부부는 사랑의 우선순위를 제대로 지키고 있는가?'

결혼은 사랑의 우선순위를 공표하는 행위다

여기서 한 가지 더. 결혼이란 만인 앞에서 부부와 만인들과의 적당한 사랑의 경계를 정하는 것과 같다. 일종의 '사랑의 선긋기'가 결혼이다. 그동안 내가 사랑해왔던 사람들 사이에 적당한 선을 긋는 것이다.

배우자를 사랑한다는 건 배우자만이 아니라 그의 모든 것을 사랑하는 것이다. 하지만 살다 보면 배우자가 먼저냐 부모가 먼저냐, 사랑의 우선순위를 정하기 곤란할 때가 있다. 그렇더라도 혼동해선 안 된다.

아내가 "당신 어머니지 내 어머니는 아니지 않는가."라고 말했다고 해서

불같이 화를 내서는 곤란하다. 남편이 "당신 아버지는 내게 너무 하시잖아." 라고 말했다고 해서 "당신이 그럴 수 있냐."며 펑펑 울어도 곤란하다. 감정적으로 속상한 건 사실이지만, 솔직하게 인정할 건 인정하자. 배우자를 사랑하기에, 배우자와 잘 지내고 싶기에 상대방의 부모를 받아들이는 것이다. 아니 받아들이려고 노력할 뿐이다. 노력은 인위적인 행동이다. 저절로 이루어지는 행동이 아니다. 자연스럽지 않은 걸 자연스럽게 하라고 강요하는 것만큼 고문은 없다.

이제부터라도 배우자를 고문하는 걸 멈추자. 결혼하는 순간, 우리는 우리들의 부모와 식구로부터 스스로 사랑의 선긋기를 해야 한다. 사랑이란 이름으로 막무가내 식의 '어울렁더울렁'은 서로에게 속 깊은 상처만 안겨줄 뿐이다. 이걸 명심한다면 수많은 마마보이들과 효자들이 개과천선하지 않을까? 어쩌면 KBS 드라마 〈사랑과 전쟁〉의 소재가 고갈되어버리지 않을까?

결혼은 인형 뽑기가 아니다

남편은 사랑하지만, 남편의 어머니는 받아들일 수 없다.
아내는 사랑하지만, 아내의 형제는 미워한다. 결혼이 인형 뽑기도 아니고, 어떻게 그렇게 쏙 가려가면서 사랑할 수 있나?

결혼을 인형 뽑기처럼 생각하는 사람들이 간혹 있는 모양이다. 결혼은 당사자가 핵심이라는 말에는 전적으로 동의하지만 그렇다고 인형 뽑기 식의 결혼은 곤란하다. '인형 뽑기 식 결혼'이라니, 무엇을 말하는 걸까?

YS 부부 이야기

내가 만난 YS 부부를 소개하겠다. 남편 Y는 결혼 전까지만 해도 주먹으로 사는 건달이었다. 경찰서를 제 집 드나들 듯했다. 그때, S를 만났다. 굼벵이도 구르는 재주가 있다고, Y는 노래를 썩 잘했다. 들국화의 '매일 그대와'를 S 앞에서 멋들어지게 불렀다. 아내는 한눈에 반했다. 뒤에 안 일이지만, 남편 Y의 의도된 작업이었다.

아내와 남편은 달라도 '너~ 무' 다른 삶을 살았다. S는 어려운 일이라곤 별로 겪어보지 않은 유복한 집안에서 자랐다. 반면 Y는 부모님의 불화와 가난이 일상이었다. 아내는 카누 선수였고, 남편은 한 방을 노리는 사내였다. 그들의 만남을 '운명'이란 단어 말고 무엇으로 설명해야 할까?

뭐가 급했는지 S는 결혼식도 하지 않고 시집에 돌입했다. 시댁은 '시골'이었지만 농사꾼 집안은 아니었다. 마대 공장을 했다. 공장이라고 하니 대단한 것 같지만, 남편의 어머니 혼자 재봉틀을 두고 한 부업 규모의 일이었다. 공장이랄 것도 없이 비닐하우스가 다였다.

Y는 S를 만나 가업 아닌 가업을 잇게 되었다. 어머니의 재봉틀을 발판삼아 열심히 일했다. 잠은 세 시간 이상 자본 적이 없었다. 납품기일을 맞추기 위해 밤을 새우는 일도 다반사였다. 심지어 남편 Y는 과로로 쓰러져 이틀 동안 꼬박 깨어나지 못한 적도 있다. 1997년이었다. 이렇게 열심히 일한 덕분에 직원도 생기고, 매출도 올라갔다. 모범적인 중소기업으로 상도 받았다.

이런 그들에게 청천벽력이 떨어졌다. 2003년 4월, 기계 과열로 공장에 불이 났다. 화학성분 제품이라 불은 하루 꼬박 탔다. 헬기 세 대가 동원되고, 인근 야산도 일부 태웠다. 경기도 안성 미양면 일대에서는 가장 큰 불이었다. 다행히 인명피해는 없었지만 재산 손실은 어마어마했다. 불에 타버린 3억 원어치의 제품에다 야산 소실에 대한 배상금, 화재 뒤처리 비용 등으로 10년 동안의 노력이 하루아침에 날아가 버렸다.

다행히 주변의 도움으로 재기했다. 부지를 매입하고 공장을 직접 지었다.

이제 일어서는 듯했던 순간, 친구에게 빌려준 돈 때문에 2억여 원의 부도가 났다. 겨우 일어서는 사람을 친구가 짓밟은 셈이다. 하지만 진짜 큰 문제는 부부간의 불화였다. 공장 화재 때도 마음을 합쳤던 부부지만, 남편이 아내의 권유를 무시하고 빌려준 돈이 문제가 되었다. 의리와 정을 중요시하는 남편은 종종 빌려주고 곤란을 당하곤 했다. 남편은 술로 날을 지새웠다.

남편과 아내는 심하게 다퉜다. 아내는 "왜 내 말 안 들었냐."였고, 남편은 "낸들 그러고 싶었냐."였다. 가정이 깨질 위기였다. 이때 위기를 이겨내게 해준 건 시어머니였다. 시어머니는 S를 다독이고 격려했다. 아내는 시어머니의 사랑에 백기를 들고 마음을 다스렸다.

아내 S는 현명했다. 남편의 얼룩진 과거 내력과 가난한 환경을 모두 자기의 것으로 받아들였을 뿐만 아니라 힘을 보탰다. 남편의 어머니의 충고와 위로를 받을 줄 아는 사람이었다. S의 시어머니도 대단했다. 부부가 위기 속에 있을 때, 아들 편을 들지 않고 며느리를 위로하고 격려하여 마음을 돌려놓게 했다.

배우자만을 사랑할 순 없다

그 사람을 사랑한다 하면서 그가 소중히 여기는 사람들을 무시한다면 그 사랑은 애초부터 진실이 없다.

내 곁에 한 사람이 있다. 그가 어떤 사람인가라고 물을 때, 그 사람의 습관이나 주변, 환경 등을 고려하지 않고는 대답할 수 없다. 살아오는 동안 주위의 모든 것에 자신의 흔적을 심어놓았기 때문이다. 시간이 흐르면서 주변의 그것들이 그 자신이 되어버리는 경우도 있다. 심리학적 용어로 '동일시'라고 한다. 우리는 살아가면서 사소한 것을 자신과 동일시하는 경우가 많다. '아내'를 예로 들어보자.

집에 손님이 온다. 아내는 마음이 분주하다. 청소도 해야 하고, 음식도 준비해야 한다. 신경이 온통 손님맞이에 가 있다. 반면 남편은 "뭘 그렇게까지 해. 대충대충 하자."라고 한다. 그런 남편을 보는 아내는 속상하다. 남편에게 짜증을 내고 화를 낸다. 남편도 짜증나고 화난다.

드디어 손님이 온다. 짜증은 잠깐 뒤로 물리고 상냥한 얼굴로 손님을 맞는다. "그냥 오지, 뭘 이런 걸 다~." 남편의 목소리다. 아내는 자꾸만 청소 상태가 신경 쓰인다. 남편은 '손님은 청소 검사하러 온 게 아니다. 사람 만나러 왔지.'라는 마음으로 손님을 대한다.

드디어 식사시간이다. 아내가 정성껏 준비한 요리를 정성스레 내온다. 그때까지도 아내는 초긴장이다. 숟가락이 입에 닿는 그 순간이 중요하다. "햐, 맛이 일품일세."라며 바로 삼키면 성공이다. 반면, 1초쯤 뜸을 들이다가 "햐, 맛이 일품일세."라고 하면 실패다. 손님 입장에서는 훌륭하지도 나쁘지도 않은 음식 맛을 그렇게 표현했겠지만 아내 입장에선 기분이 상한다.

아내는 손님들이 빨리 일어나 가줬으면 한다. 남편은 손님들이 언제까지나 있어줬으면 한다. 아내는 무얼 해도 진심으로 즐기지 못한다. 남편은 무얼 해도 즐겁다.

겨우 손님을 치르고 나면 아내는 파김치가 된다. 남편도 손님 치르느라 힘들었다며 엄살을 떤다. 아내의 속상함이 배가 된다.

"당신은 도대체 생각이라곤 개미 똥만큼도 없는 것 같아."라고 쏘아붙인다. 황당해 하는 건 오히려 남편이다. 남편은 그때까지만 해도 모든 게 잘 되고 있다고 생각했다. 남편은 '저 여자는 속을 알다가도 모를 까칠 대마녀'라고 생각한다. 아내는 "평생 그렇게 생각하고 살아라!" 하며 방문을 쾅 닫고 들어간다.

아내는 그런 사람이다. 자신이 만든 요리, 자신이 쓸고 닦은 거실 등이 곧 자신과 동일시된다. 음식이 맛있다고 반응이 오면 그건 곧 자신을 칭찬한 것으로 간주한다. 반면 조금이라도 못마땅해 하면 자신을 싫어하는 것으로 여긴다. 그 반응에 민감하다 보니 미세한 반응조차 귀신같이 알아챈다. 아내 자신을 나무라는 것도, 싫어하는 것도 아닌데 아내는 그렇게 느낀다. 그러니 "좀 마음을 편하게 가져. 엄연히 당신은 당신이고, 음식은 음식이잖아."란 남편의 합리적인 충고도 먹힐 리가 없다. 오히려 합리성을 따지는 그 말이 더 아내의 감정을 건드린다.

우리는 동일시의 천재들이다

이쯤 되면 아내들이 무슨 강박관념에 시달린다고 생각할 수도 있겠다. 하지만, 아내가 보인 일련의 반응은 우리 모두에게 해당된다.

누군가 어떤 책을 열심히 보고 있다. 그때, 친구가 지나간다. "나 그 책 봤는데, 정말 별로더라." 순간 기분이 확 잡친다. 전에 봤으면 봤지, 꼭 초를 쳐야 하나?

반대의 경우도 있다. 다른 친구가 또 지나간다. "그 책 참 재밌더라." 순간 얼굴에 화색이 돈다. 자신의 저작물도 아니면서 친구들의 한 마디에 일희일비하는 그게 바로 사람의 심리다. 내가 만든 게 아니더라도, 나의 손길과 눈길이 닿았다는 이유만으로 나와 동일시하는 것이다.

이렇게 '동일시'가 대단한 우리들인데, 남편은 사랑하지만 남편의 어머니는 받아들일 수 없다? 아내는 사랑하지만, 아내의 형제는 미워한다? 결혼이 무슨 인형 뽑기도 아니고 어떻게 그렇게 쏙 가려서 사랑할 수 있나? 이래서 우리는 갈등을 겪는다. 이기심 때문이다. 하지만 사실은 인형 뽑기도 쉽지는 않다.

당신 어머니지, 내 어머니는 아니잖아

아직도 집안 간의 결합이라는 풍습은 많이 남아 있지만
여전히 결혼의 핵심은 배우자 당사자 간의 결합이다.

말은 오랜 사회풍습과 사회구성원의 사상이 일구어낸 사회적 산물이다. 말을 보면 그 사회를 엿볼 수 있다. 그 사회가 감정적인지 이성적인지, 합리적인지 비합리적인지. 이제 '시댁'과 '친정'의 문제를 말로 한번 따져보자. 영어와 우리말을 비교하면서 말이다.

시부모에게 'you'라니……

한국 여성인 K는 캐나다 남성 C와 결혼했다. K는 캐나다 시집을 방문해서 시어머니를 만났다. 뭐라고 불렀을까? mother 혹은 mom? 천만의 말씀. 그냥 'you'다. 그 호칭은 다름 아닌 그녀의 남편 C가 K에게 일러준 거다.

K는 시부모를 부를 때마다 어색하고 찜찜했다. 심지어 죄책감까지 들었다

고 고백했다. 친구를 부를 때도, 시부모를 부를 때도 똑같이 'you'라니, 말이 되냐는 거다. 그렇게 곤란해 하는 한국 며느리에게 시부모들은 편하게 'you'라고 부르라며 격려하기까지 했다.

한국 시어머니라면 "어머니, 진지 드셨어요?"라고 해야 옳다. 하지만, 캐나다 시어머니에겐 "Do you have a lunch?"라고 묻는다. "너, 밥 먹었니?"라고 말이다. 조금 고상하게 표현하자면 "당신은 밥 먹었어요?"쯤 되겠다. 사실 K만이 아니라 남편 C까지 호칭, 특히 양가 부모에게 사용하는 호칭으로 인해 곤란을 겪었다. 그것이 단순한 호칭만의 문제가 아니란 걸 깨닫기까지는 3년의 세월이 필요했다.

'in law'와 'in blood'

말 나온 김에 영어에선 시부모를 뭐라고 하는지 알아보자. 시어머니와 시아버지는 'mother in law, father in law' 등으로 부른다. 시동생, 매제, 처제, 처형도 모두 'in law'만 뒤에 붙여주면 된다. 예컨대 'sister in law'라고 하면 '처형, 처제, 올케' 모두 다 해당된다.

일가친척을 이를 때는 'one's relatives in blood and law' 라고 한다. 혈연과 법적 관계를 모두 포함한 관계라는 뜻이다. 반면 친척은 'one's relatives in blood'다. 서양인들은 이처럼 'in law'와 'in blood'를 명확하게 구분한다. 법적으로 맺어진 관계와 혈연으로 맺어진 관계가 확실히 다르다.

'시어머니'와 '시아버지'도 서양식으로 따지면 '법적으로 맺어진 관계'다. 결혼이라는 법적 행위를 통해 생긴 관계일 뿐 혈연으로 맺어진 관계가 아니라는 것을 '언어'로써 정의한 것이다. 그들은 'in blood'와 'in law'를 구분하는 데 어려움이 없다. 죽었다 깨어나도 'in blood'가 'in law'가 될 수 없고, 그 역도 될 수 없음을 잘 안다. 관계가 흔들리면 곧바로 그들은 'in law'와 'in blood'의 기준으로 서로를 정리한다. 언어에서부터 확실한 정리가 되어 있다.

당신 아버지지, 내 아버지는 아니잖아

캐나다로 시집간 K의 예로 돌아가보자. 그녀는 시부모에게 'you'란 말을 쓰기도 불편했지만 남편 C에게 'your mother'란 말을 쓰기가 더 힘들었다고 했다. 자신이 영어를 만든 당사자가 아닌 바에야 달리 표현할 방법을 연구할 수도 없는 노릇이었다. 반면 C는 K에게 "Thanks for your father."라고 생글생글 웃으며 말했다.

캐나다 남편은 '당신의 아버지'란 말을 자연스레 사용한다. 그 말은 곧 '당신의 아버지지 나의 아버지는 아니다.'라는 걸 호칭에서부터 구분하는 거다.

영어권에서 시부모나 아내의 부모를 표현하는 또 다른 단어가 있다. 'husband's mother(father), wife's father(mother)'다. 남편의 어머니(아버지), 아내의 아버지(어머니)란 단어다. 다른 사람에게 소개할 때는 "This is husband's mother."라고 한다.

그들에게도 예외의 경우가 있다. 'my'를 넣어서 시부모나 처부모를 표현하는 경우다. 'my'를 넣는 경우는 뒤에 'in law'라고 붙인다. 예컨대, 'my father in law'라고 하면 시아버지와 장인을 모두 이르는 말이다. '결혼이라는 법적

행위로 맺어진 내 아버지'란 의미다. 재미있는 것은 'my father in law'는 의붓아버지라는 뜻도 포함한다. '시아버지, 장인' 등과 '의붓아버지'를 굳이 언어로 구분하지 않는 그들의 사고방식을 엿볼 수 있다.

캐나다 사회든 미국 사회든 소위 '고부 갈등'이 왜 없겠는가. 하지만 캐나다의 '고부 갈등'은 사람 사는 사회 어디에나 있는 '인간적인 갈등'일 뿐이다. KBS 〈사랑과 전쟁〉의 '고부'는 외국인들이 보기에는 '원수'와 동의어쯤 되겠지만, 서양인들의 고부는 말 그대로 며느리와 시어머니 사이일 뿐이다. 그러니 캐나다 드라마나 영화에서 '고부 갈등'을 다룬다면, 시청률은 바닥을 칠 게 분명하다.

우리는 웬만하면 '아버지, 어머니'라 부른다

우리는 시어머니를 부를 때도 어머님, 시아버지를 부를 때도 아버님이라고 한다. 장인과 장모도 웬만하면 아버님, 어머님으로 통한다. 친구의 부모님을 부를 때도 '아버님, 어머님'이라고 한다.

뿐이랴. 교사가 학부형을 부를 때도 '아버님, 어머님'으로 호칭한다. 아이들의 선생님이 나를 그렇게 부를 때면 문득 '내가 지를 언제 낳았다고……' 란 생각이 든다. 어떤 때는 약장수도 채소장수도 손님을 '아버님, 어머님'이라 부른다. 심지어 지나가는 사람조차 '아버님, 어머님'이라고 호칭한다. 시쳇말로 개나 소나 아버님, 어머님이다. 캐나다 남편 C가 한국은 'giant family' 같다고 표현한 건 무리가 아니었다.

만일 영어에서처럼 시어머니를 '너의 어머니'라고 하면 당장 "못된 송아지

엉덩이에 뿔난 것"이라고 불호령이 떨어진다. 혹여 '남편의 어머니'라고 할라치면 "상놈의 집안에서 배운 게 있어야지."라며 집안 욕이 날아간다. 그러다 시어머니를 영어식으로 '너'(you)라고 부른다면 '시어미 잡아먹는 며느리'로 당장 등극할 게다.

왜 이런 현상이 나왔을까? 그건 '부부 일심동체'라는 사상 때문이다. 부부는 무촌이다. 촌수가 없다. 아니 촌수를 따질 수 없을 만큼 가까운 사이라는 이야기다. 이런 생각은 곧 배우자의 친척을 대하는 태도와 연결된다. 정확하게 말하면, 배우자의 친척을 대하는 '올바른(?) 태도'를 강요받는다. 결혼하는 순간 'your mother'는 곧 'my mother'가 된다. 내 어머니와 네 어머니를 나누는 불경스러운 짓은 허용되지 않는다. 남에게 사기를 치거나 폭력을 휘두르는 것보다 훨씬 나쁜 짓이 된다.

그런 생활을 자그마치 600년 넘게 해온 민족이 바로 우리다. 그리고 그런 불문율은 주로 여성에게 강요되었다. 오죽하면 '시집 귀신이 되라.'는 말이 다 나왔을까. 친정에선 '출가외인'이라 몰아내고, 시집에선 '시집 귀신'이 되라고 요구했다. '전설의 고향' 속 귀신들이 하나같이 소복 차림에 머리 풀어헤친 모습으로 나타난 것도 다 그런 이유다. 여성들은 옛날부터 말 하나는 끝내주게 잘 들었던 모양이다. 진짜 귀신의 모습으로 나타났으니 말이다.

호칭이 아니라 패러다임이 변화되어야 한다

MBC에서 방영하는 〈우리 결혼했어요〉란 프로그램이 있다. 남녀 연예인이 가상 결혼을 해서 6개월간 살림을 산다는 내용이다. 일종의 동거다. 옛날에는 '동거'를 쉬쉬했지만 이젠 공중파 방송에서 거리낌없이 방영한다.

그렇다. 시대가 달라졌다. 대가족 제도는 진즉에 핵가족 제도로 바뀌었고, 제사문화도 훨씬 느슨해졌다. 새 술은 새 부대에 담아야 한다. 가족제도, 특히 배우자의 가족에 대한 관계도 마찬가지다. 옛날 정서만 고집하면 쓸데없는 감정 소모가 계속 이루어진다. 배우자의 가족과 극심한 트러블이 생기는 건 바로 이 지점이다. 이제 며느리와 사위는 서양 방식으로 생각한다. 반면에 시대가 아무리 달라져도 우리 것은 소중하다는 부모들이 있다. 이걸 바로 '동상이몽'이라 한다.

시대는 계속 흐르고 있다. 가족관계도 변화해야 한다. 호칭이 문제가 아니라 패러다임이 변해야 한다. 한마디로 "당신 어머니지, 내 어머니는 아니지 않느냐."는 말이 씨알이 먹히는 시대가 왔다.

사실 그 옛날에도 친정 부모와 시부모는 구분했다. 우리가 알고 있는 그대로 친정 부모는 그냥 아버지, 어머니지만 시부모는 시아버지, 시어머니였다. 아무리 세월이 지나도 나를 낳고 길러준 친부모와 다르다는 걸 서로 알고 있었다. 남자의 경우도 친부모와 '장인, 장모'를 구분하는 건 마찬가지였다. 단지 이치상으로는 구분했지만, 정서상으로는 구분을 금지했다고나 할까.

어쨌든, 아무리 패러다임을 바꾼다고 해도 당장 시부모와 처부모를 'you'라고 할 수는 없는 노릇이다. 'my father'와 'your father'로 편을 가를 수도 없다.

하지만, 당장 겉으로는 아버지, 어머니라 부르더라도 속으로는 양가 부모를 구분하는 배려를 베풀 수 있다. 부부지간도 엄연히 '내가 아닌 남'이다. 하물며 그와 그의 가족은 두말해서 무엇하랴. 이렇게 정리하여 문화를 만들어가기로 하자.

아직도 집안 간의 결합이라는 풍습은 많이 남아 있다. 그럼에도 여전히 결혼의 핵심은 배우자 당사자 간의 결합이다. 그것이 결혼의 핵심이다. 옛날에도 지금도 그게 핵심이다. 다만, 옛날엔 핵심보다 주변부가 강조되었던 것뿐이다. 그런 의미에서 본다면 시부모를 어떻게 대하고, 처부모를 어떻게 대하는가 하는 문제조차 시간이 지나갈수록 점점 주변부로 밀려날 게 분명하다.

요즘 결혼관에 태클을 걸다

20년 이상 지금의 아내와 살아보니, 결국 부부관계를
튼튼하게 해주는 건 외적 조건이 아니라 마음의 문제더라.
외적 조건도 결국 마음을 이어주는 징검다리로서 작용할
때만 가치가 있더라.

내 아내 K는 나보다 한 살이 많다. 하지만 주민등록에는 생년이 같다. 아내는 가끔 농담을 한다. 누나한테 잘하라고. 나도 가끔 받아친다. 왜 이러시나, 같이 늙어가는 처지에. 나는 주민등록으로 밀어붙이고, 아내는 띠가 다른 걸로 밀어붙이곤 한다.

아내가 스물여섯 살, 내가 스물다섯 살 때 우리는 만났다.

내 나이 스물두 살 때, 군복무 중에 어머니가 돌아가셨다. 제대하고 나니 외로웠다. 결혼하고 싶어졌다. 하지만 결혼할 만한 상황이 아니었다. 뚜렷한 직장도, 재산도, 학벌도, 어머니도 없었다. 무엇보다 결혼할 여자가 없었다.

이런 나에게 엔젤이 다가왔다. 친구 소개로 그녀를 만났다. 나이를 알고 보니 나보다 한 살 위였다. 평소의 내 개똥철학으로는 있을 수 없는 일이었다. 남자가 몇 살 위인 걸 당연하게 알고 살았다. 내 주위에는 그런 부부들만 살았으니까. 멀리 갈 것도 없다. 내 부모님은 궁합도 안 본다는 네 살 차이였다. 하지만 여자가 고팠던 나로선 개똥철학쯤 얼마든지 내팽개쳐도 좋았다. 철학이 밥 먹여주나? 철학이 여자를 만들어주나?

왠지 K가 낯설지 않았다. 돌아가신 엄마를 닮은 듯했다. 지금 와서 돌아보면 하나도 닮지 않은 그녀가, 그땐 정말 엄마를 닮았다고 믿었다. (사실은 아내가 훨씬 더 예쁘다.) 툭툭 던지는 말투, 풍겨 나오는 이미지, 하다못해 살짝 웃는 미소까지. 더군다나 마음 씀씀이가 정말 닮았다고 느껴졌다.

만난 지 4개월쯤 되던 어느 날. 부산 해운대 바닷가에서 나는 프러포즈를 했다. 사실 그때까지만 해도 프러포즈란 단어조차 몰랐다. 그러니 영화 속 프러포즈는 고사하고, 그 흔한 반지 프러포즈도 못했다. 말로 때웠다. 사랑합니다. 결혼합시다. 원래 컸던 K의 눈이 두 배로 커졌다. 그리고 그녀는 귀를 후볐다. 요즘 환청이 자꾸 들린다면서. 어색했다. 말한 당사자는 괜히 말을 꺼냈나 싶었고, K는 자신의 연기가 너무 오버였나 싶었다. 어색한 침묵의 시간에 소리를 내는 건 머리 위로 날아가는 갈매기 한 쌍뿐이었다.

자리를 털고 일어섰다. 프러포즌가 머시긴가를 한 뒤 한 마디도 못한 채로. 버스 시간이 되었다. 그때, K가 말했다. 국수 사줄 테니 먹고 가라고. 순간 나는 감동했다. 이 사람이 내가 미안해 할까 봐 배려해주는구나 싶었다. 그냥 보내면 다음에 얼굴 보기가 민망할 거라 생각했나 보다. 그날 먹었던 국수의 맛, 20년이 지난 지금도 잊지 못한다. 혹시 그때 먹은 그 국수가 잔치국수였을까?

처가와의 사투 끝에 얻어낸 승리

국수를 먹고 나는 집으로 향했다. '저 여자를 확실히 내 여자로 만들어야겠다.'는 다짐을 하면서. 놓치면 평생 후회할 거라는 확신 속에서. 처가 어른들을 만나기로 했다. 예상대로 완강하게 거부당했다. 한 어른이 말했다.

"내사마 하나도 마음에 안 드는 기라. 가진 것 없고, 3형제 중 장남이고, 아직 공부하는 신학생이고, 홀아버지 모시고 있고, 키도 작고. 하다못해 눈까지 작으니 말이데이."

한 마디도 틀린 말이 없었다. K를 아는 모든 사람들이 쌍수를 들고 반대했다. K를 아끼는 사람일수록 반대의 수위는 높았다. 결국 그 자리에서 미역국을 먹었다. K의 심경이 복잡해졌다. 흔들리는 마음이 더 흔들렸다. 당분간 우리 둘 사이에서 '결혼'은 금기어가 될 전망이었다.

'금기어'는 절대 꺼내지 않겠다고 K를 안심시킨 나는 그 다음 날 진주행 버스를 탔다. 여관비까지 주머니에 챙긴 터였다. 허락받을 때까지 '밀당'을 할 각오였다. 어른을 만났다. 가진 것은 없지만, K를 행복하게 해줄 수 있다고 했다. 그 고전적인, 흔하디흔한, 흔하다 못해 낡아빠진 멘트를 날렸다. 아무리 뒤적여봐도 그 멘트 말고 내가 내밀 카드가 없었다. 어른이 말했다. "내사마 모르것다. 느그들 알아서 하거래이."라고.

그걸 '허락'이라고 해석한 나는 마음이 바뀌실까 봐 얼른 자리를 박차고 나왔다. 그리고 결혼식을 추진했다. 청첩장을 돌렸다. 물론 시골 처가 사람들에게도. 하지만 우리는 확신이 서질 않았다. 결혼식날, 과연 처가 사람들이 올라올까? 진주도 아니고 부산인데……. 오려면 버스도 대절해야 하는

데……. 어떻게 되었을까? 그렇다. 그날 그들이 몰려왔으니까 이렇게 자랑삼아 글을 쓰겠지. 그렇게 SK 부부가 탄생했다.

우리는 가난한 연인들이었다. 나는 결혼식 비용을 대려고 그때(1993년) 돈 200만 원을 빚을 냈다. K는 모아둔 쌈짓돈을 털었다. 신혼집은 시아버지랑 함께 사는 10평짜리 영세민 아파트였다. 그렇게 우리는 시작했다.

어른들의 예상대로(?) 결혼생활은 가시밭길이었다. 그런 생활에 뛰어든 아내의 마음이 궁금했다. 5년이 지난 뒤 조심스레 물었다. 내가 프러포즈하던 날, 무슨 생각이 들었느냐고. 아무 생각이 없었다고 했다. 그럼, 나와 왜 결혼했냐고 물었다. 그건……. 잠시 뜸을 들이던 아내가 입을 열었다. 힘든 가정환경을 탓하지도 굴하지도 않고 감당해내려는 나의 성실성 하나만 보았다고.

20년이 지난 지금, 아내의 그 안목은 틀리지 않았다. 여전히 나는 내 형제들(부모님이 모두 돌아가셨으므로)과 조카들과 잘 지낸다. 뿐만 아니라 아내의 형제들과도 더없이 잘 지낸다. 그때 "내사마 모든 게 마음에 안 든데이."라고 하신 그 어르신의 입이 부끄러울 정도로. 그렇다면 아내와 나 사이는? 주변에서 인정한 잉꼬부부라는 말로 갈음하겠다.

아내도 나도, 시작이 어리석을 만큼 순수했다.

서로 득보려고 결혼하면 낭패라는 법륜 스님

즉문즉설의 대가 법륜 스님의 강연에서 직접 들은 말이다.

"결혼은 서로 득볼라꼬 하믄 안 되는 깁니데이. 남편은 아내한테 결혼해서 득볼라 카고, 아내도 남편한테 득볼라 카믄 어찌 되겠십니까? 바보가 아닌 다음에야 서로 손해 안 볼라 카겠지요. 서로를 향한 기대치만 높아져서 결국 파국에 이르는 거지요. 서로 득볼라 카다가 이혼이나 보는 깁니데이."

결혼이 무슨 서울 강남 땅 장사냐. 남기는 게 목적이게. 그러면, 결혼 주선하는 사람은 악질 복부인, 결혼하는 남녀는 투기꾼들이더냐. 의외로 결혼을 통해 한몫 잡으려는 사람이 많다더라. 투기인지 투자인지, 결혼도 그렇게 생각한다더라. 결혼이 무슨 재테크도 아니고, 때 되면 오르락내리락하는 증권 투자도 아닌데 말이다.

결혼할 때 외적인 조건 즉 학벌이나 재산, 외모 등을 상대에게 요구하면, 나는 당신 자체보다 그 '조건'들을 손에 넣고 싶다는 메시지가 된다. 마찬가지로 상대 또한 당신 자체를 사랑하기보다 당신의 외적 조건을 손에 넣고 싶어한다. 이렇게 시작된 결혼은 잘 나가기가 쉽지 않다.

하지만, 요즘 젊은이들 말로 "뭐 어때. 솔직하고 쿨하잖아!"라고 하면 할 말 없다. 그러다가 헤어지면 헤어지는 거지 뭐, 해도 유구무언이다.

내면을 보라는 구닥다리 설교를 넘어서

외적 조건을 따지지 말고 마음만 보라는 구닥다리 같은 설교를 하자는 게 아니다. 사실 내면만큼이나 외적 조건도 중요한 게 현실이다. 다만, 어느 것을 선택하든 그 선택에 따라 결혼생활의 내용이 결정된다는 거다.

둘 중에 하나를 선택한다는 건 삶의 한 패러다임을 선택하는 것과 같다. A라는 패러다임으로 결혼을 선택하면 A라는 결혼 양태가 나오고, B라는 패러다임으로 결혼을 선택하면 B라는 결혼 양태가 나온다. 물론 둘을 동시에 선택하기는 어렵다. 그렇게 완벽한 배우자라면 벌써 임자가 있을 테니까.

때로는 내면을 보고 결혼했다가도 외적 현실의 고통에 부딪쳐 파국에 이르는 부부도 있다. 외적 조건을 보고 결혼했지만 잘사는 부부도 있다. 이것만 봐도 결혼은 현실이다. 패러다임이라는 논리로 설명하기엔 복잡한 현실이다. 다양한 변수가 작용한다. 인정한다.

하지만, 20년 이상 지금의 아내와 살아보니, 결국 부부관계를 튼튼하게 해주는 건 외적 조건이 아니라 마음의 문제라는 건 알겠더라. 외적 조건도 결국 마음을 이어주는 징검다리로서 작용할 때만 가치가 있다는 것도. 내면을 보고 결혼하든, 외적 조건을 보고 결혼하든 오래 사랑으로 남는 비결은 역시 마음의 문제라는 것도.

결혼정보회사를 취재한 적이 있다. 그 회사 대표 P씨가 일러줬다.

"여성들이 꺼려하는 신랑감 리스트가 대충 여섯 가지로 축약되더라고요. 첫째 농촌총각, 둘째 부모 모시는 총각, 셋째 연봉 3,000만 원 이하 총각, 넷째 고졸 출신 총각, 다섯째 키 170센티미터 이하 총각, 마지막으로 내성적인 총각입니다."

여기에 하나라도 걸리는 사람은 결혼하고 싶어서 미쳐도 결혼 못해서 미칠 가능성이 높다. 나는, 어쨌거나 이렇게 결혼의 외적 조건만을 우선시하는 요즘 사회에 태클을 걸고 싶을 뿐이다.

'자뻑'은 행복한 부부로 가는 지름길

나는 말한다. 내가 한 선택 중 최고의 선택은 아내를 선택한 것. 내가 한 일 중 최고로 잘한 일은 아내를 만난 일. 내가 겪은 일 중 최고로 기쁜 일은 아내를 사랑한 것이라고.

22년 전 결혼해서 지금까지 변함없이 해온 말이 있다. "세상에서 내 아내보다 좋은 여자를 본 적이 없다."는 말이다. 이런 말을 들은 사람들은 대략 세 가지로 생각을 할 거다. 골이 비었거나, 지독한 팔불출이거나, 고약한 자기 허영에 들떠 있다고 말이다. 모두 맞는 말이다. 동시에 모두 틀린 말이다.

우리는 매순간 선택하며 산다

우리는 매순간 선택을 하며 산다.

평범한 직장인을 예로 들어보자. 아침에 일어나면 세수부터 할 것인가, 소변부터 볼 것인가를 선택해야 한다. 세수부터 한다면 머리부터 감을지, 양치질부터 할지 선택해야 한다. 소변부터 본다면 대변이 먼저 나올지, 소변이 먼저 나올지도 선택해야 한다. 혹자는 "뭘 그걸 선택하나? 급한 것부터 나오겠지."라고 말할지 모른다. 하지만, 우리의 뇌는 그 순간에도 선택을 한다.

순식간에 세수를 해치우고 화장대 앞에 서면 어떻게 화장을 할지 선택을 해야 한다. 요즘 회사의 멋쟁이 김 대리가 마음에 박혀버렸으니 최대한 예쁘게 해야겠다고 선택한다. 조금은 우아하게, 조금은 청초하게, 조금은 섹시하게. 윗도리는 무얼 입을지, 치마는 무얼 입을지, 아니면 원피스를 입을지 선택한다. 귀고리를 해야 할지, 한다면 화려한 걸 할지 소박한 걸 할지 선택한다. 김 대리가 좋아하는 스타일이 뭔지 염두에 두고 최대한 신중하게 선택한다.

………

이렇게 늘어놓으면 정말 끝이 없다. 하루 중에 도대체 얼마나 많은 선택을 해야 할까? 수십 번? 수백 번? 수천 번?

일상의 사소한 일만 선택하는 게 아니다. 유치원은 어디로 갈지, 초등학교는 어디로 갈지, 중학교는 어디로 갈지, 고등학교는 어디로 갈지, 대학은 어디로 갈지 등 학교를 선택해야 한다. 비록 한국에선 거의 부모가 선택하긴 하지만, 어쨌든 그것도 선택이다. 공부 잘하는 학생이 될지, 싸움 잘하는 학생이 될지, 친구와 잘 사귀는 학생이 될지도 선택해야 한다.

하지만, 우리의 능력을 벗어나는 선택도 있다. 대표적인 것이 '출생'이다. 그건 내가 아닌 부모의 선택이다. 어느 날 밤, 아버지가 배출한 수억 개의 정자 중 하나가 어머니의 난소를 파고든 결과다. 그렇게 보면 내가 지금 이 세상에 태어난 것은 부모의 선택도 아니다.

이 수많은 선택 가운데 일생일대의 선택은, 배우자 선택 즉 결혼이다. 그야말로 행복으로 갈 거냐 불행으로 갈 거냐를 결정해주는 인생 최대의 선택 행위다. 결혼을 하면서 '이 선택은 잘못된 선택이야. 틀림없이 불행한 결과를 가져올 거야.'라고 믿는 사람은 없다. 하지만 그 선택의 결과에 대해 만족하는 이는 그리 많지 않다. 수많은 이혼 부부가 그것을 증명한다. 이혼은 하지 않았더라도 소원한 관계로 사는 부부도 의외로 많다.

잘한 선택인지 못한 선택인지, 만족스러운 선택인지 불만족스러운 선택인지는 시간이 지나봐야 안다. 그 선택에 책임이 뒤따른다는 것도 세월이 지나봐야 안다. 하지만 어떤 선택을 하든 100퍼센트 만족하는 최상의 선택은 없다. 이것이 괜찮으면 저것이 부족하고, 이것이 마음에 들면 저것이 마음에 들지 않는다.

배우자가 아니라 선택에 대한 나의 태도가 문제다

배우자 선택도 마찬가지다. 연애 시절에 콩깍지가 씌어서 선택을 했든, 합리적인 판단으로 선택을 했든 몇 년만 살아보면 자신의 선택을 후회하는 날도 간혹 있기 마련이다. 배우자 선택에도 정답은 없기 때문이다. 어떻게 선택하든 불완전할 수밖에 없다. 그럼에도 "내가 하는 일이 다 그렇지 뭐." 하며 자신의 선택을 자책하는 사람도 있고, "역시 내가 하는 선택은 훌륭해." 라며 자부하는 사람도 있다. 과연 어떤 사람이 행복할까?

이제 당신 옆에 있는 배우자를 보라. 그 누구도 아닌 당신이 선택한 당신의 작품이다. 당신이 배우자를 존중하고 사랑하는 것은 바로 자신의 선택을 존중하고 사랑하는 것이다. 역으로 배우자를 무시하고 경멸하는 것은 바로 자기 자신을 무시하고 경멸하는 것이다.

이 세상에 완벽하게 나쁜 사람은 없다. 완벽하게 못된 사람도 없다. 누구도 감당 못할 성질의 사람도 없다. 알고 보면 좋은 점도 있고, 순수한 점도 있고, 괜찮은 점도 있고, 봐줄 말한 점도 있다. 하지만 마음의 문이 닫혀버리면 배우자의 좋은 점들은 눈에 들어오지도 않고, 그저 나쁜 점만 들어오게 된다.

나아가 상황이 이렇게 된 것은 모두 배우자의 탓이라고 생각하게 된다. 그때 너무 결혼을 서둘지만 않았어도, 그때 잠자리만 같이 안 했어도, 그때 저 인간이 같이 살자고 옆구리를 콕콕 찌르지만 않았어도 등등. 이렇게 자신의 선택을 못마땅해 하면서, 화살을 배우자에게 향한다.

자신의 선택에 대해 최고의 찬사를 보내자

내가 "이 세상에서 내 아내보다 더 좋은 여자를 보지 못했다."고 하는 것은 나의 선택에 대한 최고의 찬사를 나에게 보내고 있는 것이다. 내가 선택한 내 여자다. 그 선택은 누구도 아닌 내가 했다. 그렇게 내가 선택한 여자가 다른 여자보다 좋지 않다면 얼마나 억울한 일인가.

물론 나의 아내가 세상에서 제일 좋은 여자라는 객관적 증거는 하나도 없다. 어쩌면 다른 사람이 보면 미친 소리라 할 수 있다. 하지만, 그녀를 나 자신이 선택했을 때, 이미 나에겐 다른 어느 여성보다 최고의 여성이 된 거다. 다른 사람이 선택했다면 관심도 없을 여성이었지만, 내가 선택했기 때문에 그렇다. 이런 생각이 합리적으로 타당한 생각인지, 균형 잡힌 생각인지 따지는 건 내겐 무의미하다. 어쨌거나 지금의 아내와 나는 세상 누구보다 서로 사랑하고 존중하며 행복하게 지내고 있기 때문이다.

그렇게 생각하고 나니 정말로 아내는 최고의 여인으로 내 마음속에 자리를 잡았다. 아내를 아는 많은 사람들도 정말 좋은 아내라고 칭찬해준다.

나는 말한다. 내가 한 선택 중 최고의 선택은 아내를 선택한 것. 내가 한 일 중 최고로 잘한 일은 아내를 만난 일. 내가 한 일 중 최대의 성공은 아내와 결혼한 것. 내가 겪은 일 중 최고로 기쁜 일은 아내를 사랑한 것이라고. 사람들이 날더러 "어이구 팔불출, 병신 육갑하네, 지랄하고 자빠졌네." 라 해도 좋은 걸 어떡하나? 그냥 그렇게 지랄하고 싶고 육갑하고 싶은 걸.

이런 걸 화투계의 전문 용어로는 '자뻑'이라고 한다. 나는 말한다. "진정 '자뻑'할 줄 아는 당신, 행복을 다 가져라."

이제 가수 태진아의 '동반자'를 제대로 한번 불러보자.

'내 생애 최고의 선물, 당신은 나의 동반자. 영원한 나의 동반자. 내 생애 최고의 선물, 당신과 만남이었소. 잘살고 못사는 건 타고난 팔자지만, 당신만을 사랑해요. 영원한 동반자여.'

웬만하면 시간이 해결해준다

'시간이 지나면 모든 게 괜찮아질 거야'란 거다. 한때는
대책도 없는 말, 그 순간을 회피하려고 둘러대는 말,
한마디로 자신 없는 '찌질이'들이나 하는 말로 생각했다.

지금 이 글을 읽는 당신은 요즘 안녕하신가. 당신 부부는 안녕하신가. 당신 가정은? 회사는? 부디 안녕하시기를 바란다.

하지만, 인생이 어디 그런가. 우리 자신은 하나인데, 우리를 괴롭힐 준비가 되어 있는 문제들은 수백 수천 가지다. 나를 쓰러뜨리려고 하는 놈들이 음침한 바위 뒤에 숨었다가 한 놈씩 차례대로 튀어나오는 것만 같다.

이런들 어떠하리 저런들 어떠하리

초등학교 시절, 학교에서 정몽주(고려시대 마지막 충신)의 시를 많이 읊었다. 노래도 있다. 무슨 뜻인지, 그 시가 나온 배경이 무엇인지도 모른 채 그냥 불렀다. 학교에서 좋다고 하니까, '임 향한 일편단심'이란 말이 멋있어 보

이니까 불렀다.

'이 몸이 죽고 죽어 일백 번 고쳐 죽어. 백골이 진토되어 넋이라도 있고 없고. 임 향한 일편단심이야 가실 줄이 있으랴.'

그 무렵 학교에선 '국기에 대한 맹세' 또는 '국민교육헌장' 등을 철저하게 외우라고 했다. 조그만 우리들은 그것이 당연한 줄 알고 열심히도 외웠다. 다 못 외우면 벌 주고 때리니까 외웠다. 그 시절이 박정희 정권 시절이라 그랬다는 걸 어른이 되어서야 알게 되었다.

중학교에 가서 정몽주가 '일편단심가'를 읊기 전에 태조 이성계의 아들 이방원이 '하여가'를 먼저 불렀다는 걸 알게 되었다.

'이런들 어떠하리, 저런들 어떠하리. 만수산 드렁칡이 얽혀진들 어떠하리. 우리도 이같이 얽혀서 천년만년 살고지고.'

어른이 되고 나니 참 신기했다. '일편단심가'를 그토록 외우라고 강조하던 그 시절이 쿠데타 정권이라는 거였다. 그러면 '하여가'를 더 외우라고 강조해야 되는 거 아닌가? 그들이 '일편단심가'를 강조하다니, 참 우습다고 생각했다. 그런데 신기한 건 나이가 들면서 '일편단심가'보다 '하여가'가 훨씬 더 마음에 와 닿는다는 거다. 이런들 어떻고 저런들 어떠랴. 내 생각대로 세상이 이래야 하고, 내 생각대로 세상이 저래야 하는 것도 욕심이 아닐까? 뭐 이런 깨달음이라고나 할까.

이런 생각의 지점에 이르니까 사람들은 나보고 "당신은 양비론자군."이라고 한다. 그럴 때면 나는 말한다. "맞습니다. 잘 보셨습니다. 허허허허허."

내가 이런 생각들을 하게 된 것은 동양철학들을 접하면서다. 특히 음양오행설은 많은 깨달음을 주었다.

음양오행설을 남자와 여자, 하늘과 땅, 빛과 어두움 등의 대립 개념으로만 본다면 그건 한쪽만 본 거다. 음양오행설의 참뜻은 남자 속에 여자가 있고, 여자 속에 남자가 있다는 거다. 마찬가지로 하늘 속엔 땅, 땅 속에 하늘이 있다. 서양의 개념을 따른다면 하나님 속에 사탄이 있고, 사탄 속에 하나님이 있다. 선함 속에 악이 있고, 악함 속에 선이 있다. 그 둘은 때론 대립되기도 하고 때론 상호보완하며 어울려 산다. 다시 말하자면 남자가 없으면 여자도 없고, 여자가 없으면 남자도 없다. 사탄이 없으면 하나님도 없고, 어두움이 없으면 빛도 없고, 악이 없으면 선도 없다.

인간만사 새옹지마

내가 이해한 하여가의 참뜻, 음양오행설의 참뜻은 한마디로 '인간만사 새옹지마'와 보기 좋게 연결된다.

옛날 중국 북쪽 국경지대의 한 마을에 아들과 단둘이 살고 있는 노인이 있었다. 그 노인에게는 몇 마리의 말이 있었는데, 그것이 전재산이었다

어느 날 노인이 기르던 말 중에 한 마리가 심술을 부리더니, 별안간 국경을 넘어 북쪽으로 도망갔다. 노인이 허겁지겁 쫓아갔으나 날쌘 말을 잡을 수가 없었다. 사람들이 너나 할 것 없이 노인을 위로했다.

"좋은 말을 잃으셔서 가슴이 아프시겠습니다."

"큰 손해를 보셨습니다그려."

그러자 노인은 껄껄 웃으면서 말했다.

"할 수 없는 일이잖소. 살다 보면 이런 일 저런 일 다 있게 마련이오. 나쁜 일이 있으면 좋은 일도 생기겠지요."

그런 일이 있고 얼마쯤 지났을 때, 도망쳤던 말이 노인의 집으로 돌아왔다. 그런데 혼자가 아니라 아주 훌륭한 말 한 필과 함께였다.

이번에는 이웃 사람들이 모두 부러워하면서 말했다.

"정말 잘된 일입니다. 큰 횡재를 하셨군요."

"이렇게 훌륭한 말을 덤으로 얻게 되었으니 얼마나 기쁘십니까?"

그러자 노인은 역시 껄껄 웃으며 말했다.

"글쎄요. 말이 친구를 데리고 돌아온 것이 과연 좋은 일인지 모르겠습니다. 좋은 일이 있으면 또 나쁜 일도 있는 법이니까요."

그 뒤 몇 달이 지났을 때였다. 노인의 아들이 새로 온 말을 타다가 그만 말에서 떨어졌다. 다행히 목숨은 건졌으나, 다리를 다쳐 절름발이가 되고 말았다. 그것을 알게 된 마을 사람들은 또 다시 혀를 차면서 가여워했다.

"건강했던 아드님이 하루아침에 불구자가 되었으니 정말 슬프시겠습니다."

"할 수 없지요. 나쁜 일이 있으면 또 좋은 일이 있고, 그런 것이니까요."

그리고 해가 바뀐 이듬해의 어느 날 갑자기 오랑캐가 전쟁을 일으켰다. 마을의 젊은이들은 모두 군사로 뽑혀서 싸움터로 나가게 되었다. 그러나 절름발이였던 노인의 아들은 전쟁에 나가지 않아도 되었다. 전쟁이 끝나자 아들을 잃은 마을 사람들은 노인을 부러워하며 말했다.

"좋은 일이 있다고 금방 기뻐할 일이 아니고, 나쁜 일이 있다고 금방 절망할 일도 아니야. 세상에는 이런 일도 있고 저런 일도 있지. 좋은 일이 있으면 나쁜 일도 있고, 나쁜 일이 있으면 좋은 일도 있는 거야."

시간이 지나면 모든 게 괜찮아질 거야

그러한 깨달음은 우리 부부의 생활에도 많은 영향을 주었다. 마음이 달라졌으니 삶이 달라지는 건 당연하다. 내 속에 아내가 있고, 아내 속에 내가 있다는 깨달음은 우리 부부를 하나가 되게 했다. 그렇게 나쁠 것도, 그렇게 좋을 것도 없다는 깨달음은 서로를 이해하게 만들었다.

1. 범사에 기한이 있고 천하만사가 다 때가 있나니
2. 날 때가 있고 죽을 때가 있으며 심을 때가 있고 심은 것을 뽑을 때가 있으며
3. 죽일 때가 있고 치료할 때가 있으며 헐 때가 있고 세울 때가 있으며
4. 울 때가 있고 웃을 때가 있으며 슬퍼할 때가 있고 춤출 때가 있으며
5. 돌을 던져버릴 때가 있고 돌을 거둘 때가 있으며 안을 때가 있고 안는 일을 멀리 할 때가 있으며
6. 찾을 때가 있고 잃을 때가 있으며 지킬 때가 있고 버릴 때가 있으며
7. 찢을 때가 있고 꿰맬 때가 있으며 잠잠할 때가 있고 말할 때가 있으며
8. 사랑할 때가 있고 미워할 때가 있으며 전쟁할 때가 있고 평화할 때가 있느니라.〈전도서 3장 1~8절〉

'시간이 지나면 모든 게 괜찮아질 거야'란 거다. 한때는 무책임한 말, 대책

도 없는 말, 그 순간을 회피하려고 둘러대는 말, 현재에 충실하지 않고 미래로 미루는 말, 한마디로 '현재'에 자신이 없는 '찌질이'들이나 하는 말쯤으로 생각했다. 하지만 많은 고난을 아내와 함께 겪다 보니 어느 순간에 깨닫게 되더라. 에크하르트 톨레가 말한 것처럼 《이것 또한 지나가리라》(에크하르트 톨레 지음, 마음의 숲)는 걸 몸으로 받아들이게 되더라.

그걸 깨닫는 데 우리 부부는 15년이 걸렸다. 어떤 부부는 5년, 10년, 20년, 30년 걸린다. 빠른 부부는 1~2년에도 가능하다. 내가 만난 많은 부부들은 확실하게 그런 깨달음의 전환점이 있더라. 당신 부부도 그런 지점이 있었을 수 있다. 아니면 아직도 공부 중일 수 있다.

우리 집 거실에는 조그마한 어항이 있다. 아내가 정성들여 가꾸는 어항이다. 그 속에 사는 고기들이 '구피'(열대어)라고 아내가 일러주었다. 날마다 물고기 밥을 주면서 아내는 말한다.

"여보, 이것들 신기하지 않아? 하는 짓이 귀여워 죽겠어."

내가 보기엔 날마다 어항을 보면서 신기해 죽는 아내가 더 신기하다. 그렇게 멀뚱멀뚱 쳐다보는 나에게 아내는 이런 이야기를 들려준다.

"구피들이 여기로 이사 온 날짜가 달라. 처음엔 서로 경계하고 싸우더라고. 그러다 시간이 지나니까 함께 잘 살아. 처음엔 그놈이 다 그놈 같았어. 그런데 싸움과 조정의 시간이 지나니까 각자의 몸 색깔이 뚜렷해지더라고. 수컷은 수컷대로 화려한 색깔로 잡아가고, 암컷은 암컷대로 차분한 색깔로 말이야. 혼돈의 시간이 지나니까 제자리를 잡아가는 거야."

우리 부부의 노후 대책은 우리다

지금 당장 배우자에게 충실한 것만큼 확실하고 아름다운
노후대책이 있을까?

'동물들의 왕'이라 불리는 사자도 늙는다. 늙으면 뒷방 늙은이 취급을 당한다. 천하를 호령하던 수사자도 늙고 병들면 무리에서 쫓겨나 외진 곳에서 홀로 죽어간다. 무리에서 쫓겨난 사자는 때로 하이에나 떼에게 죽임을 당한다.

그런데, 사자의 노년과 최후가 남의 이야기 같지 않은 건 왜일까? 이 책을 읽고 있는 당신은 노후대책이 있는가?

고령사회가 코앞이다

사전에서는 고령사회를 '전체 인구 가운데 예순다섯 살 이상의 고령인구가 차지하는 비율이 14~20퍼센트인 사회'라고 정의하고 있다. 통계청은

2020년이면 예순다섯 살 이상 인구 비율이 14퍼센트를 넘어 우리나라도 고령사회에 들어설 것으로 내다봤다.

하이델베르크와 캠브리지 대학에서 어문학 박사 학위를 받은 프랑크 쉬르마허는 《고령사회 2018》(나무생각 출판)에서 국가별 고령화 기간을 밝혔다. 고령화 기간이란 고령인구 비율이 7퍼센트에서 20퍼센트로 증가하는 데 걸린 시간이다. 프랑스 156년, 영국 92년, 미국 86년, 이탈리아와 독일 각각 80년, 일본 36년. 반면 우리나라는 26년에 불과하다. 단연 톱이다.

문제는 우리나라의 인구 감소 현상이다. 통계청이 2005년 1월 19일에 발표한 '장래 인구 특별 추계 결과'에 따르면 우리나라의 인구는 2005년 현재 4,829만 4,000명이다. 그리고 2020년에는 4,995만 6,000명으로 정점에 도달한다. 정점을 찍고 나서 점차 줄어든 인구는 45년 후인 2050년에 4,234만 8,000명으로 줄어든다. 약 595만 명이 감소한다는 얘기다. 그 이후에도 인구는 지속적으로 감소할 것으로 전망된다. 경제활동 인구가 감당해야 할 노령인구가 그만큼 증가한다는 이야기다.

2011년, 한 여론조사기관에서 설문 결과를 내놓았다. 50대 성인 1만 명에게 물었다. 노후대책은 준비되고 있느냐고. 이들은 '준비 중이다 40퍼센트, 계획만 한다 34퍼센트, 모르겠다 16퍼센트, 계획 없다 10퍼센트'라고 대답했다.

이 글을 읽는 당신은 어디에 속하는가? 우리 부부는 10퍼센트에 속하기도 하고, 40퍼센트에 속하기도 한다. 그 이유는 조금 있다가 밝히겠다.

노후대책, 돈 문제만 해결하면 된다?

노후대책이라 하면 일반적으로 보험이나 증권, 연금 등의 경제적 문제를 떠올린다. 하지만, 보험이 과연 노후대책이 될 수 있을까? 사실 보험의 폐해는 일일이 나열하기 힘들 정도다. 그래서 많은 사람들이 "보험은 보험회사만 좋은 일 시킨다."고 투덜대곤 한다.

이런 모든 폐해들을 차치하고 보더라도 보험은 결코 우리의 미래를 보장해주지 못한다. 단도직입적으로 보험이 병을 막아주는 것도, 사고를 막아주는 것도, 죽음을 막아주는 것도 아니다. 다만 사고가 발생했을 때 경제적 보탬을 줄 뿐. 그것조차도 보험회사의 조사 결과 '보험금 지급 적합' 판정이 나와야 가능하다.

노후를 위해 보험도 연금도 적금도 들지 말자는 이야기가 아니다. 들 수 있으면 들어라. 하지만, 그런 '돈' 따위가 우리의 미래를 든든하게 해줄 거라고 우리 부부는 믿지 않는다. 어차피 고령사회에서는 사회 전반적으로 경제적 불안요소가 작용할 것이다. 오늘날의 이탈리아처럼 사회 전체가 경제적으로 파산한다면 경제적 안전장치가 무슨 소용이랴.

설령 그런 사태가 벌어지지 않는다 해도 '돈 문제만 해결하면 다 해결된다.'는 생각에는 동의할 수가 없다. 살아가는 동안 돈 문제 때문에 많은 어려움을 겪는 건 사실이지만, 돈 문제를 해결한다고 모든 문제가 해결되는 건 아니다. 우리는 사고가 생기고, 병이 생기고, 죽음이 생기면 좌절하고 아파한다. 돈 문제는 그 복잡한 문제 중 하나일 뿐이다. 오히려 살면서 받는 상처와 고통이 더 큰 문제다. 돈으로 인생이 행복할 수 있다면 때때로 백만장자들이 자살을 하는 이유는 어떻게 설명해야 할까? 소위 부자 나라인 영국과 프랑스에서 우울증으로 인한 자살률이 높은 건 뭐라고 해야 될까?

똥 쌀 땐 똥 싸는 것만 생각하라

노후대책 이야기를 하다가 뜬금없다 하겠지만, 잠시 틱낫한 스님을 소개하겠다.

"지금 이 순간이 가장 경이로운 순간이다."

틱낫한은 이렇게 말한다.

"지금 이 순간이 가장 실제적이다. 지금 이 순간이 바로 영원이다. 지금 이 순간이 천국이다."

우리가 불행하다고 느끼는 건 현재를 온전히 누리지 못하기 때문이다. 현재가 아니라 과거를 기억하고, 미래를 생각한다. 과거에 받은 상처, 고통 등에 함몰되어 있다. 앞으로 내가 할 일, 몇 분 후에 내가 할 일 등을 생각하는 데 우리의 마음을 온통 내어준다.

틱낫한이 말한 대로 우리는 현재를 온전히 누리며 살 필요가 있다. 글을 쓰는 지금, 나는 온전히 글 쓰는 데 전념할 때 행복하다. 글을 읽는 당신은, 온전히 글 읽는 데에만 빠질 수 있을 때 행복할 것이다.

당신은 지금 책을 읽고 있다. 내가 쓴 책을 읽고 있다. 당신은 이 책에 푹 빠져 있는가, 아니면 본전 생각이 나고 있는가? 푹 빠져 있다면 당신의 뇌는 이미 엔도르핀으로 충만할 것이다. 본전 생각이 난다면 당신의 뇌에선 카테콜라민이 스멀스멀 기어 나올 것이다. 미소를 지을 때 나오는 엔도르핀도, 스트레스를 받을 때 나온다는 카테콜라민도 모두 당신 뇌의 활동의 결과이다.

잡념을 버리고 한 가지 대상에만 정신을 집중하는 경지를 삼매경이라고 한다. 삼매란 산스크리트 어 'samadhi'의 음역어다. 불교에서는 삼매경에 이를 때 비로소 바른 지혜를 얻고 대상을 올바르게 파악한다고 본다.

무슨 머리 아픈 소리냐? 그게 쉬운 일이냐? 그럴 수 있다. 하지만 그건 아주 쉬운 일이라고 틱낫한은 말한다.

"똥 쌀 때는 똥 싸는 것만 생각하라."

예수가 말했다. "내일 일은 내일 염려하라."고. 그건 "내일 염려는 내일이 하도록 맡기라."는 뜻이다. 틱낫한의 말과 상통한다. 어려운 일 아니다. 지금 섹스를 하고 있는 당신은 섹스만 생각할 것, 자위행위를 하고 있는 당신은 오로지 그것만 생각할 것, 아내와 대화하고 있는 당신은 오로지 아내의 눈만 바라볼 것, 남편과 말다툼을 하고 있는 당신은 오직 그것에만 충실할 것.

홀몸 노인 치매 확률 2.4배

우리 부부가 부산 영세민 아파트에 살고 있을 때다. 그 아파트 단지엔 장애인 남편, 술주정뱅이 남편이 유난히 많이 살았다. 하루 종일 침상에 누워 있는 병든 남편과 하루 종일 술주정하는 남편도 흔히 볼 수 있었다. 아내들은 입만 열면 "저 인간 누가 안 데려가나. 아이고, 내가 못 산다 못 살아."를 연발했다. 정말 남편이 죽었으면 바라는 심정으로 들렸다.

그러던 어느 날 소원대로 한 집의 병든 남편이 죽었다. 그런데 바로 그 아주머니가 말했다. "병든 남편이라도 있을 때가 좋았다. 그이가 없으니 이놈 저놈이 집적대고 무시하고, 하다못해 자식새끼도 무시하더라."고 호소했다. 우리는 신혼 시절, 그 모습을 보았다. 우리 부부는 그걸 보면서 깨달은 바가 컸다.

2012년 5월 보건복지부에서 한 조사 결과를 내놓았다. 혼자 사는 노인이 배우자가 있는 노인에 비해 치매에 걸릴 확률이 2.4배 높다고. 이 조사는 복지부가 분당서울대병원 김기웅(신경정신과) 교수팀에 의뢰해 조사한 결과다. 참고로 2012년 기준으로 홀몸 노인은 118만 7,000명이다. 이는 전체 노인의 20.2퍼센트에 해당한다.

우리 부부가 같이 등산하고 산책하는 이유

이런 마음으로 한평생을 잘 살아낸 부부가 있다. 미국의 스콧 니어링 부부다. 스콧 니어링은 스무 살 연하인 아내 헬렌 니어링과 재혼을 했다. 숲 속에서 문명의 편리를 멀리한 채 평생 농사를 지으며 아내와 함께 행복하게 살았다. 미래를 위한 저축은 전혀 없었다. 다만 배우자와 함께 생을 누리는 데 최선을 다했다. 건강하게 살던 그는 백 살이 되던 해에 스스로 곡기를 끊고 생을 마감했다. 그들 부부의 이야기는 《스콧 니어링 자서전》(실천문학사)에 자세하게 소개되어 있다. 이들 부부의 이야기는 전 세계 부부들의 로망으로 자리 잡았다.

우리 부부의 노후대책 또한 다르지 않다. 우리 부부의 노후대책은 바로 우리다. 이보다 더 확실한 노후대책이 있을까? 우리는 서로가 건강하도록 잘 챙긴다. 1주일에 1회 정도는 등산을 같이 한다. 시골 밤길도 종종 같이 산책한다.

우리 부부의 인생 목표는 이제 하나다. "우리 스스로 몸을 움직일 수 있을 때까지 살다가 비슷한 날에 죽자."는 거다. 자녀에게나 주위 사람에게 폐 끼치지 않고 잘 죽는 거다. 스콧 니어링처럼 죽어도 괜찮다. 하여튼 목표가 정해졌으니 우리 부부는 실천하고 있다. 목표를 정하고 실천하면 당신 부부도 해낼 수 있다. 오지 않을 일을 두고 염려하지 않고, 서로에게 충실한 걸로 우리 부부는 노후대책을 정했다. 힘든 순간이 오더라도 이것 또한 지나가리라 생각하며 서로에게 충실할 생각이다. 지금 배우자에게 충실한 것만큼 확실하고 아름다운 노후대책이 또 있을까?

부부 정체성 체크리스트

1. 어떻게 하면 좋은 배우자, 좋은 부모가 될 수 있을지 아직 확신이 없다. (예 / 아니오)

2. 부부관계는 사랑, 행복, 안정보다 의심, 부담감, 불안을 주는 관계다. (예 / 아니오)

3. 결혼을 잘했는지 다시 검토해볼 필요가 있는 것 같다. (예 / 아니오)

4. 나의 장점이 무엇이고 단점이 무엇인지 잘 모른다. (예 / 아니오)

5. 타인들은 어떻게 배우자를 선택하고 잘살아가는지 이해할 수 없다. (예 / 아니오)

6. 배우자가 나에게 기대하는 것을 잘 모르겠다. (예 / 아니오)

7. 내가 보는 나와 배우자가 보는 내가 너무 달라 속상할 때가 있다. (예 / 아니오)

8. 내가 정말 원하는 배우자를 고르기가 무척 어려웠다. (예 / 아니오)

9. 우리 부부는 어떤 일을 결정하려고 할 때 서로 잘 부딪치는 편이다. (예 / 아니오)

10. 오랜 세월이 흘러도 우리 부부가 지금처럼 잘 지낼 수 있을지 걱정스럽다. (예 / 아니오)

11. 배우자 선택에 대한 나의 결정이 올바른 것인지 확신이 서지 않는다. (예 / 아니오)

12. 다른 사람들은 어떻게 결혼생활을 꾸려나가는지 잘 모른다. (예 / 아니오)

13. 배우자로서의 나 자신이 보잘 것 없는 존재로 느껴질 때가 있다. (예 / 아니오)

14. 배우자는 내가 어떤 일에 어떻게 반응할지 잘 모르는 것 같다. (예 / 아니오)

15. 결혼생활에서 나 자신을 잃어버리는 듯한 느낌이 들곤 한다. (예 / 아니오)

《결혼하면 행복한가요》(김선희 지음. 넥서스BOOKS)를 참고해서 만들었습니다.

* 이 체크리스트가 당신 부부를 모두 말해주는 것은 아니다. 다만, 점수를 매기기보다 자기 자신과 결혼생활을 되돌아보는 항목으로 활용하라.

쉰에 접어든 한 남자가 있다. 한 여자 도사를 찾아갔다.

"도사님, 부부는 서로 남이 아닙니까?"

"예끼 이놈아. 나잇살이나 처먹고 그것도 모르냐. 배우자는 '내'가 아니니 남이지. 그것도 모르고 이때까지 살았느냐?"

"아하, 그렇구나."

남자가 광화문 네거리로 나선다. 육교 위에 올라 외친다.

"동네 사람들. 부부 사이는 남이랍니다. 부부는 서로 남이다!"

지나가는 사람들이 쳐다보다가 한 마디씩 한다.

"저런 븅신. 복날 개패듯이 맞아봐야 정신 차릴 놈."

남자는 다시 도사를 찾아가 묻는다.

"도사님, '부부는 남'이라고 했더니 사람들이 '븅신'이랍니다."

"예끼. 이놈아. 부부가 어째서 남이냐 님이지."

"아니, 분명히 조금 전엔 남이라고 하시지 않았습니까요."

"니가 그래서 안 되는 겨!"

남자가 또 광화문 네거리 육교에 오른다.

"여러분, 부부 사이는 남이 아니랍니다. 부부는 서로 남이 아니다~~~!"

지나가는 사람들이 또 쳐다보고 한 마디씩 한다.

"저런 븅신, 아직도 안 죽은 겨?"

남자는 머리를 긁적이며 다시 도사를 찾아간다.

"도사님. 제가 아무래도 인생 헛살았나 봅니다. 정말 부부 사이를 뭐라 해야 될까요?"

"내 제대로 일러주랴?"

"네. 도사님."

잠시 눈을 지그시 감고 부채를 부치던 도사가 드디어 입을 연다,

"이놈아, 에로 목사가 이 책에서 그랬지 않았느냐. 세상에서 어떤 사이라도 그런 사이가 제일 좋은 거라고."

"아하! '그거'요?"

"그래 이놈아, 바로 그거."

도사로부터 대답을 들은 그는 싱글벙글 웃으며 집으로 돌아간다.

그 도사는 도대체 뭐라고 했을까?